U2

L'emprise du vice

CART-LAMY Marie

« Dès l'instant où tu doutes de ta capacité à voler, tu cesses pour toujours d'en être capable. »

Peter Pan

« Soyez le changement que vous voulez voir dans le monde. »

Gandhi

À nos stigmates
A Néo

ISBN 979-10-95304-01-2, dépôt légal BNF décembre 2020, première édition Paris 2020

Chapitre 1

Dans un pensionnat écossais, à quelques kilomètres des rives du loch Ness, fin des années 70

La bâtisse était ancienne. Si ses murs pouvaient parler, ils raconteraient les peines, les espoirs vains qu'ils contenaient en leurs seins silencieux et froids, comme ceux de sa mère. Ils hurleraient pendant des siècles ! La jeune fille à la longue chevelure de feu, ce si beau blond vénitien que son père aimait à caresser après leurs ébats, se tenait avachie sur le sol froid d'une salle d'eau insalubre, un couteau à la main. Sa mère l'avait envoyée croupir ici-bas, loin de ses gestes très affectueux à lui, loin de sa lâcheté jalouse à elle. Et pourtant, il fallait bien rentrer dans son « home sweet home » à chaque vacance, son propre enfer !

Le glas sonnait alors que son innocence trépassait. Elle sentait encore son souffle chaud au creux de son cou si frêle et son râle d'homme lorsqu'il se déversait sur elle. Jusqu'à présent, elle avait toujours eu le courage d'affronter son sort. Après tout, elle était si fière. Elle s'était bâti une réputation au pensionnat. La dure, la forte. La beauté insaisissable aux yeux d'un bleu si profond. Mais en cette nuit sombre, plus rien de cela n'avait d'importance.

Ce soir-là, au milieu des bruits assourdissants du réfectoire, elle avait croisé un regard. Il était un pâle reflet dans le miroir qui traversait la longueur de toute la grande salle, parmi les tumultes de faux semblants qu'arboraient tous ces adolescents abandonnés en ces lieux. Elle avait croisé le sien si bleu. Il mettait à nu sa propre peur, sa laideur, sa honte. Elle était brisée. Le désespoir l'avait envahie. Elle était lasse. La crasse de ce corps d'homme sur elle laissait une empreinte à chaque ébat de plus en plus profondément en elle. Elle lui appartenait. Elle ne pouvait plus le nier.

—

Quelle liberté attendre ? Ces stigmates la hanteraient encore et encore. Elle n'aurait jamais la vie qu'elle osait imaginer.
Comment oser aimer et se laisser étreindre par un homme après cela ?

Le regard accusateur de sa mère était le même que celui qu'elle croisait aujourd'hui dans le miroir. Elle l'affrontait. Une petite voix s'élevait alors en elle. Elle savait ce qu'elle avait à faire.
Encore un. Trou noir. Tellement plus commode. Envie de tout oublier, besoin de s'évader. De s'éteindre. De ne jamais plus se réveiller. Elle souffrait tellement ! La vie même l'abîmait. Tant de maux et si peu de mots. Cette douleur qui crève le cœur, qui l'éteint, et la condamne à n'être qu'une morte-vivante.

Pourquoi poursuivre ?
Pourquoi et pour qui survivre ?
Comment s'en sentir digne ? Même ceux qui étaient censés l'aimer n'en étaient pas capables.

Mais cette nuit-là, dans le miroir, d'autres regards s'étaient croisés. Leurs âmes se comprenaient et se reconnaissaient dans un étrange écho. Ils partageaient les mêmes souffrances, les subissaient en silence. Ils osaient pourtant, parfois y croire encore. Osaient saisir ces mains que les services sociaux, les juges, les enseignants, les éducateurs, les grands frères, les mères en peine, les pères sans re-pères leur tendaient maladroitement, vainement, comme pour se réparer un peu eux-mêmes. Et ils tombaient, toujours plus bas, toujours plus las. Ils s'oubliaient. Se niaient.

Un jour pourtant, une rencontre. Un amour qui naît dans la souffrance. Et une promesse émise. Une lueur d'espoir. Une adolescente désespérée qui abandonne et se cisaille les veines dans des sanitaires miteux des années soixante-dix. Deux jeunes garçons, l'un ballotté depuis son plus jeune âge de foyers en pensionnats, abandonné, violenté et endurci par les épreuves. Le second issu d'une famille noble et désintéressée.
Tous les trois, victimes d'abus sexuels au sein même de ce

pensionnat tenu par des prêtres pédophiles.
Trois laissés-pour-compte, frères et sœur de survie, murés dans le silence. Et des gestes, des mots qui sauvent. De nouveaux repères.

« N'abandonne pas chevelure d'or. Tu n'es pas seule. Nous sommes là. Je te promets que nous serons toujours présents. Regarde tes stigmates, nous avons les mêmes. Notre signe distinctif, notre famille, nos valeurs, nos codes. Nous nous vengerons. Nous serons les maîtres. Survis. Combats à nos côtés. Faisons-leur mal plutôt qu'à nous même ! Sauve-toi, et sauve-les. Nous ne serons plus jamais des victimes. Nous serons les dernières de ce monde vil et corrompu par les hommes. »

Un pacte scellé par le sang. Par toute leur colère contenue. Un corps d'homme mutilé, étendu sur le sol, une soutane pour linceul et une mare de sang pour auréole…

Chapitre 2

Aujourd'hui, dans les anciens locaux du Pôle Emploi de
Quimper, reconverti en squat,
39 route de Brest

Une violente lumière l'éblouissait. Le quarantenaire peinait à ouvrir les paupières. Il avait dû perdre connaissance. Depuis combien de temps était-il ici ? Prisonnier ? Ligoté à une chaise ?

« Ces chiens » lui étaient tombés dessus alors qu'il faisait ses « petites affaires » sans faire d'histoire, comme d'habitude. C'était sans doute « Le gros Luc » qui l'avait balancé. Il pensait avoir un peu plus de temps pour rembourser ses dettes. « La grosse » qu'il leur avait offerte pour les faire patienter un peu, les distraire ne leur avait pas suffi… Il allait devoir leur envoyer la gosse, peut-être même ses frères. L'homme fulminait, depuis que les services sociaux étaient sur son dos, il avait été prudent. Ses petits, il les mettait de côté, pour plus tard… Il fallait bien qu'il rembourse sa came.

Il entendit du bruit. Les salauds allaient peut-être le libérer, s'ils pensaient qu'ils le faisaient flipper ? Il s'en sortait toujours. Il était un survivant, un combattant. Pour lui, la fin justifiait les moyens et il n'avait peur de rien. Il avait trois bons atouts dans son jeu. Il avait été à bonne école. Le père maîtrisait la ceinture et sa pourriture de mère faisait tout pour parvenir à finir le mois.
Cette connasse de camée, comme sa pute à lui ; prêtes à tout, les chiennes !

— C'est bon l'gros Luc, j'ai pigé je t'envoie la gosse et t'effaces mon ardoise. C'est pas pour quelques grammes… On va pas se fâcher…

Ne répondait pas le con.

—

Les liens étaient « vachement serrés. Z'abusent ! »

Il voulait se la jouer petit caïd, parrain de la mafia locale ? C'était nouveau ça ? Lui qui prenait son dealer pour un idiot ! Il allait devoir la jouer serrée. Il commençait à avoir sérieusement besoin d'une dose là. Il détestait être en manque. Il avait froid et il avait mal partout. Puis il avait faim.

— Bon ok, t'es dur l'gros… Je t'envoie mes deux petits gars si tu préfères, sont tout neufs personne n'y a jamais touché, surtout pas moi, j'suis pas porté sur les garçons… En échange de ma libération, de la quittance de mes dettes, et d'une petite dose en bonus… Sois sympa t'as la primeur d'la marchandise…

Trou noir.

Une violente douleur lui fracassa le crâne. Un coup qu'il n'avait pas anticipé, puis un second, ils ne s'arrêtaient plus « ces salauds ».

Pourquoi s'acharnaient-ils ? Pour quelques euros ?

L'homme abattu ne comprenait pas. D'habitude, il leur envoyait la grosse et la gosse, juste pour quelques jours, et tout était effacé. Il souffrait le martyre. La violence des coups le paralysait. Il n'avait plus la force de hurler. Il sentait les os de son crâne se disloquer. Il allait s'évanouir. Un liquide chaud se déversait sur ses cuisses. Il avait perdu le contrôle. Il abandonnait.

— Pitié, arrêtez les gars… Pitié…

L'homme suppliait. Pleurait. Criait. Ses tourments ne cessèrent pas pour autant, bien au contraire.

Ses assaillants prenaient plaisir à le torturer. Il sentit ses ongles se détacher de ses doigts un par un. Il hurla le martyr lorsqu'ils lui brûlèrent le sexe au chalumeau. Il continua de les implorer et de geindre, en vain. Sa voix n'était qu'un murmure. Puis elle cessa de s'élever. Tout devint soudainement plus clair pour le supplicié. Son calvaire n'aurait pas de fin. Ils voulaient qu'il souffre, sinon ils l'auraient tué depuis longtemps.

Mais pourquoi ? Pourquoi ? Il n'était qu'un homme après tout. Pourquoi lui ?

Il finit par perdre connaissance alors qu'inexorablement son sang se répandait sur le sol de ce qui ressemblait à un appartement miteux.

Il pensa à la maison. À la douceur de ce foyer où il était craint, lui, Dieu le père.

Il sentit la fin.

Une voix résonna froidement en lui : l'heure du jugement…

Chapitre 3

Il y a plusieurs mois, au centre pénitentiaire de Bordeaux-Gradignan, dans les quartiers de la maison d'arrêt pour femmes

Que lui était-il arrivé ? Tout était allé tellement vite. Elle, qui était une assistance sociale respectée. Elle, qui s'était taillé une place au soleil, malgré ses origines. Cette sale histoire l'avait emportée. Elle ne fut qu'un pantin. Elle avait placé sa confiance en lui et à ses beaux yeux bleus. Elle se retrouvait aujourd'hui, par sa faute, accusée, salie, jugée, condamnée. Seule, désespérément seule. Avec pour unique voix celle de son avocate. Tout la désignait. Tout la rendait coupable. Elle devrait abandonner, mais elle ne pouvait pas se résoudre.

Elle était incarcérée dans une prison pour femmes, isolée et surveillée, la trace de ses stigmates sur ses poignets. Elle aurait dû trancher un peu plus profondément. Elle aurait aujourd'hui un repos bien mérité. Elle n'aurait pas eu à vivre tout cela. La honte. La peur. L'injustice. Et où étaient tous ces enfants ? Tout le monde pensait qu'elle les avait vendus ! Quelle horreur ! Elle avait une soudaine envie de vomir. Elle se jeta sur la cuvette des toilettes de fortune de son cachot.

Qu'allait-il advenir d'elle ? Ils avaient détourné les yeux de la justice pour qu'ils soient rivés sur elle. Ils avaient bien joué ces salopards. Tout le monde les avait déjà oubliés, ces pauvres gosses, enterrés. Alors qu'ils étaient peut-être là, tapis dans l'ombre à attendre qu'on vienne les sauver.
Quelle sotte ingénue elle avait été ! Elle éructait tout son dégoût. Le désespoir s'était emparé d'elle. La pauvre femme perçut le bruit de pas dans le couloir. Une voix. Cette voix…

Une belle poupée à la chevelure d'un blond vénitien olympien, vêtue d'un uniforme des services pénitentiaires, s'approchait de sa cellule.

Postée devant l'assistante sociale recourbée sur son water, la belle blonde jeta un regard de dédain sur la scène en jetant sur le sol une pilule d'un bleu envoûtant. L'incarcérée regarda le médicament puis sa geôlière d'un air circonspect. Elle aperçut un tatouage sur l'avant-bras découvert de sa visiteuse. Il représentait un symbole de confiance en l'humanité. L'homme de Vitruve. Elle sourit. Lointain souvenir. Encore l'une d'entre eux. Elle venait jouir de leur réussite.

— Qu'est-ce que tu veux, Barbie ? Vous n'en avez pas eu assez ? Vous avez gagné. Vous l'avez eu votre bouc émissaire. Vous voulez me réduire au silence ? De toute manière, personne ne me croit. Tout est contre moi. Je n'ai aucune preuve.

La poupée parfaitement maquillée ne se donna même pas la peine de répondre. Elle toisait hautainement sa proie. Elle se délectait de sa vulnérabilité. La blonde aux yeux si perçants était la haine incarnée. La condamnée se jeta contre les barreaux.

— Dégage, salope. Je vais te tuer.

— Non, c'est toi que tu vas tuer, répondit paisiblement la magnifique blonde, en jetant un regard insistant sur le cachet bleu jonché sur le sol de la cellule crasseuse. Celle qui devait être l'unique rempart à la folie de la condamnée pour les cinquante ans à venir. Je suis désolée, mais ton sacrifice garantit un projet plus noble que nous tous réunis. Tu as été choisie. Ta mort t'anoblit. Elle est ta seule issue.

La prisonnière s'écroula sur le sol. Désespérée. Épuisée. Elle le savait, de toute façon, elle était déjà morte.

— Qu'est-ce que c'est ? demanda-t-elle en désignant du menton le cachet bleu envoûtant déposé sur le sol.
— Arsenic. Efficace et rapide, répondit Barbie, impassible.

— Je veux juste sauver les enfants. Où sont-ils ? supplia l'ancienne assistante sociale, l'âme en peine.

— Ils sont saufs. Adieu et merci.

Et la blonde détourna ses yeux, laissant le bouc émissaire, seul avec sa misère. Ils avaient choisi pour elle. Ils l'avaient tous fait.

La capsule bleue au sol attira son attention. La pauvre femme la saisit, priant pour que sa fin soit rapide et indolore.
Elle l'engloutit d'un geste frénétique.

Chapitre 4

*Quelques jours plus tard, dans les locaux du DEMOS,
service d'Aide Éducative en Milieu Ouvert (AEMO),
6 allée Claude Dervenn, à Quimper*

Une voix perdue dans ma tête qui devient de plus en plus assourdissante. Une voix qui ne peut venir que du plus profond des limbes. Celle, si douce, de ma sœur jumelle…
Que me crie-t-elle ? Tout est si flou autour de moi, je ne parviens pas à ajuster ma vision. C'est comme si je me trouvais suspendue dans les airs, quelque part entre deux mondes. Je distingue son ombre, elle me tend la main, mais je suis tétanisée. Ses supplices parviennent jusqu'à moi… Je tombe.

— REVEILLE-TOI !

Où étais-je ? Rapide coup d'œil autour de moi, une chambre, un lit, mon antre. Le réveil…

Qui étais-je ? Une entité parmi d'autres, une goutte d'eau qui pourrait faire la différence ? Mais qui le pourrait ? Qui en aurait le pouvoir ? Qui parviendrait à nager à contrecourant ? Je me sentais submergée. Toute cette souffrance me poussait à agir autant qu'elle me tirait vers le fond et je coulais, et je sombrais…
Et pourtant…
Pourtant, j'osais encore espérer qu'un peu de chacun de nous puisse changer la donne. Sans prétention. Sans ambition. Peut-être pour me réparer un peu moi-même. Peut-être pour projeter ma propre souffrance et détresse sur celles des autres ? Peut-être pour fuir et m'oublier dans l'urgence quotidienne d'un éducateur qui intervient sur ordonnance du juge auprès de familles en grandes difficultés. Des destins déroutés, grisés. Il paraîtrait qu'on n'arrive pas dans le social par hasard. Qu'avais-je à oublier ? Qu'avais-je à purger ? Des péchés enfouis, des promesses macabres qui me

hantaient, la culpabilité d'avoir osé survivre… Sans doute.
J'étais lasse.

Les Services d'Action Éducative en Milieu Ouvert (AEMO) ont pour objectif de protéger les enfants vivant dans leur milieu familial en intervenant à la demande de l'autorité administrative (le président du Conseil Général par l'intermédiaire de son service de l'Aide Sociale à l'Enfance) ou de l'autorité judiciaire (le juge des enfants).
Cette intervention a lieu lorsque les parents rencontrent des difficultés dans leurs responsabilités éducatives ou que les conditions de vie de l'enfant le mettent en situation de danger avéré ou potentiel. Elle consiste à faire intervenir dans le milieu naturel de l'enfant des éducateurs spécialisés ou des assistants sociaux afin de « redresser la situation » et donner une autre chance à la cellule familiale…

Les principaux motifs d'intervention sont la dégradation des relations père/mère ou parents/enfants et les difficultés parentales à instaurer et tenir un cadre éducatif structurant et sécurisant pour les enfants.
L'action d'un Service d'Action Éducatif en Milieu Ouvert (AEMO) peut, par exemple, avoir lieu dans les cas de maltraitances physiques ou psychologiques (dont les abus sexuels sur mineurs), de déscolarisation, de graves conflits parentaux, de troubles du comportement, de manque de repères éducatifs…

— Un nouveau dossier pour Madameuh… Carla Mie, ironisa la secrétaire du service, débordée et pourtant souriante en déposant sur mon bureau toujours bien rangé une nouvelle situation.

Qu'allais-je encore découvrir en parcourant ces pages ? Une enfance brisée ? Une femme terrorisée ? Un père oublié ? Absent ? Un inceste ? Un exemple parmi tant d'autres de détresse familiale sur fond de misère sociale ? Allais-je y trouver une once d'espoir ? Bien sûr que je pouvais la trouver… Sinon, pourquoi continuer ? Il fallait continuer à y croire !

Je m'extirpai de ces pensées tortueuses en me redressant avec conviction et en m'accrochant à ma tasse de café comme un malade à sa transfusion. Je m'arrachai de mes tourments en sniffant ma dose d'oxygène surchargée de sueur et de bonne volonté du service et lançai un regard provocateur à cette furie de Laurie.

— C'est Mademoiselle pour toi, ma belle… Tu sais que mon cœur n'est pas fidèle… feignant ne pas comprendre son « madame » suspendue à ses lèvres, comme à celles de tous les autres.

J'étais un symbole. J'étais une image à laquelle ils s'accrochaient tous pour continuer d'avancer, pour poursuivre ce travail si peu valorisé et tellement harassant. J'étais leur roc. J'étais la force incarnée. Ils s'imaginaient que j'étais cet être parfait que rien n'ébranle, malgré tout, et malgré moi. Ils le croyaient. Pour eux, mon verbe était juste. Mais il n'était fait que de mots ! Des armes que je brandissais parce que je n'avais qu'eux et qu'ils avaient toujours été pour moi force de salut, force de liberté. Je croyais en eux. Ils pouvaient être une solution face à la violence, à la barbarie. Un rempart aux silences, aux souffrances et à l'ignorance.
J'étais pourtant comme eux, submergée et fatiguée. Je maintenais un semblant d'ordre dans ma vie, car j'avais besoin d'avoir le contrôle. Je m'étais tracé des lignes pour chemin parmi les broussailles afin d'essayer de voir clair et de poser des pas sereins et décidés. J'étais une guerrière. Un soldat de mots contre des maux. Mais je ne trouvais aucun repos, aucune paix !

Mon bureau était rangé, ma vie était organisée aussi bien que mon agenda, dont les pages défilaient à une vitesse vertigineuse. Je courais. Au boulot et le soir sur les plages sans fin de la presqu'île de Crozon, à Kersiguénou ou encore à De Goulien. Je parcourais inlassablement les landes bretonnes, façonnées par le vent et l'homme, s'étendant sur des falaises majestueuses sous lesquelles se jetaient les vagues de l'océan dans d'envoûtants rouleaux d'écume blanche. Je me perdais encore le long des dunes ou au cœur des monts d'Arée en plein cœur de la région. Je mirais avec admiration les variations de couleur des grandes étendues désertiques en fonction des saisons. En pleine floraison, elles étaient semblables à des draperies pourpres et or grâce aux multiples bruyères et ajoncs qui parsemaient le sol. Je longeais parfois même la « ria » de la forêt Fouesnant, « la riviera bretonne » au sud du département du Finistère, plus précisément la Baie de La Forêt en bordure de l'océan. Le pourtour de la baie s'étendant sur quinze à seize kilomètres, sans tenir compte des quatre estuaires découpant son rivage nord. J'avais là un terrain de course privilégié.

J'avais besoin de me vider la tête en partageant ces moments de solitude avec mon chien, mon fidèle compagnon, le mâle de ma vie, le seul qui ne me blesserait jamais et qui ne demandait que très peu en retour. Le seul qui ne chercherait jamais à me dominer. Léo. J'avais ce besoin presque vital de courir pour évacuer. Ne surtout pas garder tout cela en moi sous peine d'exploser ! J'avais l'impression que tout ce que je lisais dans ces dossiers, toutes ces souffrances que je côtoyais, ces atrocités avec lesquelles je composais, allaient me ronger de l'intérieur, me contaminer. Besoin de transpirer cette crasse.
— Encore une situation ? J'ai déjà en charge plus de trente mineurs…

Quel système hypocrite, protection de l'enfance… Mais bien sûr ! Un suivi éducatif correct avec plus de trente mineurs ! Quelle utopie ! Comment ne pas passer à côté de… Comment être dans la juste présence pour ces enfants en souffrance, pour ces familles qui chavirent ? Comment être certaine d'agir dans la protection ?

— Je sais ma pauvre… Et tu n'es pas la seule. Les autres sont aussi au bord du burn-out, les rapports en retard s'entassent sur mon bureau et la liste d'attente est longue. Tu veux un chocolat ? Un petit bisou ? renchérit Laurie apaisante.

— Non. Ça va aller, merci, il est tard. Je rentre m'aérer un coup… répondis-je immédiatement.

J'étais une belle menteuse ! Non, ça n'allait pas. J'étais sur le point d'exploser. Nous étions surchargés de situations. Autant d'enfants en attente, d'innocences volées vus qu'aux détours des dossiers empilés sur nos bureaux. Leurs regards suppliants et innocents étaient tournés vers nous pendant que leurs parents agissaient en toute impunité et brisaient inlassablement leurs pauvres défenses. Des familles dérivaient de plus en plus loin de la côte, de nous, garant de leur « normalité » parce que nous n'avions pas les moyens d'agir, jusqu'au point de non-retour. Et on continuait. On remplissait des dossiers. On poursuivait des mesures. On participait à ce système hypocrite qui ne parlait que de chiffres, de prix de journée par mineurs et qui oubliait, annihilait ces petites vies en sursis, ces survies sans répit !

Je rentrai vite. Une heure me séparait de la presqu'île de Crozon où j'avais choisi d'échouer. J'avais été séduite par ses plages magnifiques, ses paysages quasi méditerranéens avec les pins qui avaient poussé un peu partout, les landes et surtout les falaises surplombant l'océan ainsi que les mégalithes d'un autre âge qui m'inspiraient et me rappelaient à la magie. Celle qui ne se voit pas, tout autour de nous.
Léo m'attendait derrière la porte de notre petit appartement. C'était un Border Collie croisé malinois. Son poil était donc tricolore : blanc, noir et marron. Sa taille était imposante et pouvait facilement faire peur aux inconnus alors qu'il était doux comme un agneau ! Comme quoi les apparences peuvent être trompeuses…

J'aimais l'océan, cette vaste étendue bleue. Je m'étais arrachée des montagnes pour recommencer à zéro, ici, de l'autre côté de la France, à l'ouest. Du côté où le soleil se couche. Il ne s'était jamais levé pour nous à l'est. J'étais un oiseau de la nuit. L'obscurité cachait ma laideur.
J'avais fait peau neuve. Personne ne voyait en moi ce que j'avais vécu. Personne ne le savait. Je pouvais être celle que j'avais envie d'être. Une femme forte et libre, totalement libre.

— Allez ! Vient, Léo ! Allons éprouver notre liberté… Et tester ces nouvelles chaussures de course !

Mon MP3 dans les oreilles, chaussée et habillée, le cani-cross autour de la taille, nous étions prêts.
Cours, cours, ne cesse jamais de courir.
Fuis !

Chapitre 5

Plus les pas s'enchaînaient, plus je me sentais légère. J'avais alors l'impression de me libérer de tout ce poids qui pesait sur mes épaules, sur mon discernement. Toutes ces responsabilités, ces frustrations, ces angoisses. Ces doutes. Mes fantômes s'effaçaient. Ceux du passé et ceux du présent. Leurs regards implorants remplis d'espoir lorsqu'ils me voyaient arriver chez eux et terrorisés lorsque je repartais en les laissant derrière moi. Avant, je me retournais et je les regardais, accrochés à la vitre de leur maison fixant ma silhouette qui s'éloignait. Celle-là même censée les sauver. Celle qui venait de refermer la porte sur ce qui devait être leur foyer et sur toutes les souffrances qu'on leur infligeait. Quotidiennement. Inlassablement. J'aurais dû deviner, car ils ne pouvaient pas parler…

Alors ils m'en voulaient un peu. Mais pas longtemps, car ils étaient résignés, ces petits êtres en sursis. Ils acceptaient cette survie qu'on leur avait donnée à la place de la vie. Ils n'avaient pas le choix. Ils n'avaient pas ce droit !
Aujourd'hui, je ne me retournais plus. Je recueillais toutes les preuves nécessaires au juge pour qu'il ose bouger son cul confortablement assis et si peu courageux.

« Il vous faut des preuves, ma chère… L'enfant a-t-il parlé ? »

Bien sûr que non, crétin ! Il a peur et, en même temps, il est loyal. Il aime ses parents. Il est terrorisé. Ce sont ses yeux qui parlent, son regard profond et sévère. C'est sa voix cassée qui nous révèle qu'il est brisé. Ce sont ses actes qui trahissent ce qu'il vit.

« Vous savez comment ça marche… Je ne vais pas vous faire un dessin… Il n'y a pas de place, ni en foyer ni en famille d'accueil… Il faut maintenir à tout prix… Je veux dire au maximum le lien famille-enfant… Allez, on prolonge la mesure et on en reparle dans six petits mois… »
Connard ! C'est quoi six mois pour toi ? Pour lui, c'est le bout du

monde. Six mois de mauvais traitements. Au bout du compte, il sera placé. Mais pourra-t-on réparer, effacer les maux subis ?

Ma course effrénée le long des vagues effaçait tout. Les noms, les horreurs, les peurs, la fatigue, le découragement.
Je rentrai et je pris une douche. L'eau me lavait de tous mes péchés. Je me servis une petite coupe de bon vin jurassien… Un petit Savagnin… Lointain souvenir… Et je saisis mon ordinateur. J'avais une audience demain. Je comptais bien pousser le juge à prendre la décision qui s'imposait et effacer ce sourire confiant et pervers sur le visage du père des pauvres gosses de cinq et sept ans qu'il prenait un malin plaisir à torturer discrètement. Je commençai à relire mon rapport… Et je m'endormis. Épuisée.

Je n'étais qu'une simple éducatrice spécialisée travaillant dans l'aide sociale à l'enfance en milieu judiciaire.

Chapitre 6

À quelques pâtés de maisons du tribunal de Quimper,
perpendiculairement à la rue du Vis, dans une maison familiale
bien sous tout rapport...

L'obscurité avait envahi cette chambre qu'elle détestait. Ce faux semblant de « chez nous ». Elle entendait le souffle de son grand frère de sept ans, qui devenait de plus en plus court. Demain, était un grand jour et pourtant. Il avait entendu tout comme elle ce bruit familier qui les terrifiait. Cela faisait longtemps. Elle avait presque oublié même si cela était impossible. Cette peur qui la prenait au ventre. Celle qui ne pouvait avoir de noms, car elle n'avait pas les mots pour décrire ces maux. Cette pauvre enfant n'était âgée que de cinq ans. Elle n'aurait dû naître qu'enfant. Et pourtant, elle était femme la nuit. La sienne. Personne n'est ce qu'il semble être. Elle pensait qu'elle et son frère auraient la paix encore cette nuit avec l'audience de demain. Elle chercha désespérément sa poupée Barbie pour la serrer contre elle. Ce simple jouet était le témoin silencieux de leur calvaire. Elle lui donnait le courage de l'affronter, de lui survivre.

Elle tâtonnait dans le noir, en tremblant, mais la petite fille ne trouva pas sa poupée. Elle se tapit dans l'obscurité. Muette. Elle comprit que son père la lui avait dérobée comme toute son innocence. L'enfant se résigna. Elle ne pouvait pas lutter. Leur petit répit prenait fin. Son frère l'avait compris, elle l'entendait étouffer ses sanglots pour ne pas qu'elle les perçoive.

Leurs respirations se coupèrent alors qu'ils entendirent le bruit lourd de leur géniteur-maître monter les escaliers et s'approcher de leur sanctuaire, leur refuge. Il était tout puissant. Il avait ce droit. Les enfants n'avaient d'autre choix que de l'accepter. Leur père les avait mis au monde, il avait donc le droit de vie et de mort sur eux. Cette survie, ils lui devaient. Ce réconfort que le père obtenait d'eux, par la force, était un faible paiement de leur dette. Celle de la vie qui leur avait été donnée. Sa position de père lui donnait le droit de cuissage, c'était ainsi et puis c'était tout !

La petite fille remonta la couverture sur sa tête et retint ses larmes. Accepter en s'abandonnant dans le silence ou parler et être séparé. Dans le silence… Madame Mie, leur éducatrice, l'avait bien compris. Paradoxalement, l'enfant aimait trop sa famille pour faire ce sacrifice. Elle ne connaissait rien d'autre et elle avait peur. Elle préférait ce non-choix, ce qu'elle connaissait depuis toujours, ce trop-plein d'affection, que rien du tout. Et puis ce n'était pas si grave ! Elle avait pris l'habitude. Son frère aussi. Les premières minutes étaient les plus dures, ensuite, il suffisait de n'être qu'un corps et de penser à autre chose.
À sa poupée Barbie, aux licornes. La petite fille les adorait. Sur leur dos, elle s'envolait.

La porte s'ouvrit avec fracas. Une odeur âpre de vinasse et de tabac envahit leur chambre d'enfant.

— Je suis Votre Papa ! Je viens vous dire bonne nuit, les enfants…

Chapitre 7

Le réveil sonna. Encore une journée à combattre, à éviter les coups, à essayer d'en sortir indemne tout en préservant ces petits civils, les enfants. Je passai au service, relevai les coups de fil, ingurgitai une gorgée de café et filai en audience. J'appréhendais et pourtant, je trouvais en moi les ressources nécessaires pour paraître sûre de moi et décidée. Il ne fallait surtout pas laisser transparaître la moindre faille, une once de doute. Les pervers s'y engouffraient et les lâches s'en servaient comme excuse. J'avais l'habitude, j'avais grandi avec. J'avais passé ma vie à évoluer au gré des humeurs d'un pervers narcissique et sadique dont le seul plaisir était de tenter quotidiennement de me briser et de percer mes défenses. Mais je n'avais rien laissé paraître, ni peur, ni angoisse, ni faiblesse, ni douleur et je l'avais terrassé. Comme je le vaincrais lui, ce père qui osait prétendre l'être devant moi alors qu'il n'était que la moitié d'un homme. Il n'avait aucune dignité. Il s'attaquait à des êtres innocents et faibles qui avaient toute confiance en lui sous prétexte qu'il était leur père, le seul homme qui sur terre était censé les aimer de manière incommensurable et indéniable. Le seul dont le but ultime aurait dû être de les protéger.

Comment leur faire comprendre cela ? Comment leur expliquer que, dans la vie, tout n'est pas blanc ou noir, mais qu'il y a de nombreuses nuances de gris ? Que je n'étais pas la méchante éducatrice judiciaire et lui, leur papa d'amour, le gentil ? Que ce n'était pas normal de frapper ou toucher ses enfants ?

Non, ce n'était pas une forme d'amour ; sa manière à lui de leur montrer… Comment leur faire comprendre que ce n'était pas eux qu'il adorait en les meurtrissant inlassablement ? Qu'il n'aimait que lui, lui et toujours lui avec son narcissisme exacerbé. Lui et ses pulsions. Lui et ses démons !

La famille n'était pas encore arrivée. Je pénétrai dans ces lieux froids sans vie sans âme. Ce palais de justice aussi droit que devait l'être la Loi. Cette institution qui ne l'était plus.

— Salut chef… dis-je au gardien du lieu en lui adressant l'un de mes fameux sourires charmeurs. Notre cher juge est-il en forme aujourd'hui ?

Tu parles, il n'était même pas encore arrivé… Aurait-il lu, parcouru mon rapport ? L'espoir faisait vivre.

— Dis-moi ma belle toujours célibataire… Je tente toujours… se hasarda le gardien avec prudence.

Il paraîtrait que j'étais intimidante. Ma détermination faisait peur aux hommes. Il fallait dire que je ne leur laissais que peu de place. Je menais un combat où il ne pouvait y avoir de sentiment. Quelque part au fond de moi, je savais que je me cherchais des excuses. Il y a toujours des bénéfices secondaires à une situation difficile ou problématique dans nos vies, qui nous fait résister au changement. Je savais que j'avais tout simplement peur de m'attacher, peur de ne plus être un robot, peur d'être capable d'émotions, d'attendre quelque chose, de dépendre d'un autre. Peur d'en être vulnérable et d'en souffrir.
Peur de me fourvoyer et d'être trompée.
Peur d'être touchée au-delà de mes murailles.
Peur de perdre le contrôle.
Peur de l'homme. À cause de lui, ce lointain souvenir de faux re-père, mon père.
Un vestige du passé que me rappelaient les couloirs dans lesquels j'errais en attendant l'arrivée de la famille que j'accompagnais. Ils allaient arriver tous ensemble comme si de rien n'était, comme si rien ne les opposait, comme une banale balade familiale. Les deux enfants de cinq et sept ans allaient s'asseoir sur ces bancs froids, seuls et terrorisés sans pour autant le montrer, pour attendre un jugement qui les partageait et que de toute façon ils ne comprendraient pas. Attendre qu'on décide pour eux. Parce qu'ils ne pouvaient pas se dépêtrer de leur loyauté, de leur envie d'y croire, de l'espoir d'être aimés encore, tout en sachant au plus profond de leurs petits êtres que ce qu'ils vivaient n'était pas « normal », n'était pas sain. Je savais ce qu'ils vivaient, ce qu'ils

ressentaient aujourd'hui et ce qu'ils penseraient demain. Je le savais, car j'avais été eux. Je l'étais aujourd'hui encore. Une petite fille terrorisée qui faisait semblant d'être forte pour ne pas sombrer.

Petite fille qui n'osait pas pleurer. Cela aurait été prendre le risque de ressentir des émotions et d'exister. Petit être en survie. Petite chose en sursis.

Les deux enfants arrivèrent accompagnés de leurs parents. Ils me regardèrent méfiants même s'ils savaient que j'étais là pour eux. Ils pensaient que j'allais dire du mal de leur « pauvre petit papa » qui lavait minutieusement et quotidiennement leurs petits cerveaux à son seul avantage.

« Je vous aime, mais la manière dont je vous aime ne plaît pas à ces gens trop conventionnels, ils sont jaloux, ils sont mauvais... Ils veulent du mal à votre papa, ils veulent nous séparer... Ne leur dites rien, ils ne pourraient pas comprendre, se méprendre... Nos petits secrets à nous... Vous aimez votre père, non ? Vous n'aimeriez pas qu'il aille en prison à cause de vous quand même ? Personne ne voudrait de vous de toute manière... Il n'y a que moi qui vous aime... Je pourrais mourir pour vous. Vous êtes moi, vous êtes à moi. J'ai le droit de vie et de mort sur vous... »

Il savait s'y prendre le salopard ! Il était en pole position. Mais il ne savait pas que je le voyais. Je connaissais son fonctionnement. Ils sont tous pareils. Ils vous font croire que vous n'êtes que des merdes incapables, que vous ne valez rien. Ils parviennent à vous convaincre qu'il n'y a qu'eux qui peuvent vous aimer, sans jamais vous abandonner. Qu'ils sont les seuls à savoir ce qui est bon pour vous ! Il vous suffit d'avoir confiance en eux... Ils se pensent supérieurs, intouchables. Leur faiblesse est leur besoin vital de posséder, de détruire pour assurer leur domination, leur besoin narcissique de se répandre sur les autres.
Je connaissais ce besoin que j'avais subi, assouvi. J'avais grandi avec ces démons.

Je savais qui il était.

Je le regardai et je jubilai. Mon sourire l'effrayait. Il savait que je l'avais percé à jour.
Un jour, quoi qu'il advienne, il devra affronter ce même regard dans les yeux de ses enfants. Un regard qui le consumera. Sans mot, juste l'expression pure des maux qu'il leur aura infligés. Le jugement. Le vrai.

Je rassurai les deux petits êtres. Je leur rappelai que j'étais là pour eux et leur proposai d'aller faire un petit tour dans les couloirs pour s'amuser à ne marcher que sur les dalles froides et noires. Ils rirent. Ils savaient que c'était notre petit jeu à nous. S'ils savaient qu'il y a longtemps déjà, ce jeu était le mien, le nôtre à mes sœurs et à moi lorsque nous attendions des heures durant, nous aussi, le bruit du glas qui sonne. J'en profitai pour faire diversion et les éloigner de la présence paternelle oppressante pour leur demander comment ils se sentaient.

— Ne t'inquiète pas, Madame, ça va tu sais, papa est gentil maintenant… me dit la petite fille de cinq ans.

Tu parles, le salopard ! Il savait que les enfants oubliaient vite pour survivre et qu'ils pouvaient s'accrocher à la moindre petite gentillesse portée à leur égard. Cela, juste pour continuer à croire. Il l'avait joué fine pendant quelques jours, voire quelques semaines pour les amadouer et les endormir.

— Ne fais pas de mal à notre papa, tu sais, il n'est pas méchant. Il est juste un peu spécial… Il a sa manière à lui d'être avec nous comme un papa, quoi… On ne veut pas être séparé, pleura le petit garçon.

Je le serrai dans mes bras. Je n'avais pas encore trouvé la clef pour que leurs langues se délient.

— Vous savez que je ne suis pas là pour être méchante avec les papas ou les mamans et encore moins les enfants ! Mon rôle est de m'assurer que personne n'est méchant avec vous. Je suis auprès de vous pour vous protéger, pour que vous puissiez grandir dans l'amour et le respect de votre corps et de votre tête… Personne n'a le droit, même si c'est votre papa ou votre maman de vous faire du mal, ou encore de se faire du bien lui, en vous touchant… Même si vous aimez très fort vos parents, ils n'ont pas le droit de vous blesser là, leur murmurai-je, accroupie, les yeux dans les yeux, tout en plaçant ma main sur le cœur.

Ils ne répondirent pas et se jetèrent un regard complice. Les deux enfants se prirent par la main et repartirent en courant vers leurs parents. La petite fille risqua un rapide coup d'œil vers moi. Ils savaient que je savais. Tout était tacite.

Le cabinet du juge s'ouvrit. Il avait plus d'une heure de retard. Je détestais ça ! Son bureau était un véritable capharnaüm de dossiers, calendriers, feuilles et papiers divers. La greffière me regarda hautainement derrière ses lunettes carrées et son chignon trop serré. Le juge nous salua à peine. Et c'était parti pour une heure de bla bla.

Présentation de la situation, j'essayai de défendre discrètement la position du service, j'appuyai mes observations, je tins fermement le volant dans les virages.
Le juge n'avait pas lu le dossier. Le lâche. Il avait peur. Le père sourit.
Les enfants repartirent chez eux.

Prolongation de la mesure pendant six mois.

Les parents demandèrent au juge de changer d'éducatrice. Les cons ! L'homme de loi était las. Il quémanda sans réellement les écouter, les raisons de cette demande, bien qu'il en connût les fondements. Les parents voulaient noyer le poisson. Le magistrat refuserait. Il savait que j'avais raison, mais il n'avait plus la force. Le système l'avait broyé. Manque de moyens, discours politiques hypocrites. On essayait juste de survivre et de maintenir la tête hors de l'eau. Et l'on oubliait. On leur tournait le dos à eux, les enfants, les pauvres petits êtres en sursis.

Je sortis du cabinet, dépitée. Le salopard était radieux. Il affirmait de nouveau sa toute-puissance, son narcissisme gonflé à bloc.
La petite Fanny se jeta dans mes bras pour me faire un baiser. Quel amour ! Elle avait capté ma détresse. Elle mit sa main dans la mienne et me chuchota :

— Ce n'est pas grave.

Elle me sourit puis partit rejoindre sa famille chimérique. Ils s'éloignèrent. De moi. La porte se ferma. Aujourd'hui encore, je devais faire face à mon impuissance, même avec vingt ans de plus et en étant de l'autre côté.

Le bon côté ?

Chapitre 8

Il ne fallait pas se laisser aller, surtout ne pas baisser les bras. D'autres attendaient. D'autres espoirs étaient tournés vers moi, vers le système que je représentais. Le combat n'aurait jamais de fin. Je rentrai au service où m'attendait ardemment un père de famille, en transe.

– Ça pétouille dans tes familles, ma belle… ironisa Laurie lorsqu'elle me vit arrivée déconfite. Monsieur Bunon t'attend dans le hall. Il tourne en rond passablement énervé depuis une heure et affirme qu'il doit te voir urgemment. Je t'ai aussi laissé une note sur ton bureau : l'aide sociale à l'enfance cherche à te joindre pour les petites abusées et une nouvelle situation urgente à traiter, un bébé abandonné à l'hôpital… Courage, ma belle !

Sale journée ! Ça devait traîner dans l'air… C'était courant que les familles suivies pétouillassent en même temps… Un peu comme si de l'électricité flottait dans l'air. Je me ressaisis pour afficher une certaine équanimité face à toutes situations, tant au niveau professionnel que personnel. Prendre une certaine hauteur pour aborder les méandres de la vie avec sérénité et confiance.

– Bonjour, Monsieur Bunon. Désolée, j'étais en audience. Que se passe-t-il ?

Monsieur Bunon était un jeune père, débordé et désabusé.
Malgré tous les préjugés, il existait des pères qui prenaient leurs responsabilités et essayaient d'élever leurs enfants parfois envers et contre tous. Aussi bien qu'existaient, malheureusement, des mères qui se désintéressaient complètement de leurs enfants et pouvaient les blesser.
Ce monsieur faisait partie de ces pères-là, un peu désordonné, maladroit, mais désireux de bien faire. Il n'était malheureusement pas tombé sur la bonne mère pour ses deux enfants dont il avait obtenu la garde. Une petite fille de deux ans et un petit garçon de cinq ans. Amoureux transi de cette ex-femme qui cumulait les

hommes, pas des plus fréquentables, les dettes et les maladresses, il s'assurait avec assiduité du lien mère-enfants. M. Bunon explosa et déversa sa haine trop longtemps contenue.

– Il s'est passé quelque chose de grave, Madame Mie ! Les enfants étaient chez leur mère ce week-end et son connard les a massacrés, vous vous en rendez compte, je vais le tuer ! Il a touché à mes enfants, vous m'entendez, mes enfants ! Il n'avait pas le droit le salop. Je vais le tuer…

– Calmez-vous, où sont vos enfants ? Racontez-moi, mais calmez-vous ! Vous n'allez violenter personne, car vos enfants ont besoin de vous. Vous m'entendez ? Ne craquez pas ! Ils n'ont que vous, ils ont besoin de vous !

Mes paroles semblaient l'apaiser. Je lui proposai un café. Et j'écoutai son récit. Sa colère m'envahit. Comme je le comprenais ! Le petit ami de son ex-femme s'était acharné sur les deux petits êtres qu'il aimait le plus au monde et qu'il n'avait pas pu protéger ! Tout simplement parce qu'ils avaient une mère et qu'elle avait des droits. Elle ! Elle qui était censée les aimer et les protéger autant que lui.
Comment faire confiance ? Comment tolérer ?

– Les petits sont à l'hôpital. Il les a pris, un par un, comme ça, sans raison. Il leur a fait croire qu'ils partaient acheter des bonbons pour les tabasser en bas de l'immeuble et leur brûler le visage sur des congères de glace. Ma fille a l'os du tibia fracturé et de nombreux hématomes et mon fils a un traumatisme crânien. Leur mère ne les a même pas secourus, la conne ! Elle ne les a même pas emmenés aux urgences. C'est mon fils qui m'a appelé le lendemain parce qu'ils ne se sentaient pas bien tous les deux et que sa sœur avait très mal… Je suis venu les chercher au plus vite ! Leur mère m'a alors dit qu'ils étaient tombés la veille sur une plaque de verglas, mais les petits m'ont tout raconté dans la voiture… J'ai porté plainte… Mais je veux le tuer…

Je le raisonnai pendant plus d'une heure. Sa colère sembla s'apaiser, un peu.

– Je passerai vous voir à votre domicile dans la semaine et je programme un rendez-vous pour vos enfants et vous avec la psychologue du service. Je rédige une note pour le juge. Cet acte ne restera pas impuni, je vous le promets. Gardez vos enfants auprès de vous pour le moment.

Encore un salopard qui éprouvait une jouissance suprême en frappant, massacrant des êtres sans défense, quelle noblesse et quel courage ! Les parasites ! Je connaissais bien cet homme-là. Il avait « semé » dans tout le département. Il transmettait ses gènes, son héritage de chien galeux. Il pensait faire don de lui. C'était le sens ultime de sa vie. Il était Dieu le père.
Encore un.

Seule avec mes frustrations, Mr Bunon parti, je méritais bien une bonne dose de caféine. Une petite plaisanterie douteuse lancée à mon collègue de bureau Sylvain, débordé et totalement perché. Ce dernier vivait seul avec sa fille et ses chats. C'était un atypique, un peu efféminé, très sensible. Il était une véritable éponge. Difficile de se préserver dans ces conditions, mais c'était ce qui faisait de lui un être humain. Faillible, certes, mais dans le pathos. Compatissant, après plus de vingt ans de métier dans le service, il essayait encore et toujours de comprendre, d'excuser, de soutenir la parentalité envers et contre tous. Parfois aux dépens des enfants, mais il avait la foi. Il croyait en cette institution perdue : la famille. À l'inverse de moi qui aujourd'hui, n'y croyait toujours pas ! J'étais impitoyable et intraitable. Je ne voulais pas comprendre ni même entendre, ces parents que je jugeais défaillants. Je ne voyais que les faits. Si la parentalité mettait en danger la sécurité des enfants, ma seule priorité, tant affective que physique, je la condamnais.

Je taquinais Sylvain en permanence, je lui faisais des farces. Certains au service se moquaient de lui avec mépris parce qu'il était différent avec ses manières de vieille fille effarouchée, et pourtant, il y avait quelque chose chez lui de particulier qui le rendait sympathique à mes yeux. Sa vulnérabilité de femme, sans doute, comme un miroir à celle que je masquais profondément en moi. Il croyait. Beaucoup en avaient plus la force ou la folie douce, alors ils le condamnaient et transformaient ses espérances en faiblesses professionnelles. Ils le jugeaient sans même essayer de le comprendre.

Mais après tout, juger, n'est-ce pas ne pas comprendre ?

Une seule erreur le rongerait à vie, comme elle le minait depuis dix ans. Dix longues années à se demander pourquoi il avait eu cette confiance aveugle en l'amour d'un père en pleine dépression. Une simple affaire de divorce difficile, un désaccord pour la garde de leur enfant. Un petit garçon de dix ans. Les divers psychologues qui étaient intervenus n'avaient pas pris la mesure du désespoir de ce père refusant d'accepter que tout s'effondre autour de lui, son utopie, son couple, son foyer. Un père qui refusait de vivre ce changement, en perte de repères.

Face au conflit presque insoluble, le juge avait proposé un placement provisoire de l'enfant, le lundi suivant. Sylvain avait cru bien faire en prévenant les parents le vendredi soir… Il voulait ménager la chèvre et le chou ! Il ne croyait pas en l'intelligence de ce placement. Puis il rentra chez lui, auprès de sa fille et ses chats.

Le lundi en question, deux corps carbonisés, encore fumants, furent découverts par un randonneur à l'orée du bois, à quelques kilomètres seulement du domicile de la famille en question. Le père avait assommé son fils avant de l'immoler par le feu et de faire de même pour lui. Ils ne seraient alors jamais séparés… Unis dans la vie, et dans la mort.

Les remords de Sylvain…

Chapitre 9

Allez au boulot ! Voyons ce que me veut l'aide sociale à l'enfance.

Ce service ne dépendait pas d'une institution « privée » bien qu'en partie financée par l'état comme toute institution sociale, mais des pouvoirs publics. Leurs éducateurs se chargeaient, dans notre département, du suivi de placement. Ils intervenaient en quelque sorte après nous, lorsque notre « action » avait « échouée » et que le placement des enfants s'avérait nécessaire en urgence ou décidé par le juge en fin de mesure.

Après, on ne voyait plus les mineurs qu'on avait pourtant accompagnés souvent depuis une longue durée. Les jeunes perdaient alors un double repère. Privés de leur famille, ils ne pouvaient même pas se raccrocher à un adulte référent, tel l'éducateur de l'Assistance Éducative en Milieu Ouvert qui les avait suivis jusque-là. Des petits survivants échoués qu'on abandonnait là, sur de nouveaux rivages en terres et mains inconnues. Pour peu qu'en plus, trop souvent malheureusement, les fratries soient séparées, dispatchées entre différentes familles d'accueil et autres foyers. D'où l'importance de préparer un placement au mieux, lorsqu'il n'était pas appliqué dans l'urgence, pour garantir un semblant de lien rassurant… Pour qu'ils emportent un petit peu d'eux dans ce déracinement.

Mais existait-il une autre solution ?
Que faire d'autre avec ces petits survivants ? Que proposer ?
Existait-il quelque part un paradis terrestre pour ces petits et grands naufragés ?

Il s'agissait aujourd'hui de placer en urgence une fratrie de trois enfants, deux adolescentes de treize et dix-sept ans et un jeune garçon de quinze ans. Une de mes mesures. Ils avaient perdu leur mère un an auparavant. J'avais été aussi présente que possible, à soutenir l'action du père pour maintenir leur foyer. À soutenir ce deuil cruel qui les entraînait vers le fond. Les trois adolescents portaient la culpabilité du décès prématuré de leur mère. Elle avait fait un accident vasculaire cérébral sous leurs yeux. Selon eux, ils n'avaient pas réagi assez vite. Mais quels enfants, même adolescents, auraient pu savoir qu'il fallait contacter les urgences au plus vite alors que leur mère leur assurait qu'elle allait bien ?

Elle s'était éteinte devant eux. Ils vivraient toute leur vie avec ce terrible souvenir et essaieraient de se construire avec et malgré cela.

J'avais mis en place toutes les aides humaines possibles, des travailleuses familiales à domicile plusieurs fois par semaine, ainsi qu'un soutien financier pour que le père puisse rester à la maison avec ses enfants. Je sentais que quelque chose n'allait pas. J'avais multiplié les sorties avec les enfants, ensemble, puis séparément lorsque j'avais senti que les langues étaient liées et qu'ils faisaient front. Surtout de la part des deux plus grands, pour ne rien laisser transparaître, pour rester ensemble. Et pourtant. Un jour de trop, la petite finit par se confier à une travailleuse familiale alors qu'elles étaient seules au domicile. Elle était victime d'attouchements sexuels réguliers perpétrés par son paternel. Classique. Malheureusement.

L'engrenage fut alors lancé. Signalement. Décision du juge dans l'urgence. Placement provisoire le temps de l'enquête.

Mon rôle était aujourd'hui d'aller chercher la petite de treize ans au collège, de passer prendre des affaires chez elle et d'expliquer au père que je devais l'emmener dans un foyer sans fournir plus de détails. Il devait l'accepter et c'était tout. Pourquoi ? Parce que le reste était du ressort des enquêteurs et qu'il ne fallait surtout pas saboter leurs investigations. Un travail fastidieux qui pouvait se mettre en route plusieurs semaines après le placement d'urgence, laissant les parents dans l'ignorance, terrible quand on n'a rien à se reprocher ou quand on se sent victime d'une injustice. Mais la plupart du temps, ils savaient. Les parents avaient conscience, même de manière infime, qu'ils avaient fait quelque chose que la norme condamnait.

Je prévins le collège, puis le père. Il acquiesça, résigné, et me promit de lui préparer des affaires. Il ne demanda qu'une fois les raisons de ce placement d'urgence. Je restai vague. Il n'insista pas. Cela promettait une belle fin de journée. Je sentais que j'allais courir vite ce soir…

Voyons à présent cette nouvelle situation que Laurie avait déposée sur mon bureau…

J'ouvris le dossier. Un cliché en noir et blanc. Un nourrisson. Ewan. Pas tout à fait cinq mois de vie. Déjà un dossier d'aide sociale à son nom. J'avais la photo en main. Je la regardai. Je sentis sa détresse à travers le papier glacé. Elle m'envahit. Elle me toucha. Je me ressaisis. Pauvre petit être. Quel monde cruel ! Quelle était son histoire ? Ne devrait-elle pas être celle d'une naissance paisible dans une famille heureuse et impatiente de l'accueillir, bercée et couvée à chaque instant par l'amour inconditionnel de ses parents, dans un foyer, le sien ? Pourquoi n'était-ce pas le cas ?

Parce qu'il n'avait pas cette chance. Ses parents étaient des toxicomanes. Sa mère s'était shootée pendant la grossesse, alors il était né beaucoup trop tôt. Il n'existait déjà pas pour elle alors qu'il était son prolongement, grandissant en son sein comme s'il voulait l'accommoder de sa présence, la préparer. Faire d'elle une maman. Faire naître en elle, en même temps que la vie en lui, un instinct nourricier naturel. Malheureusement, cela ne suffisait pas, cela n'allait pas de soi. On ne devient pas mère parce qu'on porte un enfant. L'amour maternel inconditionnel est un mythe.
Le nourrisson avait passé tout son début de vie dans une chambre d'hôpital glaciale. Expulsé dans ce monde inconnu, cet univers de souffrance où il faisait si froid ! Il avait subi des interventions

lourdes, des transferts. Il avait vu des centaines de visages, perçu des odeurs inconnues, mais rien pour le raccrocher à la vie ! Rien pour le rassurer, l'apaiser. Rien pour se fixer. Il avait échoué à l'hôpital public où il attendait. Personne ne voulait de lui. Ses parents ne l'avaient vu que trop peu depuis son expulsion au monde. Il était pour eux comme une tentative avortée de faire quelque chose de bien, de s'accrocher à la réalité. Ils étaient trop accros à leur shoot. Leur fils ne remplacerait jamais ce bien-être-là. Ce nirvana. Cette impression de liberté. Ewan.

La situation était urgente. Le juge me demandait d'aller évaluer chez les parents la possibilité ou non de les mobiliser. Je pouvais éventuellement mettre en place toutes les aides nécessaires pour soutenir cette attention, mais, dans le cas contraire, je devais préparer le placement. L'hôpital grondait.

« Nous ne sommes pas une instance de placement… L'enfant nous coûte des centaines de milliers d'euros, qui va payer pour lui ? Sa place n'est pas ici… »

Oui, mais où était-elle ?
Je regardai mon agenda. J'avais un rendez-vous qui venait de s'annuler. Je saisis mon sac.

– Laurie, je roule jusqu'à l'hôpital pour rencontrer le petit Ewan… Je mangerai sur place. Je repasse au service en début d'après-midi, puis je pars faire mon placement d'urgence. Bon appétit.
Elle me sourit. Elle savait qu'une fois de plus, je ne prendrais pas le temps de déjeuner.

J'arrivai quelques minutes plus tard en pédiatrie. Je me présentai et demandai à rencontrer le chef de service, un certain docteur Kio, pour qu'on m'expose la situation d'un point de vue médical. J'avais de la chance : le staff était disponible. Le pédiatre en question était un vieux décrépit et blasé. Il commença par grogner que l'hôpital n'était pas une famille d'accueil et que ce pauvre enfant n'avait plus rien à faire ici avant de m'exposer la gravité de la situation.

– Ses parents sont des déchets. Nous ne les avons vus qu'une fois en un mois. Ils ne prennent même pas de nouvelles. Ils ont toujours de bonnes excuses pour ne pas nous rencontrer. Lorsqu'ils sont venus, ils sont restés une ridicule petite heure et n'ont même pas voulu donner le bain ou nourrir leur enfant. D'un point de vue médical, il va bien, mais je crains pour son développement. Vous comprenez ? Nous ne sommes pas adaptés pour sa prise en charge, disons… affective. Mais venez le voir !

Il me conduisit jusqu'à sa chambre… d'hôpital. Un petit berceau au milieu d'une pièce blanche. Quelques posters avaient été accrochés ici et là pour décorer un peu.

– Des initiatives du personnel, m'expliqua le docteur.

Je m'approchai de lui. Il dormait. Je lui caressai la main.

– Bonjour, Ewan, je m'appelle Carla. Je vais m'occuper de toi. Tu n'es pas tout seul.

Il ouvrit un œil. Ne me regarda pas. Et le referma aussitôt.

– Que se passe-t-il ? Est-il sourd, docteur ? Aveugle ? Il semble ne pas m'avoir vue ? m'affolai-je.

– Non, il fait de l'hospitalisme. Il n'a pas de référent affectif, il n'est pas sécurisé, alors il se réfugie dans le sommeil. Il ne parvient pas à fixer son regard. C'est pour cela que la situation est urgente. Ses carences affectives vont être beaucoup trop importantes ! Et je ne vous parle même pas de son retard de développement qui ne fait que croître malgré la bonne volonté des infirmières et aides-soignantes qui vont jusqu'à faire leur travail avec le petit dans un porte-bébé ! répondit le docteur, qui semblait lui aussi touché par cette situation désolante.

– Je comprends…

Il me laissa seule. Je pris Ewan dans mes bras. J'aurais tant voulu lui donner un peu de ma chaleur. J'étais seule. Alors je commençai à chanter tout doucement… Une berceuse italienne lointaine.

Sia beneta, ma beneta…

– Je te promets mon petit bonhomme, tout va s'arranger pour toi, tu vas recevoir l'amour que tu mérites. Je te le jure… Je suis là.

Il ouvrit les yeux.

Chapitre 10

L'hôpital était désert. Il faisait nuit depuis longtemps déjà. Le docteur Kio n'avait pas d'autre choix. Il devait rentrer chez lui. Cela faisait trois jours déjà qu'il était sur son lieu de travail. Il avait besoin de se changer et prendre une bonne douche. Le directeur de l'établissement hospitalier ne voulait pas que le pédiatre campe ici. Il avait été compréhensif les premiers mois, les premières années. Tous les ans, à la même époque, son collègue vivait un véritable calvaire. Il devrait déménager, mais il ne pouvait pas se résoudre. Tous les souvenirs de son ancienne vie, son unique vie, prenaient la poussière. Le temps était suspendu. Ils étaient encore là. Ils hantaient chaque pièce de ce grand manoir sanctuaire. Leur tombeau. Celui de la famille Kio. Celle qui faisait autrefois rêver. Depuis ce terrible jour, au détour de ce virage, pourtant si familier, où leurs existences paisibles avaient sombré dans un cauchemar. Un calvaire sans fin.

Pourtant, depuis plusieurs mois, le pédiatre s'était senti apaisé. Il avait trouvé la solution. Il ne pouvait rien réparer, la mort était irrémédiable. Il ne pouvait cependant pas leur survivre. Le deuil de sa femme et de leur enfant était impossible. Ils étaient sa force. Sa raison de vivre. La vengeance était une noble cause. Puis il s'autoriserait à partir sereinement. Il se sentirait alors digne de les rejoindre.

Le docteur monta dans sa voiture et la démarra. Comme un automate, il alluma le poste radio. Les infos. Il sourit. Encore un attentat revendiqué par des terroristes d'un nouveau genre.

Des écolos qu'ils disaient ! Si le monde savait…

Kio jubilait à cette idée en pensant à une dénommée Vicky. Il n'avait jamais rencontré une femme aussi déterminée. Aussi forte

dans ses convictions. Il était arrivé à destination. Il se garait comme à son habitude à quelques mètres de l'entrée nord du cimetière, puis ses pas le conduisirent machinalement jusqu'à l'emplacement huit de l'allée cinq. Il pleuvait. L'obscurité camouflait ses larmes qui ne s'étaient jamais taries.
Dix ans. Dix longues années durant lesquelles ses mains tremblantes de mari et de père ne caressaient qu'une pierre rugueuse.

Je n'ai pas oublié… Je suis là.

Comment oublier ? Il s'était longtemps comporté lâchement, reclus dans sa peine. Il avait passé des heures à t'empester, à se morfondre, à taire sa détresse dans l'alcool, à échafauder des « et si » et à crier des « pourquoi » ?

Pourquoi s'était-elle arrêtée ? Ce soir-là ? Au détour de ce virage-là ? Lorsqu'elle avait vu une femme et un enfant au bord de la route ? Parce qu'il pleuvait aussi cette nuit-là ?

Parce qu'elle croyait en l'humanité. Sa femme était la bonté incarnée. Elle ne voyait que le beau en chacun de nous. En lui. Et l'enfant qu'elle portait était le fruit tant désiré de leur amour. Ce petit gars. C'était tellement injuste !

Prendre une vie et demie pour les tribunaux, trois vies pour lui, tout ça pour une dose ! Et pourquoi avoir tiré ? Sur elle ? L'amour de sa vie. Cathy. Cathy qui sourit. Cathy et ses espérances folles. Elle l'avait convaincu que le bonheur était possible. Lui envahit par la noirceur des urgences pédiatriques. Elle, douceur. Elle, chaleur. Cathy et son gros ventre.
Le tonnerre retentit. L'homme désabusé sourit.

La Terre mère sonnait l'heure du jugement.

Chapitre 11

Je détestais faire des promesses vaines. J'avais grandi avec ces chimères. Avec des « je te promets... » comme des « je t'aime » vides et vils de tout et finalement personne. Juste des adultes référents ou non, désireux de bien faire ou pervers, soudainement envahis par la culpabilité face à nos yeux d'enfants implorants.

J'avais grandi avec ces mirages donnés pour tout espoir :

« Je vous promets, je vais arrêter de vous faire du mal... Si vous êtes bien sages... »

« Je vous promets, si vous parlez, tout ira pour le mieux, vous serez heureuses avec votre maman et votre papa... ».

Mensonges. J'avais tellement eu du ressentiment pour ces adultes en qui je n'avais aucune raison de ne pas faire confiance.

J'avais longtemps raisonné de manière très manichéenne. Il y avait d'un côté les gentils et de l'autre les méchants, ceux qui nous séparaient de nos parents. Les ennemis. Les menteurs. Et puis j'avais mûri. Avec les années, l'image que je me faisais du monde dans lequel j'évoluais malgré moi et le reflet de celui dont je n'osais que rêver devinrent plus nets, plus détaillés dans leur complexité. J'avais fini par m'interroger sur ces notions bien manichéennes et sur les apparats qu'elles revêtaient.
Qu'est-ce qui opposait réellement les gentils et les méchants ? Et de fil en aiguille, je m'étais engagée du côté de ceux pour lesquels j'avais nourri autant de haine, car je les avais tenus pour responsables de notre arrachement familial : les Autres. Les éducateurs, les juges, les flics, les assistantes sociales, les profs, toutes ces fouille-merdes, ces fouines ! C'était tellement plus facile pour des fillettes innocentes de haïr des inconnus que leurs propres parents... Tellement plus aisé et acceptable, car c'étaient

bien mes géniteurs qui étaient censés m'aimer et me protéger ! Pas ces Autres… Et pourtant !

En réalité, c'étaient eux, les Autres, qui nous avaient sauvées. Dur à accepter. Et pourtant, un geste, un mot, une action parfois insignifiante, d'une enseignante, d'une assistante sociale, d'un éducateur, d'un juge et on m'avait laissé le choix. Celui de la vie plutôt que la survie. La possibilité d'avoir consciemment le choix, de le réfléchir, de le mûrir en essayant de s'abstraire de l'héritage familial. La chance d'emprunter une autre voie, de n'être ni putes ni soumises. J'avais alors choisi de rendre la pareille, faire entendre ma voix… Pour ne plus jamais me terrer dans le silence de la terreur.

Je tiendrai ma promesse. Coûte que coûte. Et pourtant, je savais que tout ne dépendait pas de nous et de notre bonne volonté. Le facteur humain entrait en compte. Malheureusement, ce fameux instinct maternel était un leurre. Il n'allait pas de soi, et celui paternel encore moins. S'il n'était pas acquis à la naissance de notre enfant, pouvions-nous espérer qu'il vienne plus tard, comme un apprentissage ? Pourrait-il d'un simple effort devenir une nouvelle nature ? J'avais longtemps cru à cela.

Aujourd'hui, je doutais. J'avais tout fait pour mobiliser les parents du petit Ewan. Je les avais harcelés. Appelés, visités, transportés pour aller voir leur enfant. Ils ne pensaient qu'à eux et à leur foutue drogue. Le pire de tout était qu'ils étaient convaincus d'être dans leur bon droit. Ils se définissaient victimes de cette société archaïque qui refusait leur style de vie. Victimes d'une injustice sociale. Victimes de mon excès de zèle. Tellement plus aisé de me détester plutôt que de se remettre en question, de regarder et d'assumer ses failles. Ses défaillances. Et ce petit être en sursis, en suspens qui attendait. Patiemment. En dormant.
Aujourd'hui, dernière chance. L'hôpital me pressait.

« Comprenez-nous bien, mademoiselle, qui va payer ? Nous ne sommes pas une garderie… Cet enfant nous a déjà coûté plus de

300 000 euros, et l'ardoise s'allonge de jour en jour… ».

Mes collègues me questionnaient.

« Mais pourquoi refuses-tu d'accepter que tu aies tout mis en œuvre et que les parents ne veuillent pas se mobiliser… Que c'est une cause perdue… ».

« Confie-le à l'Aide Sociale à l'Enfance pour qu'il soit placé… Ses carences affectives vont être énormes, irrécupérables… ».

J'attendais cette dernière proposition. Cette ultime chance. Je voulais croire. J'avais promis. Je cherchai les parents. Les chiens m'accueillirent dans leur appartement crasseux qu'ils n'avaient pas voulu quitter alors qu'il ne permettait pas d'accueillir leur enfant. Je constatai les dégâts. Leurs mines de faux parents étaient encore ravagées par leur orgie de la veille. Une débandade de drogue et d'alcool qui les conduisait je ne savais où, eux non plus d'ailleurs. Parfois, ils se réveillaient dans des lieux inconnus avec des étrangers, alors qu'elle était la place d'Ewan dans tout cela ? Ils n'avaient même pas conscience de cet inconcevable-là ! Cela me désolait. Ma voix résonna dans leur antre.

– Je suis venue vous exposer votre dernière chance de garder Ewan auprès de vous…

Ils me regardèrent ahuris, ils attendaient. Ils ne comprenaient pas les enjeux de cette ultime proposition.

– Vous avez de la chance j'ai trouvé un centre d'accueil constitué de plusieurs logements indépendants, avec bien sûr la présence de professionnels pour soutenir la parentalité. Ils vous accepteraient tous les deux avec votre fils. J'ai dû me battre pour ça, d'habitude, seules les mères sont hébergées…

– Mais nous avons déjà un logement que nous voulons garder… Et nous ne sommes pas Crésus ! me coupa sèchement le père.

Mon monstre intérieur gronda, espèce de connard, ta drogue, tu la paies comment ? Je le muselai et répondis sèchement.

– Je vous rassure, cela ne vous coûtera quasiment rien c'est, comment dire, l'état qui paie… Vous pouvez garder ce logement ou tout aussi bien le rendre et faire des économies…

– Mais et nos meubles, et nos chiens… poursuivent-ils, avec sa grognasse idiote qui acquiesçait derrière !

La colère commença à m'envahir. Je gardai mon calme. Je proposai un garde-meuble, un chenil, évoquai la famille et les amis. Mais rien ne paraissait leur convenir. Je fulminai. Désespérée.

– Mais vous ne comprenez pas, c'est la seule possibilité pour que le juge vous permette de prendre Ewan avec vous !

Mes paroles étaient vaines.

Ils savaient que j'allais proposer le placement aux autorités, et qu'il allait être immédiat. Je leur expliquai, mais ils ne réagirent pas. Ils voulaient pouvoir continuer à se droguer tranquillement et refusaient de remettre en question leur choix de vie. Pour eux, tout était de ma faute. Le père me menaça. Je partis. J'avais failli à ma promesse. Ewan ne connaîtrait jamais cette happy-end que tout enfant méritait. Au mieux, il aurait la chance d'être accueilli par une famille d'accueil qui pourrait le garder une bonne partie de son enfance.
Au pire, il connaîtrait de multiples arrachements, n'aurait jamais de référent, jamais de « chez lui ». Il serait ballotté de familles en foyers. Il serait seul. Toujours isolé. Avec ses questions, avec ses doutes, son manque d'amour, avec ses « pourquoi moi » ?

« Pourquoi pas moi ? »

Je rentrai au bureau, dépitée. Je prévins l'assistance sociale de l'hôpital qui fut ravie. J'allumai mon ordinateur pour rédiger ma note au juge. J'étais désolée.

Mes yeux dérivèrent et s'accrochèrent aux petits tas de papiers que j'avais posés sur mon bureau, je ne savais plus quand, je ne savais plus pourquoi. Je reconnus l'écriture d'un enfant, des dessins… Une requête. J'avais oublié. J'avais aussi promis. Je finirais la journée sur une promesse acquittée. Facile cette fois. Je jouais simplement le rôle de coursier.

Un gosse de six ans, abandonné par sa mère qui, malgré mon soutien et celui d'un centre d'accueil pour femmes en difficulté, préférait vivre sous une tente avec un camé qui la frappait et la violait. Ce choix-là plutôt que celui de se construire une vie emplie de petits bonheurs simples avec son fils qui l'aimait inconditionnellement. Qui attendait tout d'elle ! Du haut de ses quelques années, il acceptait son sort. Il recopiait son prénom et traçait des petits cœurs sur des dessins innocents, lui et elle, main dans la main devant une maison fleurie…

Un rêve, une chimère auxquels l'enfant s'accrochait. Il lui donnait à voir à quel point il l'aimait, à quels points il avait besoin d'elle comme un cri du cœur pour qu'elle revienne à lui. Le réconforte. Lui murmure des mots d'amour, le rassure. Je posterai sa lettre. Je savais où la trouver. Elle tapinait tous les soirs le long de la gare sous l'œil protecteur de son amour à elle. Son mec. Le seul mâle de sa vie auquel elle accordait de l'attention.

Je posterai une chimère. Encore une.

Chapitre 12

Quelques minutes plus tard, sur un terrain vague de la presqu'île

– Quelle conne celle-là ! Avec son air pincé et son beau petit cul. C'est quoi encore cette connerie !

La femme aux charmes déployés avait sollicité un bon alimentaire, rien de plus. Elle crevait de faim ! Elle allait encore devoir tailler une pipe ou deux si elle ne voulait pas se faire tabasser la gueule en rentrant au campement. Phil, son mac, ne plaisantait pas.
Madame Mie lui avait dit que ça venait de l'autre gosse. Son mioche. Elle hésitait. Elle serrait fermement la feuille de papier dans sa main. Elle lui brûlait la paume. La femme de joie flippait. Encore un dessin. Pas besoin de regarder… Allez, juste un petit coup d'œil. Oui, mais si elle faisait cela, elle savait qu'elle n'allait pas pouvoir bosser. Elle n'allait pas se sentir bien et elle se ferait casser la gueule en rentrant. Et puis elle allait encore avoir envie de pleurer et son mascara allait couler. Le waterproof coûtait bien trop cher. Et la tristesse, ça faisait fuir les clients !

Les dessins de son gosse, elle les conservait tous précieusement dans une petite boîte en fer qu'elle avait enterrée derrière leur squat. Elle ne savait pas trop pourquoi. C'était sans doute son petit côté maternel qui ressurgissait, à tous les coups. Elle ne les avait pas tous regardés. Pas le courage. Elle les gardait pour plus tard, on ne sait jamais. Il ne pigeait pas, le gosse, il s'accrochait. Il était pourtant mieux sans elle, avec son père et ses cons de grands-parents. Elle, elle n'était qu'une pute alcoolique folle amoureuse de son proxénète qui la battait. Parfois elle rêvait et elle revenait à lui. Mais elle était faible et elle n'arrivait pas à combattre ses démons. Sa vie, c'était celle-là. Elle n'avait connu que cela.
Méritait mieux qu'elle, ce pauvre gosse. Elle n'était même pas digne de tenir ses dessins dans la main. Oh et puis merde ! Elle s'en foutait de ce gamin ! Elle n'en voulait même pas d'ailleurs.

C'était son père qui pensait pouvoir leur offrir une autre vie, mais il était trop con et trop gentil. Son Phil, lui, c'était un vrai mec. Mouais.

– Tiens, une voiture ! La vache ! Le mec au volant n'est pas mal… Un peu typé, beau gosse ! Il ralentit !

Elle en avait assez de se taper des alcoolos dégueulasses ou des camionneurs gras du bide. La femme aux charmes dévoilés jeta la feuille blanche chiffonnée et dressa le torse pour faire ressortir son opulente poitrine alors qu'elle s'avançait vers le bolide. Le conducteur ouvrit la fenêtre. Sa voix avait un accent latino que la prostituée trouva sexy.

– T'es encore en service ma belle ?

Comme si ça ne se voyait pas ! La femme acquiesça. Elle avait toujours pu compter sur sa belle gueule pour gagner un peu de thunes. Elle sentait qu'avec ce client, elle finirait sa journée sur un jackpot ! Il avait une belle voiture noire, vitres teintées, une berline. Il respirait le fric. Et en plus, il sentait bon. Un second mec qu'elle n'avait pas aperçu de prime abord sortit du véhicule pour lui ouvrir la porte arrière. Comme si elle avait été une dame ! Il avait des yeux bleus magnifiques. Phil allait être content du pactole. La prostituée décida de manœuvrer.

– J'vous préviens, pour deux, c'est plus cher…

    Elle jubilait. Finalement, la journée ne serait pas aussi merdique que cela. Elle grimpa dans le carrosse. Elle jeta un dernier regard sur la feuille blanche qui s'envola en s'ouvrant subitement. Elle aperçut alors des mots d'enfant effacés par la moiteur de ses mains. Des mots qui devinrent lointains.

Maman… Tu me manques, reviens… Je t'aime…

Chapitre 13

Le réveil sonnait. Léo sauta dans le lit et me gratifia d'une grosse léchouille.
J'étais ravie !

– Bon, d'accord, j'ai compris je me lève… lui dis-je, en ronchonnant.

Je n'avais jamais été du matin ! Une courte douche pour me réveiller. Un bon café avec un petit carré de chocolat pour me donner du courage. Et c'était parti. Léo sorti, j'arrivai au service sereine et confiante. Je fus accueillie par un père en colère.

Tiens, il est matinal aujourd'hui, pensai-je sarcastique.

Courroucé, il brandissait une facture d'électricité de 900 euros.

– Que se passe-t-il, Mr Nachin ? lui demandai-je avec toute la patience dont je pouvais disposer de si bon matin.

– Se passe que j'ai reçu une facture EDF de dingue et qu'il faut la payer ! Voilà ce qu'il se passe ! me rétorqua-t-il, agressif, en me tendant nerveusement sa facture d'électricité.

– C'est la troisième fois ce mois-ci que vous venez me voir, Mr Nachin, pour une aide alimentaire ou énergétique. Je ne suis pas une assistante sociale ! Je suis là pour soutenir votre parentalité, pas la gestion de votre budget ! D'autant plus, si je ne m'abuse, que vous disposez des aides nécessaires pour subvenir aux besoins de votre famille, si bien sûr vous vous en tenez aux recommandations de votre conseillère en vie économique de l'UDAF. Désolée, mais aujourd'hui, ça ne passera pas !

Et toc.
Cette fois, je l'avais mouché. J'avais été ferme. Ras la casquette de cet assistanat à outrance. Cette façon que les parents avaient de

nous consommer comme si c'était normal !
Comme si la société leur était redevable de faire des enfants et qu'elle devait pour cela tout leur faire !
Il resta bouche bée quelques secondes pour finir par me lancer un regard circonspect.

– Eh bien, puisque c'est comme ça, puisque la société ne veut pas me payer mon électricité et bien je le ferai tout seul ! balbutia-t-il en partant.

Bah tiens, encore heureux que tu vas la payer ta facture, pensai-je sans même être outrée par un tel comportement tellement fréquent. Encore un qui attendait et qui ne faisait rien. Parasite. Je me surpris alors à me sermonner, tempérance est mère de vertu, mais merde alors ! Un tel comportement, ça me révolte…
Laurie me sortit de ma torpeur.

– Carla, tu as une communication urgente que je transfère sur le poste de ton bureau. Je courus jusqu'à ce dernier. La journée semblait mal engagée. Qu'est-ce qui m'attendait encore ? Un adolescent en crise ? Une mère alcoolisée ? Un père en fuite ? Un enfant hospitalisé roué de coups ? Je saisis le combiné.

– Oui j'écoute…

C'était l'hôpital qui me prévenait. Je restai interdite. Ewan avait disparu.

– Comment ça disparu ? J'en avais la gorge sèche.

Les infirmières avaient découvert au petit matin, le lit de l'enfant, totalement vide. Toutes ces petites affaires données par des âmes compatissantes de l'hôpital et offertes par des parents absents rongés par les remords étaient restées inertes dans les placards de la petite chambre blanche laissée sans vie. Je prévins mon chef de service et conduisis comme une furie jusqu'à l'hôpital. La gendarmerie était présente, l'alerte enlèvement allait être enclenchée. J'étais inquiète. Je me présentai aux inspecteurs et répondis à leurs questions. Je transmis les coordonnées des parents, exposai la situation familiale et la décision du juge d'un placement de l'enfant en famille d'accueil de l'Aide Sociale à l'Enfance. Le directeur de l'hôpital arriva à son tour, paniqué en déclinant son établissement de toutes responsabilités et me montrant méchamment du doigt.

Il vociféra contre les services sociaux qui auraient dû depuis longtemps placer cet enfant et l'éloigner de ses parents.

Quel con !

Il surenchérit sur le manque de moyen de l'hôpital public, la difficulté de travailler en prenant en compte la misère sociale et la complexité du public concerné et bla bla bla bla… Son discours devint subitement politique alors qu'un enfant d'à peine quelques mois venait de disparaître et se trouvait peut-être en danger, n'importe où avec n'importe qui. Je frémis.

La gendarmerie semblait convaincue de l'implication des parents. Je leur exprimai mes doutes.

Le commandant me remercia gentiment et promit de me tenir au courant… Je sortis de l'hôpital perplexe. Je n'imaginais pas les parents venir enlever leur enfant en pleine nuit comme cela, alors qu'ils n'avaient pas de véhicule et qu'ils étaient sous l'emprise de la drogue, peu conscients de ce qui pouvait se passer autour d'eux. De plus, ils semblaient presque satisfaits de ne pas avoir à assumer la « charge » de leur enfant. Leur fausse colère et leur mobilisation quasi inexistante en étaient les meilleurs témoins. Je ne pouvais pas les joindre… Le commandant avait été clair. Je risquais des ennuis. Ce n'était pas mon affaire.

– Au diable ces idiots, je vais juste jeter un œil… me lançai-je en montant dans la voiture du service.

Je n'eus même pas conscience d'avoir parcouru les quelques kilomètres qui séparaient l'hôpital du squat des « parents » d'Ewan. Mes pensées étaient toutes tournées vers ce petit être sans défense, seul quelque part. J'avais peur pour lui. Il fallait que je le retrouve.

J'arrivai devant chez le couple. Je pris le temps de me garer. Je savais que je n'allais pas trouver l'enfant. Mais il fallait que je m'en assure. Je ne pris pas la peine de frapper. La porte était entrouverte. Les deux parents gisaient semi-inconscients, complètement camés, sur de vieux matelas miteux et crasseux posés à même le sol parmi les excréments de leurs chiens sagement avachis entre leurs maîtres. Le lieu empestait l'urine. J'eus un haut-le-cœur. Je ne trouverais pas Ewan ici. Il était seul. Désespérément seul.

Où pouvait-il avoir échoué ? Des pensées terribles m'envahirent, un trafic d'enfants ? Pire un trafic d'organes ? Mon Dieu !
Qui pouvait avoir l'idée d'enlever un bébé ? Et pour quoi faire ?
Je m'arrêtai le long de la route. Je vomis. J'étais impuissante. Je rentrai au service. Je n'avais plus qu'à patienter.
Oui, mais pour attendre quoi ?

Où es-tu Ewan ? Souffres-tu ? Pourquoi le sort semble-t-il vouloir s'acharner sur toi ? Est-ce une question de karma ?

Certains diront que oui, d'autres parleront de destin et quelques sceptiques évoqueront le hasard…
Je ne savais plus à quoi croire ou même, vers qui me tourner.
Et parfois, je me demandais à quoi cela pouvait-il bien servir de croire ?

Croire, c'est garder un peu d'espoir, c'est trouver du réconfort, c'est se déculpabiliser, se rassurer, se dire qu'il y a quelque chose au-delà de nous, plus fort et hors de notre entendement. C'est se convaincre que ça finira par aller mieux, c'est se donner des raisons pour continuer à vivre. C'est aussi parfois se border d'illusions en s'inventant des solutions, en se donnant l'impression

de faire quelque chose lorsqu'on se sent impuissant…
 Je le savais. Mais cela m'était égal.

Ce soir-là, seule dans mon appartement, impuissante et terrorisée, je décidai de prier en faisant appel à toutes ces forces auxquelles il était possible de croire, peut-être que dans le tas, l'une d'entre elles existerait et m'entendrait. Je me souvins de cette petite fille que j'avais été, cachée sous les draps, réfugiée entre les bancs d'une église, calfeutrée entre de vieilles tombes anonymes pour exhorter les forces supérieures à venir nous sauver, me donner du courage et renforcer ma volonté. Je me sentais alors moins seule et moins exposée ! J'avais l'impression qu'elles étaient toutes là autour de moi en support. Et je le défiais grâce à elles, je résistais et survivais. Je leur faisais des offrandes en nettoyant les tombes, en les décorant de fleurs multicolores, en laissant résonner ma voix, assise sur les pierres tombales ou fièrement debout au milieu de la nef, le regard rivé sur cette représentation divine en souffrance. Je récitais des prières, des mantras, je faisais des signes… Je leur étais entièrement dévouée. Elles m'imposaient un code de conduite qui me rassurait et me donnait de l'assurance.

Ce soir-là, je ressentais à nouveau ce besoin d'espérance, de force, de volonté. J'avais besoin d'avoir confiance, en moi et en l'avenir. J'allumai une bougie. J'accomplis mon rituel. Je versai quelques larmes et je restai dans le silence.
Rien.
J'attendis…
Toujours rien.
Je m'endormis.

Chapitre 14

La sonnerie de mon téléphone portable me réveilla dans un sursaut. Au bout du fil, la gendarmerie me convoquait sèchement dans la journée. Les enquêteurs avaient-ils du nouveau ?
Je jetai un coup d'œil furtif à la bougie entièrement consumée et je souris.
J'avais la force en moi, pourquoi douter et la chercher ailleurs ? Elle me venait de l'amour que je leur portais, à ce bébé ainsi qu'à tous les autres.
Je me hâtai de m'habiller. Je n'ai jamais su « m'arranger » convaincue quelque part que la beauté était quelque chose de naturel et que le reste, n'étant qu'artifices, ne valait pas la perte de précieuses minutes de vie.
Je pénétrai un peu gauche dans les locaux de la gendarmerie. Mal à l'aise. C'était idiot ! Je savais que les forces « armées » de notre pays étaient là au service de tous pour garantir nos libertés et quelque part protéger un équilibre entre nos envies, nos pulsions individuelles et nos contraintes sociétales, mais il fallait avouer qu'une bonne proportion de cons se cachait dans leurs rangs. Vieilles histoires… Je chassai cette suspicion de mon esprit et me dirigeai vers l'accueil.

– Mademoiselle Mie… Oui, on vous attend veuillez me suivre, m'ordonna froidement le brigadier auquel je m'étais adressée.

Ok, tu veux le prendre comme ça… Je suis puérile et ne dirai pas bonjour non plus !

Le brigadier austère me poussa dans un petit bureau où attendaient trois bonshommes avant de refermer sèchement la porte derrière moi.
Je les regardai, circonspecte.

– Il y a un problème ? Comment va Ewan ? Vous avez du nouveau ? J'avais la voix qui tremblait.

— Prenez place, Mademoiselle Mie, me dit l'un d'entre eux en désignant l'un des deux fauteuils installés devant le bureau.

Ce n'était pas une invitation. J'obtempérai. Ils restèrent debout. Ils avaient besoin d'avoir l'ascendant. Ces hommes complexés qui avaient soif de pouvoir… Le silence devenait pesant et gênant. Je frémis.

— Comment va Ewan ? me risquai-je de nouveau, envahie par un paradoxe.

J'avais besoin de savoir, mais peur d'entendre des mots qui me feraient horreur. Ceux qui sonnent le glas. Ceux contre lesquels je ne pourrais rien. J'aurais failli.

— Vous n'êtes pas au courant apparemment ! me lança le plus vieux d'entre eux, sans doute leur supérieur.

— Non, de quoi parlez-vous ? Il est arrivé quelque chose au bébé ? Dites-moi que non… Je ne pus contenir ma terreur.

Ils guettaient, scrutaient mes émotions avec minutie. C'était un test. Ils voulaient me faire peur. Ils me suspectaient, mais pourquoi ? Pour ce qui s'était passé quelques années auparavant ? Je vous l'ai dit, une vieille histoire…
Je me ressaisis et leur lançai un regard revanchard plein de haine.

— Pourquoi jouer avec moi ? Pourquoi me faire peur ? Dites-moi ce qu'il se passe ? J'avais retrouvé mon aplomb.

— Une fratrie a été enlevée dans la nuit, m'annonça sèchement l'officier tout en observant ma réaction.

— C'est tragique… Mais encore, en quoi suis-je concernée ? rétorquai-je.

— Eh bien, ma petite dame… (Pour qui se prenait-il ce connard à me parler en m'infantilisant) Sans doute parce qu'il s'agit une fois encore d'enfants dont vous avez la charge éducative !

Surprise !

– Comment ça… Mais de quels mineurs s'agit-il ? J'étais inquiète, terrorisée… Mais merde, c'est quoi ce bordel ?

Ma réaction et mon langage corporel avaient dû les satisfaire, l'un d'entre eux, jeune et plutôt séduisant, fit un signe de tête au plus vieux, et prit place sur le fauteuil en face de moi. Finalement, je m'étais trompée, c'était peut-être lui le chef de ces connards.

Leur suspicion semblait s'être apaisée, du moins, pour le moment, et le jeune officier de gendarmerie se présenta à moi pour m'expliquer cette infortune. Il s'appelait James Mac Dolen et n'était pas gendarme, mais docteur en sciences, plus précisément humaines et comportementales, un genre de mentaliste. On a les références qu'on a, mais c'est le terme qu'il a employé en souriant, sans doute une boutade de ses collègues envieux et moqueurs ! Il avait été envoyé dans notre ville suite à ce second enlèvement. Il ne m'en dit pas plus, mais ses regards étaient lourds et pénétrants. Je ne doutai alors pas de son intelligence. Il semblait voir au-delà des gens et de leurs apparences.

Les deux gamins enlevés étaient deux frères de trois et cinq ans. Leur grande sœur était rentrée au milieu de la nuit et avait découvert leurs lits vides et la fenêtre entrouverte. Un froid glacial avait inondé le couloir qui menait à leur chambre. Terrorisée, elle avait immédiatement pensé à leur père et avait contacté la gendarmerie. Mais il ne pouvait être mis en cause. Disparu depuis plusieurs mois, son cadavre avait été retrouvé quelques heures plus tard à quelques centaines de kilomètres de là, dans un appartement miteux envahi par un amas de cubis de vin rouge vides et de seringues usagées. L'odeur y était insupportable ! L'homme avait été torturé puis battu à mort. Les liens qui l'attachaient à son siège lui avaient sectionné les poignets tant ils avaient été serrés. Il avait

sans doute été laissé là plusieurs jours, car il était déshydraté et baignait dans son urine. Le sang retrouvé un peu partout autour de son cadavre avait par endroit des variantes de couleur semblant indiquer qu'il n'avait pas été versé au même moment et que plusieurs heures s'étaient écoulées entre chaque épisode de torture. Cet homme avait vécu un calvaire avant d'être exécuté par une balle entre les deux yeux.
Je crus vomir. Là encore, le Docteur prit soin d'analyser ma réaction à l'écoute de son récit abject.

– Et les enfants… me risquai-je à nouveau, tremblante. Et Ewan ? J'imaginai le pire.

– Aucune trace d'eux, ils ne sont jamais venus dans cet appartement. Les experts scientifiques le confirmeront… Ne vous inquiétez pas… Toutes les équipes sont mobilisées, on va les retrouver !

Un peu de compassion de ce Mac Dolen et j'esquissai un sourire. Sa voix était calme et posée. Je faillis entrer en confiance.

Il m'expliqua alors, avant de me congédier, que j'étais vivement invitée à ne pas m'éloigner de la ville et à le joindre à tout moment si quelque chose me revenait, même un détail anodin, une tante, un ami de la famille, un élément commun aux deux affaires et qui permettrait de faire avancer l'enquête.
Je sortis du bureau. Sonnée. Puis je me retournai :

– Mais au fait, pourquoi ce sketch ? Et pourquoi m'interdire de quitter la ville ?

Mac Dolen me lança tout naturellement :

– Vous correspondez au profil ma chère… Enfance meurtrie, père incestueux, mère soumise qui ne vous a jamais défendue et qui a pris le parti de son mari. Ballottée entre plusieurs foyers, votre sœur jumelée suicidée… Et je sens beaucoup de colère en vous, bien qu'elle semble maîtrisée comme apaisée, peut-être parce que vous êtes justement responsable de ces actes odieux… Que vous pourriez considérer comme étant une juste réparation… Et puis je vous rappelle qu'il y a quelques années, vous avez défié une décision de justice pour arracher à leur famille des enfants que vous suiviez…

Il me défiait.
Il semblait amusé. J'hésitai. Puis je lui rétorquai posément :

– Je vois que vous avez fait vos devoirs, M. Mac Dolen. Je ferai les miens pour notre prochaine rencontre afin que nous combattions à armes égales ! Mais, contrairement à vous je n'ai pas besoin d'avoir l'aplomb d'un lieu de loi et de deux nigauds armés ou même encore d'une petite fiche réductrice lue à la hâte sur vous pour vous dire que vous n'êtes qu'un con !

Il fit un signe pour arrêter les deux sbires s'apprêtant à me sauter à la gorge et m'invita à continuer.

– Vous n'aviez pas besoin d'user de stratagème pour cerner ma personnalité. Un peu d'honnêteté de votre part nous aurait fait gagner du temps à tous les deux. Et surtout à ses pauvres gosses, tout seuls dehors, qui sont peut-être entre les mains d'un gros taré capable de torturer un homme ! Même si la victime de cet ignoble meurtre était effectivement un gros salopard qui a violé et battu ses enfants et sa femme et les a prostitués pour s'acheter un peu de coke. Mais personne ne mérite d'être traité ainsi, même s'il est un monstre, car que resterait-il de notre humanité ? Quel modèle pour les générations à venir ?
Quant à mon passé, « Monsieur », il m'appartient et, même s'il contribue à me construire comme tout a chacun, il n'est pas une fatalité et ne me définit pas. Les enfants que j'ai tenté d'enlever à leur famille, comme vous le dites, auraient dû être placés d'urgence ! Ils étaient affamés et battus par leurs deux parents. Ceux-là mêmes qui étaient parvenus à faire fléchir le juge en donnant le change. L'avenir m'a donné raison. Ils ont d'ailleurs

été tous les deux condamnés pour maltraitance. Sur ce, je prends congé de vous en espérant que notre collaboration se fera à présent sur de meilleures bases !

Puis je partis. Il souriait.

Plus tard, tout en conduisant, je me rendis compte que ce Docteur avait bien mené son jeu et que je lui avais sans doute donné à voir ce qu'il avait voulu. Pas bête, Mac Dolen !

J'avais, quant à moi, été également très maligne. Je m'étais approchée assez près de lui au cours de mon plaidoyer pour me permettre de jeter un petit coup d'œil furtif sur des dossiers étalés sur le bureau qu'il venait sans nul doute d'investir. Une porte avait été laissée entrouverte derrière lui, ce qui m'avait permis d'apercevoir un tableau blanc sur lequel étaient accrochées plusieurs photographies d'enfants. Les dossiers sur le bureau provenaient de différentes régions en France. Les enfants enlevés dans ma ville n'étaient pas des cas isolés ! Cela expliquait sa présence ici.
S'ajoutait à présent une exécution. Cela ne me disait rien qui vaille. J'allais mener mon enquête. Il me restait quelques congés à prendre, beaucoup, à vrai dire. Ils tombaient à point nommé.

Et j'allais commencer par rendre une petite visite au beau mec de l'accueil de l'hôpital qui me faisait du gringue à chacune de nos entrevues, afin de consulter le registre des visites et l'emploi du temps des employés du service déployés autour du petit Ewan.

Chapitre 15

La secrétaire de la direction générale de l'association qui m'employait fut ravie de voir que j'étais enfin décidée, suite à ses nombreuses supplications puis injonctions, à prendre mes congés qui allaient être perdus, étant donné qu'ils ne pouvaient pas être payés. Travailleurs sociaux, un sacerdoce, de nombreuses heures, un investissement sans limites parfois entaché par l'hypocrisie d'un système feignant donner des moyens pour plus de justice sociale. Utopie.

L'État délègue le « boulot » aux associations qui fonctionnent aujourd'hui comme des entreprises aux mains de gestionnaires ignorant la réalité du terrain et se battant pour réduire les coûts. Un paradoxe quand on sait que tout l'argent dépensé ailleurs notamment pour la répression sous toutes ses formes, pourrait être économisé si les cartes étaient dès leur origine mieux distribuées. Donner plus à la source, ne pas parquer les gens. Ne pas favoriser les répétitions sociales et familiales. Ne pas alimenter ce fatalisme : enfants de cas-soc' futur cas-soc ». Donner les moyens à la source à tout humain pour qu'il puisse s'affranchir d'un héritage familial et élaborer ses propres modes de pensées. En ville comme en campagne. N'oublions pas cette ruralité profonde et sa pauvreté. Un être alors libre d'intégrer des notions de bien et de mal dans une prise de conscience personnelle, humaine et sociale plus que familiale ou sociétale.

Et nous, petits artisans à notre niveau qui débutons avec de grands idéaux, nous nous rendons parfois compte que nous poursuivons une chimère en ne semant que des miettes ! Certes, avec des restes, on peut faire un festin… Mais les laissés-pour-compte sont si nombreux ! La misère grandit et le fanatisme s'en nourrit.
Personne ne fut étonné de me voir débarquer au service alors que j'étais « en vacances ». Je me dirigeai à toute hâte vers Laurie, qui me sourit.

– J'ai besoin de toi, ma douce… Peux-tu me sortir les dossiers complets des trois enfants enlevés ? Je veux tout consulter, les rapports d'enquêtes sociales, les notes précédentes au juge, les rapports de visite, ceux des éducateurs, des travailleuses familiales, des assistantes sociales. Je veux savoir qui était présent à l'audience auprès du juge des affaires familiales, les témoignages à l'origine de l'enquête sociale, puis du placement… Le tout pour le plus vite possible… J'étais euphorique.

– Doucement… supplia Laurie, je vais faire ce que je peux…

– Peux-tu également me faire une recherche rapide sur ce fameux Docteur Mac Dolen ? S'il te plaît, après promis, je ne t'embête plus… mentis-je en arborant l'un de mes plus beaux sourires.

– Ne fais pas des promesses que tu ne pourras pas tenir ! me lança-t-elle, amusée. Soudain, son regard devint grave. Méfie-toi quand même et sois prudente…

– Oui, oui… coupai-je court en prenant la fuite dans le corridor avant qu'elle ne s'engage dans un énième sermon maternel.

Laurie avait pris pour habitude de tenir des discours moralisateurs imprégnés de son affection exagérée pour presque tout le monde dans ce service.

– Et ménage-toi… me cria-t-elle, tu as une mine affreuse !

Je m'enfermai dans le bureau pour me plonger dans mes dossiers et notes personnelles. Je savais qu'il y avait d'autres disparitions d'enfants un peu partout en France, ça ne pouvait pas être une coïncidence ! Et la venue de ce docteur qui semblait en savoir autant sur moi, et beaucoup trop vite… Et pourquoi ces jeunes avaient pour unique point commun, mon intervention auprès d'eux ? Le hasard ? J'étais perplexe.

Je décidai de transporter tous mes dossiers écrits, discrètement, à la maison… La politique du service l'interdisait. Je voulais prendre le temps d'éplucher tout cela pour peut-être dénicher un indice. J'embarquai mon ordinateur et courus à l'hôpital. Je pris en partant, le petit dossier compilé avec rapidité et efficacité par Laurie sur ce fameux docteur. Elle me l'avait confié alors que je passais furtivement devant son bureau, absorbée par mes élucubrations policières, presque comme une voleuse.

– Attends, regarde ce que j'ai trouvé sur ton Docteur Mac Dolen…Tu m'avais caché qu'il était aussi séduisant… Et intelligent… Et puissant de surcroît… me titilla-t-elle d'un air inquisiteur.

Elle cherchait depuis des mois à me caser avec à peu près tout le monde. Elle traînait dans des bars pour me présenter des rockeurs torturés et parfois même des rebelles qui se la jouaient romantiques, écorchés vifs par la vie, pour lever les filles. J'avais alors survécu à tous ses guet-apens lorsqu'elle parvint à m'inviter à une soirée entre collègues « célibataires ». Je me retrouvai alors, malgré moi, à table avec son ami et un ami de son ami. L'horreur ! J'avais de plus beaucoup de mal à cerner l'homme dont elle s'était entichée depuis quelque temps. Un idéaliste qui se donnait un faux genre de baroudeur survivant alors qu'il était né avec une cuillère en argent dans la bouche. Il n'était pas honnête, mais elle l'admirait. Elle avait toujours eu un penchant pour les individus un peu typés, avec de beaux yeux, mais rien dans la tête ! Une ingénue. Qu'importe ! Elle n'avait pas voulu m'entendre et les rendez-vous arrangés avaient cessé. Ce qui n'était pas pour me déplaire !

– Je n'avais pas remarqué, lui rétorquai-je, sincèrement, merci.

– Et en plus, il est célibataire… me lança-t-elle intrigante alors que je me dirigeais vers la sortie.

Je conduisis en lançant des regards furtifs au dossier que j'avais négligemment posé sur le siège passager et dont les feuilles s'étaient éparpillées un peu partout dans l'habitacle à cause de ma conduite saccadée. Ma curiosité était dévorante, alors je m'arrêtai. Merci internet ! Le docteur avait un beau palmarès. Il avait obtenu son doctorat avec brio à seulement vingt-quatre ans et était reconnu par ses pairs. Il avait participé à la résolution de nombreuses énigmes policières en Europe et aux États-Unis et avait travaillé quelques années dans un cabinet de profilage prestigieux à Londres. Il n'avait plus donné signe de vie pendant quelques années, puis il était venu s'installer à Paris pour peaufiner ses livres et mettre son expertise à la disposition des services de police face à des affaires complexes.

« Mouais… » J'étais sceptique en démarrant la voiture. Il y avait quelque chose chez lui, dans son regard qui me perturbait. Sans doute son assurance. Il était de ceux qui donnent l'impression de savoir avec certitude où ils veulent aller et comment. De solides navires lourdement équipés faisant tout pour maintenir leur cap, envers et contre tout. Je n'avais décelé aucune fragilité en lui et c'était peut-être cela qui me décontenançait.
Il semblait déjà me connaître, savoir à l'avance comment j'allais réagir et je détestais cette idée. J'avais toujours su donner le change et pourtant…

Chapitre 16

J'eus beaucoup de mal à trouver de la place sur le parking de l'hôpital. La bâtisse était colossale et moderne. On aurait dit le spectre d'un monstre mythologique. Un monument de souffrance et de peur bâti à la hâte sur un socle de don de soi et d'espérance. Dans ses dédales, j'avais l'impression d'être dans le ventre d'une machine macabre sans émotion ou compassion. En son sein, l'humain était un numéro.

Autour de moi, dans le hall, se côtoyaient, sans en avoir conscience, espoir et désillusion. Une femme enceinte avec un compagnon songeur, des enfants qui jouaient en riant aux éclats à essayer de s'attraper, slalomant entre les bancs et les gens, un vieil homme accroché à la machine à café alors que sa voisine perfusée ne pensait qu'à allumer cette gitane qui pourtant la tuait. J'entendis des éclats de voix au bureau des admissions. Curieuse, je jetai un regard furtif me sentant presque coupable d'être semblable aux badauds qui s'attroupent pour guetter, apercevoir une maison en flammes, un couple en débandade, une intervention policière. Des messieurs Tout-le-Monde dévorés par une curiosité presque malsaine parce que leur vie les ennuie et qu'ils se repaissent du malheur des autres. Ceux-là mêmes qui rentrent ensuite chez eux et ferment la porte, confortés dans leur misérable vie, loin de toute compassion et abnégation. Ceux qui osent porter un jugement. Les badauds étaient là et mon regard me trompa.
Je fis comme eux, je scrutai.
Un homme d'une quarantaine d'années, d'origine slovaque selon moi, était en train d'hurler après une des dames des admissions. La secrétaire était décontenancée. Elle n'arrivait pas à le raisonner et elle cherchait désespérément de l'aide auprès de ses collègues qui faisaient semblant d'être occupés avec des patients en se cachant derrière leur ordinateur.
Quelle solidarité !

L'homme parlait difficilement français. Il ne voulait pas

s'acquitter d'une facture de l'hôpital parce qu'il n'avait pas demandé à être soigné. Les gendarmes l'avaient amené de force à l'hôpital après l'avoir ramassé, ivre de vie, vociférant en pleine rue, ensanglanté. Son interlocutrice essayait alors vainement de lui expliquer qu'elle n'y pouvait rien et qu'elle ne pouvait pas « annuler » une facture éditée pour des soins qu'il avait tout de même reçus ! D'autant plus qu'il devrait avoir une mutuelle. Mais ce n'était pas le cas ! Il n'avait pas de papiers, pas de travail, pas de foyer. Avait-il seulement un avenir ? Alors je fis comme beaucoup, je détournai les yeux de cette misère humaine qui m'écœurait et contre laquelle je me sentais terriblement impuissante.

Je me dirigeai vers l'accueil pédiatrique. Je pris l'ascenseur. Un couple de personnes âgées le partagea avec moi. Ils avaient quelque chose de touchant, presque poétique. Ils étaient rassurants. Elle le regardait avec bienveillance et affection, tandis qu'il la mirait comme un phare, un guide. Je l'entendis le rassurer quant à la suite des évènements, lui expliquer que l'examen qu'il allait subir était nécessaire et qu'une opération était courante à son âge. Puis elle se tut en se rappelant qu'ils n'étaient pas seuls dans l'ascenseur. Elle ne voulait pas mettre son mari dans l'embarras. Ils sortirent un étage avant moi pour se diriger en chirurgie viscérale.
Je fus rassurée de constater que la personne avec qui je souhaitais m'entretenir était en service. Le jeune blondinet me vit et sourit. Je perçus un chant lointain dans le service, une voix d'homme accompagnée par un jeu captivant de guitariste.

– Mademoiselle Mie, c'est toujours un plaisir ! Que puis-je pour vous ? Puis son visage s'assombrit. Toujours aucune nouvelle du petit Ewan ?

– Non, malheureusement ! Alex, on peut se tutoyer et s'appeler par nos prénoms ? osai-je, droit au but, pour ne pas perdre trop de temps, tout en sachant que mon excès de zèle allait me valoir des désagréments.

Il allait se sentir poussé des ailes et j'allais devoir me bagarrer pour m'en débarrasser. Tant pis, on verrait cela plus tard, la cause était noble et je voulais retrouver les enfants. M'assurer qu'on ne leur faisait aucun mal.
Il rougit. Gagné.

– J'ai besoin de toi pour m'aider à mener ma petite enquête. Je sais que tu vois tout ce qui se passe ici et que tu contrôles assidûment toutes les entrées.

Un peu de flatterie, facile…

– Penses-tu que tu pourrais me renseigner sur toutes les personnes qui auraient pu, de près ou de loin, avoir accès au petit Ewan ?

Il me fixa.

– Pourquoi ? Tu penses que c'est quelqu'un de la maison ou une personne qui est venue plusieurs fois ?

– Je ne sais pas, répondis-je naïvement, je voudrais juste voir si je reconnais un des noms que tu trouveras… Juste au cas où, pour ensuite informer la police.

Et j'arborai un beau sourire en feignant être confuse. J'avais un peu honte de mentir et de l'utiliser comme cela, mais je ne pouvais pas lui parler de l'envergure que semblait prendre cette affaire. Peut-être qu'un nom me permettrait de faire un lien… Autre que moi. Il me fallait une piste.
Il me fit asseoir derrière son petit bureau le temps qu'il accède au registre. Il en mettait du temps. Je trépignais d'impatience.

Puis je sentis une présence. Je fus parcourue d'un étrange frisson. J'eus l'impression que le temps s'était figé. Je scrutai l'espace tout autour de moi. Il y avait foule, mais tous semblaient affairés. Je passai les personnes en revue en riant de moi et de mes impressions ridicules lorsque je le croisai. Un regard perçant d'un bleu intense. Il me transperça comme une flèche en plein cœur et me déstabilisa. J'étais violemment projetée dans une autre dimension. Plus rien d'autre ne comptait. Les sons étaient assourdis, et ma vision se troublait. L'homme avait le regard figé sur et en moi. Et je crus le connaître. Puis quelqu'un le bouscula pour attirer son attention et le sort se rompit. Je restai là abasourdie.

– Carla, que fais-tu ? Tu te sens bien ? me demanda Alex, inquiet.

J'étais touchée presque bouleversée par l'intensité de ce regard étrangement familier. Je ne m'étais même pas rendue compte que je m'étais levée pour avancer en direction de l'inconnu, presque hypnotisée.

– Je… oui… Non, tout va bien. Ne t'inquiète pas.

J'eus du mal à masquer mon émoi.

– Enfin non, je suis épuisée ! Cette histoire trouble sévèrement mon sommeil. Je crois que j'ai besoin de rentrer et de me reposer un peu. Tu as trouvé quelque chose ? le questionnai-je en pensant m'en tirer sans trop de mal.

Il semblait déçu, mais prit un air ridiculement paternel avant de me répondre :

– Oui, tiens, voici la liste de noms, mais ça reste entre nous ! J'ai fait jouer mes relations aux ressources humaines pour avoir ceux des employés du service… Une nana un peu lourdingue à qui, à présent, je dois un rendez-vous. Alors je pense que le juste retour des choses serait…
– Que je te paie un café un de ces quatre matins… Pas de soucis, merci, et bonne chance pour ton rencard, lui lançai-je en filant comme une voleuse avec la liste de noms.

⌒

Il sourit, il ne s'avouait pas encore vaincu.
Comme d'habitude, je pris la fuite.

Chapitre 17

Je rentrai me réfugier à la hâte. Ma frénésie m'étourdissait. J'avais besoin de prendre une bonne douche et de manger un morceau. Tranquille, dans mon petit chez-moi. Besoin de me ressourcer, de faire le point et de réfléchir.

Je me garai presque sans m'en rendre compte à la place de parking qui m'était réservée au pied de mon immeuble. Il faisait nuit. Je m'engageai paisiblement dans les allées lorsque je fus envahie par un étrange sentiment d'insécurité. J'accélérai le pas. Et je scrutai les horizons. Les ombres des voitures devenaient menaçantes presque oppressantes. J'augmentai la cadence de mes pas pour finir par courir avec frénésie en m'engouffrant dans l'immeuble. Je ne voulus pas attendre l'ascenseur et entrepris de gravir les huit étages en courant. Un peu de sport me ferait du bien, rentrer au plus vite également. Je devenais paranoïaque ! Léo m'accueillit heureux et fou. Il grogna de mécontentement quand il me vit enlever mes chaussures et mon blouson.

– Pas maintenant, Léo ! Tu as passé l'après-midi avec ta copine du perron à gambader. Là, j'ai besoin d'une bonne douche et de m'affaler dans le sofa avec un bon petit plat et un verre de vin ! Mais je ne suis pas contre un gros câlin…

Immédiatement, nous nous retrouvâmes tous les deux à nous rouler par terre ! Quelques minutes de jeu insouciant qui me firent un bien fou. Ces temps-ci, ça m'arrangeait bien que ma voisine, un peu spéciale, mais douce, parte en balade tous les après-midis avec sa chienne et embarque Léo avec elle. C'était une personne atypique. Elle était à peu près contre tout ce qui pouvait de près ou de loin toucher les animaux. Elle se moquait des humains. Elle les fuyait. Elle n'avait pas d'amis, du moins, pas à ma connaissance et n'entretenait que très peu de rapports avec sa famille.
Son frère avait des enfants qu'elle ignorait complètement alors qu'ils étaient sa seule famille et qu'ils étaient adorables. J'avais

croisé le triste bonhomme plusieurs fois, déçu un peu plus encore après chacune des visites qu'il rendait à sa sœur. Ces dernières devenaient par conséquent de plus en plus rares. Enfermée dans sa vie et envahie pas des convictions qui la coupaient du monde, elle ne vivait qu'avec des animaux. Elle voyait d'un mauvais œil tous ceux qui ne pensaient ou ne vivaient pas comme elle. Parfois, elle me faisait un peu peur. Mais ça m'arrangeait bien qu'elle sorte Léo une fois par jour et surtout qu'il puisse jouer avec un autre chien. J'avais bien conscience qu'elle ne le faisait pas pour me rendre service, mais bien parce qu'elle était persuadée que Léo était maltraité par une maîtresse qui s'absentait toute la journée ! Je la laissais penser ce qu'elle voulait, tant qu'elle me foutait la paix et qu'elle s'occupait bien de mon chien. Je sais, c'était facile. Sans doute un peu trop.

La douche me fit un bien fou. J'adorais sentir le jet presque brûlant ruisseler sur ma peau. Des frissons délicieux me parcouraient tout le corps et me provoquaient une sensation de bien-être et de plénitude intense. Je pris plaisir à me sécher et à me badigeonner d'huile en me massant légèrement. J'étais tendue et ce massage m'était essentiel. La course à pied m'avait rendue svelte et musclée. J'enfilai un survêtement et m'affalai sur le sofa. Je mis dans le four un plat cuisiné par mes soins, dernier survivant d'une époque lointaine où je me faisais de savoureux mets d'avance que je congelais, et me servis un bon verre de vin blanc. Léo se coucha nonchalamment à mes pieds sur un tapis récemment chiné aux puces qui donnait un petit côté médiéval à mon salon. À vrai dire, j'étais carrément nulle en décoration ! Cela ne m'intéressait pas. Je trouvais cette lubie tellement éloignée des choses essentielles de la vie. Mon adorable chien me regarda presque d'un air réprobateur quand il me vit me servir un second verre en saisissant mes dossiers. Pour lequel de mes gestes ? J'avais quand même la fâcheuse tendance mégalo de transposer mes émotions et ma conscience sur mon chien. Ma voisine aurait adoré cela !

Je parcourus mes dossiers avec avidité, mais rien dans mes notes n'était significatif. Aucun début de piste. J'étais frustrée. La fatigue et le vin eurent raison de moi, je finis par m'endormir sur le sofa. Sereine. Mon garde du corps canin veillait en ne dormant que d'un œil !

Je fus réveillée en sursaut au cœur de la nuit par les grognements de Léo, le museau collé sous la porte d'entrée, les poils retroussés, l'air menaçant. Je ne l'avais jamais vu comme cela ! Je m'approchai, interpelée. Il me bloquait l'accès au hall. J'entendis des pas et aperçus l'ombre de leur passage sous la porte. Sa poignée en plastique semblait s'abaisser doucement. Léo poussa un long aboiement menaçant. Les ombres s'affolèrent. Je pris mon courage à deux mains pour forcer le passage et ouvrir la porte avec fracas. J'étais furieusement terrorisée, mais la férocité de Léo m'avait donné de l'aplomb. Il sauterait à la gorge de quiconque s'approcherait de sa maîtresse. C'était peut-être un peu pour cela que j'avais préféré la compagnie d'un chien, gros de préférence, plutôt que celle d'une femelle. Je voulais qu'il repousse quiconque de sexe masculin osant s'aventurer trop près de moi. Il tenait son rôle à merveille. Une fois, il avait même éconduit un prétendant en urinant sur son pantalon… Qu'il portait encore sur lui, fort heureusement. J'avais beaucoup ri. L'homme avait quitté mon appartement en furie, profondément vexé, et je ne l'avais plus jamais revu ! J'avais terminé ma soirée devant un bon film avec un gobelet de popcorn, mon chien à mes pieds, ravi, semblait-il, de l'embarras dont il m'avait fortuitement dépêtré.

Alors que je m'attendais à un affrontement, le hall était curieusement vide, ma voisine avait ouvert la porte de son appartement d'où elle sortait une mine déconfite et me lança un regard furieux avant de la refermer bruyamment.

Je restai là, plantée comme une idiote dans le couloir pendant quelques minutes, puis la lumière s'éteignit subitement, me rappelant ainsi à l'ordre. Léo se frotta contre mon mollet. Je rentrai chez moi. Je tendis l'oreille et perçus du bruit chez la voisine. Tiens, pour une fois, elle n'était pas seule. Je souris de ma bête paranoïa et me surpris à imaginer la vie secrète que pouvait finalement mener la vieille fille d'à côté…

Je me ressaisis. Léo avait peut-être senti une bête ou encore la présence du mystérieux visiteur de la voisine. Celle-ci s'était empressée de fermer la porte et n'avait montré que sa tête… Peut-être était-elle légèrement vêtue et l'avais-je dérangée ? Quoiqu'il en fût, l'adrénaline m'avait complètement réveillée. J'allais avoir du mal à retrouver le sommeil. Je décidai de récompenser l'allégresse de mon ange canin et d'évacuer un peu les toxines qui s'accumulaient en moi depuis le début de cette étrange affaire en allant faire un footing.

Il pleuvait, mais qu'importe. J'adorais courir de nuit. Je chaussai mes baskets, et ajustai mon canicross. Quand je courais avec Léo j'avais l'impression de voler. Je me sentais libre. Et il adorait ça. C'était ma manière à moi de méditer. Concentrer mes pensées sur mes seules sensations physiques, en passant en revue tous mes sens, me permettait enfin de débrancher mon mental et de créer un hiatus intérieur. Une ouverture entre les différents états de mon Moi. Je devenais ainsi réellement consciente, à un niveau plus élevé. Je devenais plus éveillée, en connexion avec mon Être profond.
J'étais. Je n'agissais pas. J'atteignais presque la paix. Et je parvenais parfois même à me sentir bien juste avec moi-même. Je créais un espace pour le reste en faisant taire ce mental qui n'était pas à lui seul ce qui me définissait. J'apprenais à faire de lui un instrument et pas l'inverse, à m'affranchir de son écran de perception.

J'allai sur la plage. Envahie par l'allégresse, je ne vis pas les ombres tapies sous l'escalier qui m'observaient. Je ne les entendis pas chuchoter vivement lorsque je refermai la porte de l'immeuble en m'engouffrant dans l'obscurité. Les deux fantômes ne semblaient pas s'accorder sur la marche à suivre. L'une d'elles plus obscure que l'autre.

Je rentrai épuisée, mais revigorée. C'était le petit matin. Je pris une douche et me fis un café en jetant un regard furtif sur mes dossiers étalés.

– Tiens, les dossiers médicaux… pensai-je à haute voix. Après tout, cela ne me coûte rien de jeter un petit coup d'œil… tout en buvant mon café !

Chapitre 18

Je lisais presque sans intérêt quand je faillis m'étrangler. Les deux garçons enlevés, Johnny et Dylan étaient suivis dans le même hôpital qu'Ewan, et consultaient le même pédiatre ! Le docteur Kio... De plus, leurs mères respectives avaient le même gynécologue-obstétricien, un certain Moulin. Tout me ramenait à cet établissement. Un second point commun à ses trois enfants. Ma présence éducative mise à part.

Cette découverte me rappela ce regard troublant, croisé quelques jours auparavant. Une présence étrangère et pourtant si familière. Puis je me détournai de cette pensée pour me réjouir de ce début de piste. Je me jetai sur les informations récoltées par Alex. Les deux médecins en question pouvaient avoir accès autant qu'ils le souhaitaient au petit garçon sans éveiller les soupçons. Le pédiatre était de garde le soir de sa disparition, mais ça ne prouvait rien. Les accès n'étaient pas contrôlés pour les professionnels qui allaient et venaient. Et puis l'un des deux praticiens pouvait être impliqué sans pour autant avoir participé à l'enlèvement. Je décidai de creuser un peu plus le parcours de ces deux docteurs sans pour autant me rendre à l'hôpital que j'avais déjà bien assez fréquenté et dont je ne pensais rien tirer de plus. La vérité était ailleurs. J'en étais convaincue. Et un de ces deux docteurs, ou peut-être même les deux en détenait la clef. Mais comment les approcher ? J'allais devoir acquitter ma dette auprès de ce sympathique lourdaud d'Alex.
Je saisis mon téléphone. J'hésitai un court instant. Je composai le numéro.

– Service d'action éducative en milieu ouvert, j'écoute ?

Laurie était un véritable automate. Je l'imaginais, le combiné coincé entre son épaule et son oreille droites, à s'affairer, des tonnes de documents étalés sur son bureau, les yeux rivés sur son écran d'ordinateur parsemé de post-it colorés. Je souris.

– C'est moi, ma belle…

Silence à l'autre bout du combiné. Je sentis comme une hésitation que je ne compris pas sur l'instant, je réitérai.

– C'est Carla…

– Oui, oui… répondit-elle d'un air gêné, presque empressé, que je mis sur le dos de la surcharge de travail au service.

– Comment vas-tu ? Que puis-je faire pour toi ? Sa voix s'était adoucie.

– Je voulais savoir si tu avais des nouvelles des trois gamins et te demander encore un tout petit service, le dernier… demandai-je d'une manière mal assurée.

J'avais l'impression de l'exaspérer.

– Je te dérange ? Tu vas bien ? Toujours le grand amour ? Ce n'est pas trop le bazar au boulot ? ajoutai-je comme pour me dédouaner.

– Oui, t'inquiètes, Carlos est un amour et il ne me bat toujours pas malgré tes mauvaises impressions ! Il ne s'est pas encore transformé en monstre macho… Tu sais, les hommes ne sont pas tous condamnables…

Ça y est, elle était repartie… J'avais osé espérer qu'elle s'était lassée de nos débats stériles sur la confiance à accorder aux gens et particulièrement à l'espèce masculine qui, selon moi, n'entrait avec douceur dans nos existences que pour les quitter avec fracas une fois nos défenses abaissées.

– Pas de news. Le service tourne sans toi, merci de t'en inquiéter. Je t'écoute, prononça-t-elle d'un ton sérieux et cruellement détaché.

Je lui demandai si elle pouvait rechercher dans nos dossiers le nom des gamins suivis par ces deux praticiens en sélectionnant dans un premier temps les mineurs de moins de sept ans.

J'avais piqué sa curiosité, son ton fut beaucoup moins détaché pour être beaucoup plus intéressé lorsqu'elle me demanda presque de manière agressive :

– Pourquoi ? C'est quoi le rapport ? Parce que là, je ne vois vraiment pas.

Je mis son attitude sur le compte de la fatigue et de l'agacement. Je lui rajoutais du travail alors qu'elle était déjà débordée et sollicitée par tous, sur à peu près tout et n'importe quoi. La boutique tournait grâce à elle, et elle en avait conscience. Elle savait tout sur tout et sur tous. Je lui répondis avec conviction. Je savais que je pouvais tout lui dire. Malgré ses habituels sermons et son petit côté ronchon, elle m'adorait et cette affection était réciproque :

– Je crois que j'ai trouvé un lien entre les trois enfants, je veux dire à part moi, et j'aimerais bien creuser un peu de ce côté-là…

– À quoi bon ? Ça se trouve, ils sont morts, les gosses, et c'est presque mieux pour eux, vu la vie qu'ils avaient ! me lança-t-elle sèchement presque par défi.

– Non ! Pourquoi dis-tu cela ? C'est horrible ! Ils ne méritent pas ça, les pauvres ! Un mieux pour eux au paradis ? Laisse-moi rire ! Tu n'as pas le droit de penser ainsi ! Le bonheur ne se quantifie pas ! Certes, ils commençaient mal dans la vie, mais ce n'est pas une raison pour la condamner !

J'étais outrée.
Je connaissais ses idées défaitistes sur le sujet. Et je savais que celles-ci s'étaient affirmées, voire même radicalisées depuis qu'elle traînait avec ce bad boy de Carlos. Il lui avait volé cette flamme qui nous était nécessaire pour croire à notre action sociale.

Un espoir essentiel pour continuer à penser que nos actions puissent avoir une réelle portée positive et que tout n'était pas écrit d'avance. Laurie était de moins en moins présente. Son esprit divaguait. L'amour sans doute…
Elle se reprit.

– Tu as raison. Je me prépare au pire c'est tout. Tu sais comment je suis ! J'imagine ce qu'il y a de plus mauvais pour ne pas être trop déçue quand l'inévitable arrive. Une des choses que j'ai apprises avec le temps en bossant ici !

Elle avait une voix lasse et désabusée. J'avais de la peine pour elle et pour moi, car je comprenais si bien ce qu'elle ressentait. On avait tant échangé sur ce sujet qu'un simple silence nous permettait de nous comprendre. Étions-nous au bord du burn-out ? Ou étions-nous en train d'être happées à notre tour par les vieux rouages sclérosants d'un système de l'aide sociale à l'enfance devenu archaïque, voire avilissant ?

Elle ajouta :

– Ne devrais-tu pas, tout simplement laisser faire la police et transmettre ta découverte à ce docteur Mac Dolen ?

Elle perçut mes réticences.

– Tu pourrais en profiter pour passer un bon moment avec un homme délicieux…

Elle ne perdait pas le nord celle-là ! Elle avait la fâcheuse tendance à parler des hommes comme d'un bienfait à consommer sans modération.

– Je ne lui fais pas confiance. Mais merci d'avance. Tu peux m'envoyer les informations sur ma boite mail, ma poulette ?

Elle acquiesça sèchement. Et je raccrochai.

La seconde qui suivit, j'envoyai un message à Alex pour lui proposer un café dans l'après-midi, dans un pub où j'avais mes habitudes. Je serais sur mon terrain et un regard au vieux barman suffirait comme toujours à le faire rappliquer à notre table pour éconduire gentiment le bel éphèbe au moyen d'une excuse toujours savoureuse qui nous valait par la suite de mémorables éclats de rire. Il était désespéré lorsqu'il me voyait arriver avec un homme. Il savait comment cela finirait. Ils m'ennuyaient tous et je me lassais vite. Je les trouvais tous sans substance.

Gilles me rassurait, il me tempérait. Il m'expliquait comment il avait passé sa vie à aimer sa femme, décédée quelques années auparavant, le laissant seul et sans enfant. Comment il m'aimait, un peu comme sa fille. Il était ce qui se rapprochait le plus d'une famille pour moi. Pourtant, nous nous voyions que dans son pub attaqué par le temps.

Dans ce lieu chaleureux s'entassaient des objets rendus poussiéreux par des années de laisser-aller et des gris-gris amusants, manipulés par tous. Gilles les avait rapportés de ses nombreux voyages. Des périples qui le ramenaient toujours à sa bonne vieille terre bretonne.
Il me narrait la vision qu'il avait pour moi pour que je finisse par y croire également. Une vie paisible, amoureuse d'un homme pour qui nous serions tout, entourée de nos enfants, confiante, heureuse.
Il se voyait grand-père à travers moi. Il était frais.
Ça me gonflait à bloc et ça m'amusait. Puis je repartais.
Il trouvait en chaque homme que je ramenais des bons côtés et ne comprenait jamais pourquoi je les repoussais.
Mais il respectait mes choix et ne me jugeait pas. Il avait imaginé l'homme parfait pour moi. Plus il m'en parlait, plus je me disais qu'il avait raison et plus je me rendais compte que cet amour était utopique. Mais qu'il était bon de rêver aux côtés de ce vieux bonhomme blessé par la vie !

J'embarquai mon ordinateur et m'installai dans cet endroit où je me sentais en sécurité, comme s'il était mon foyer. Gilles était aux petits soins. Il ne posait jamais de questions. Il écoutait quand j'en avais besoin tout simplement. Sans jamais rien demander en retour. Dans l'abnégation totale de lui-même. Et je l'aimais pour cette bonté toute naturelle qui découlait de lui. J'aurais rêvé d'un père comme lui, un rocher et un guide. Comme ma vie aurait été différente avec un repère tel que lui !

Contrairement à ce qu'on aurait pu penser face à la devanture du pub semi-enterré dans une impasse, Gilles s'était équipé d'un accès wifi. La modernité côtoyait les reliques du passé de mon *father* de cœur.

Je décidai de savourer tranquillement une boisson chaude pendant que je surfais sur le web afin de m'intéresser un peu plus à un aspect que j'avais jusqu'alors délaissé : le caractère étendu de l'affaire. J'avais aperçu dans les dossiers de Mac Dolen des photographies et des coupures de presse sur d'autres cas similaires dans toute la métropole. Je tentai alors d'en trouver la trace sur la toile.

<h1 style="text-align:center">Chapitre 19</h1>

Trouver des informations sur d'hypothétiques disparitions d'enfants via internet fut plus difficile que je ne le pensais.

– *Mat an traoù* ? Tu as l'air contrarié, ma belle ! Tes sourcils sont froncés et ton front est plissé ! s'amusa Gilles en me déposant une de ses fameuses potions chocolatées dont je raffolais.

Puis, il perçut mon incompréhension face à son patois breton.
Il reprit d'une voix caverneuse qui laissait transparaître un réel intérêt pour moi :

– Comment vas-tu ?

J'avais beau rendre visite à quelques familles du cru, les seules expressions qu'elles m'apprenaient étaient du genre : *serr da veg…* Ce qui intimait à la personne de fermer poliment sa bouche. Je me contentai de la garder justement close pour afficher au tenancier un doux sourire et fixer la tasse qu'il me tendait. S'échappaient d'elle des effluves chaleureusement sucrés qui donnaient l'impression d'être, tout simplement, bienvenus.

Je ne savais pas trop ce qu'il ajoutait à la boisson, une épice quelconque, de la cannelle ou de la bergamote, peut-être même les deux, mais j'adorais ça ! Ses compositions variaient selon notre état émotionnel. Parfois, il me rajoutait une lichette de pur malt. Il mettait de l'amour dans toutes ses préparations. Je me rendais compte de l'impact même infime de nos actes ou même de nos émotions sur les autres. Un peu de tendresse et de candide chaleur dans nos gestes pouvaient suffire à égayer tous les cœurs et apaiser les tensions. On a tendance à oublier cela de nos jours. Happé par le tumulte de nos vies passées à courir après à peu près tout sans réellement savourer l'instant présent.
La douceur d'une boisson chocolatée au contact de nos lèvres puis de nos papilles. Le réveil et l'émerveillement de nos sens lorsque

le liquide chaud chatouille notre gorge et s'écoule dans nos intestins. Je m'amusai à m'attarder, à fermer les yeux, pour suivre le trajet d'une gorgée et être pleinement dans cet ici et maintenant. Un petit rien, mais un simple tout. L'impression d'être enfin vivante.

J'entendis Gilles prononcer sur un ton amical :

– Kenavo !

Il saluait une personne qui pénétrait dans le pub.

Combien de temps s'était écoulé depuis que le barman m'avait servi la tasse ? Encore un hiatus salutaire.
Je me tournai vers la porte d'entrée où je vis Alex, qui me cherchait dans la pièce, l'air affairé.

– Je suis là, Alex… Que se passe-t-il ? l'interrogeai-je innocemment tout en lui faisant signe.

– C'est quoi ton bordel, Carla ? Des gars sont venus m'interroger, l'autre jour sur ta venue et surtout pour me demander pourquoi j'avais fait des recherches sur le personnel qui avait pu avoir accès, de près ou de loin, au gosse disparu ! J'ai flippé grave… N'avaient pas l'air commode, ces mecs-là… Je ne les avais jamais vus avant, enfin peut être un…

Je lui coupai la parole :

– Comment étaient-ils ? En avait-il un qui avait de grands yeux d'un bleu profond ? Plutôt bien bâti ?

Il me lança un regard courroucé avant de me répondre :

– Pourquoi ? C'est ton mec ? Oui, enfin, je ne sais pas s'ils étaient profonds, mais oui… Je crois l'avoir déjà vu fureter dans l'hôpital.

Je pense qu'il devait faire partie des infirmiers ou autres. En tout cas, c'est plus en mode sbire qu'il est venu m'intimider avec son pote hispanique.

– Tu n'en rajoutes pas un peu là ? Mais je te l'accorde, c'est étrange que des individus viennent t'interpeler à propos de mes simples recherches… Peut-être que mon indice et une vraie piste finalement…

Je m'emballais et j'en avais trop dit.
Alex prit un air plus grave.

– Carla, je veux tout savoir, je ne déconne pas là ! Ils m'ont vraiment fait flipper, et surtout, je ne comprends pas comment ils ont su que j'avais fouillé dans les dossiers informatiques de l'hôpital à moins d'être un hacker… Et d'avoir installé un cheval de Troie dans le logiciel interne de l'hosto pour être averti… C'est quoi ta piste ? Je veux t'aider.

Il décela mon hésitation

– Tu peux me faire confiance et, promis, ce n'est pas pour te séduire. Je l'aimais bien tu sais ce bébé. J'allais souvent le voir et j'essayais de le tirer de son hospitalisme en le faisant rire… J'aurais tellement aimé être père. Je n'aurais jamais fait souffrir mon enfant comme ça. Il mérite que quelqu'un s'inquiète pour lui, pour eux, et se batte pour les retrouver !

Il était sincère. Et j'avais envie, j'avais besoin de lui faire confiance. Je me sentais seule et il me fallait un relais. Je fis signe à Gilles d'apporter une seconde potion avec une lichette de pur malt cette fois, pour mon invité et moi-même, car nous allions en avoir besoin.

J'entrepris de lui raconter toutes mes recherches sans omettre les suspicions de la police portées sur moi, car j'étais leur éducatrice. D'autant plus que j'avais déjà eu des échauffourées avec la justice, en lien justement avec des réponses inadéquates au bien-être des enfants que j'accompagnais. Je lui racontai mon entretien avec le docteur Mac Dolen et le sentiment étrange qu'il faisait naître en moi. Je lui expliquai que j'étais persuadée qu'il s'agissait de quelque chose de plus important que trois simples disparitions au niveau local ! Que ce fameux consultant en savait beaucoup plus qu'il ne laissait paraître. Il semblait bien renseigné, trop peut-être. Et puis il y avait le nom de ces deux hospitaliers qui revenaient dans les dossiers, peut-être était-ce une coïncidence… Mais pourquoi deux sbires seraient venus l'interroger suite à nos recherches ? Et bien pire, il y avait ce meurtre atroce du père des deux enfants dont j'avais également la charge éducative…

Suite à cet exposé un peu brouillon, Alex resta silencieux quelques minutes. J'avais peur qu'il ne me prenne pour une folle et qu'il se sauve en courant. Me laissant là, seule, à patauger.

– Écoute-moi, voilà ce que j'en pense…

Je ne l'avais jamais vu aussi serein et concentré. Il me surprit. Je me sentais soudainement plus forte. Il semblait percevoir quelque chose.

– Je suis un génie de l'informatique, mais je t'avouerai que je ne suis pas téméraire. Je trouve effectivement toutes ces petites choses insignifiantes… Mais lorsqu'elles sont reliées les unes aux autres, elles semblent former un ensemble un peu louche. Je m'occupe de récolter des informations sur les praticiens et les éventuelles autres disparitions. Je te biperai pour que tu viennes me rejoindre ici, vu que tu y as tes habitudes, pour te transmettre le tout. Mais, pour le reste, tu devras te débrouiller seule.

Il avait peur, mais il était décidé. J'eus des difficultés à contenir ma joie et me levai pour l'enlacer affectueusement au grand étonnement de Gilles, qui observait derrière son bar.
Alex se dégagea de cette étreinte et surenchérit :

—

– Mais ne te réjouis pas trop vite. Il est probable que tu te fasses des films, ma vieille. Je veux juste t'aider parce que je t'apprécie et aussi parce que j'aime le petit Ewan. Mais je te préviens si je vois que ça craint, je balance tout à ce Mac machin. Et tu dois me promettre que si, au contraire, on ne trouve rien et qu'on se rend compte que tu as fantasmé, tu cesseras toute recherche pour revenir à la raison. Marché conclu ? me demanda-t-il avec sérieux, les yeux dans les miens, en me tendant la main.

Je souris et me jetai contre lui pour le serrer fort. Émue.

– Marché conclu !

Et c'est ainsi que le vieux pub de mon « father » de cœur devint notre QG.

Chapitre 20

Alex était un véritable prodige ! Depuis le pub de Gilles, il était parvenu à s'introduire dans le fichier des personnes disparues de L'ARPD (Assistance et Recherche de Personnes Disparues), une association nationale d'aide aux familles, puis dans celui de la commission internationale pour les Personnes Disparues basée à La Haye aux Pays-Bas. Il utilisait son portable pour ne pas attirer des ennuis au tôlier. Il était parvenu à customiser son matériel pour le rendre plus performant. Il était assez fier de son petit bijou. Il en parlait avec passion. Il m'avait confié qu'il était parvenu à se former tout seul grâce à des conversations secrètes entretenues avec de grands hackers. Il était devenu excellent à son tour. Mais bon, je me méfiais des prétentions masculines quant à leurs performances…

Quoi qu'il en soit, il excellait ! Ce que je lui demandais, je l'obtenais. Il avait ainsi pu me fournir une liste de noms d'enfants perdus, leurs âges, leurs origines sociales et géographiques. Leurs disparitions avaient eu lieu durant ces dernières années, dans des conditions similaires aux nôtres.

Dès mon retour à la maison, j'avais commencé à organiser toutes ces données sur le plus grand mur du salon. J'avais besoin d'avoir une vue d'ensemble sur cette sombre affaire. Je me jetai sur une carte et commençai par marquer d'une punaise toutes les villes concernées. Le phénomène s'étendait bien au-delà de la métropole. Alex avait trouvé des articles de journaux sur des disparitions suspectes d'enfants un peu partout dans de grandes villes d'Europe. Puis je tirai des fils depuis ces punaises sur lesquels j'accrochai avec des pinces à linge les photos de ces enfants disparus. J'avais inscrit sur ces dernières l'âge des jeunes ainsi que leurs conditions sociales et familiales. J'étais concentrée presque possédée par la tâche. Quand j'eus terminé, j'étais épuisée, transpirante. Léo me lançait des regards inquiets. Je partis dans la cuisine me servir un verre d'eau. Je revins machinalement dans le salon, le récipient à la main, jetant un regard furtif sur mon œuvre, puis je sursautai. C'était flagrant ! Les villes sélectionnées étaient toutes de grande importance. Dans chacune d'elles, huit enfants d'origine sociale difficile avaient été signalés disparus, puis déclarés décédés, en fugue ou enlevés, en l'espace de quelques mois.

Huit à chaque fois ! Cela ne pouvait pas être une coïncidence ! Dans chaque situation, des condamnations avaient été prononcées. Mais les enlèvements allaient toujours par huit, même s'ils étaient espacés ou non dans le temps. Ils pouvaient avoir été perpétrés la même journée, par des personnes différentes, comme être espacés de plusieurs mois, voire plusieurs années (deux dans certains cas).

J'appelai Alex pour lui faire part de mes observations tout en continuant de scruter mon mur. Ce qui était curieux, c'était le choix des villes. Un grand vide s'étalait au centre de tous ces lieux marqués sur ma carte par de petites punaises colorées. Était-ce un hasard ou était-ce justement signe que quelque part il existait un épicentre d'où toutes les opérations étaient commandées ?

Alex était excité. Cette théorie d'un complot, peut-être mondial, semblait l'amuser. La plupart des gamins disparus avaient été suivis par l'aide sociale à l'enfance, victimes de maltraitance ou d'abandons. Cela ne pouvait pas être une coïncidence. Ces actes étaient ciblés et calculés. Je pensai à haute voix.

– Mais, et les autres ? Peux-tu creuser un peu la question, retrouver leurs parents, appeler leurs écoles ou médecins traitants pour savoir s'il y avait ou non des suspicions de maltraitance ? Cela confirmerait la victimologie, le questionnai-je.

– Je savais que tu allais me poser cette question… Tu penses comme une profileuse ! J'ai pris les devants et j'ai poussé mes recherches pour chacun d'eux. Pour certains, une enquête sociale était en cours pour donner suite à un signalement de l'école ou du médecin traitant. Pour d'autres des violences conjugales avec plusieurs plaintes de voisins ou de la famille proche ont fait l'objet d'une enquête. Quelques-uns de ces enfants avaient fugué avant d'être retrouvés dans des squats fréquentés par de jeunes révoltés. Ces petits-là sont les premiers à avoir disparu. Ils ont entre huit et dix ans et ils sont très peu nombreux sur les dizaines de villes recensées, pas plus de huit…

Je l'entendais jouer avec le stylet de sa tablette et je l'imaginais très bien, le regard espiègle et l'air satisfait attendant que je le félicite pour son excellent travail.

Son stylet était unique en son genre. Il l'avait fabriqué lui-même avec une matière assez rare qu'il avait trouvée je ne sais où. Il en était très fier et j'avoue ne pas m'être intéressée plus que cela à son gri-gri. Je savais juste qu'il ne s'en séparait jamais et qu'il avait une grande valeur sentimentale pour lui. Il avait récupéré un badge cramoisi qui représentait un smiley dont il manquait un œil dans la chambre de sa sœur. Il était parvenu à le souder à un gros ressort rose fluo lui-même fixé au stylet doré. La pauvre fille était décédée lorsqu'ils étaient adolescents dans un tragique accident de voiture et Alex était encore très affligé par sa disparition. Se jeter corps et âme dans cette enquête avec moi était peut-être sa façon de combattre ses démons et le vide de son absence. Je ne savais pas. Quoi qu'il en soit, ce stylet était abominable ! La première fois que je l'ai vu, j'ai ri très fort et je me suis moquée de lui. Je m'en suis repentie lorsque courroucé, il me raconta son origine.

— Bravo Alex… Tu es un chef. Je savais que ces disparitions étaient liées. On sait à présent qu'elles surviennent toujours par huit, la plupart du temps dans de grandes villes, sans doute pour paraître moins suspectes. Elles touchent toujours un milieu familial instable… Ce qui me dérange, c'est que, pour la plupart d'entre elles, une condamnation a eu lieu.
Penses-tu pouvoir recueillir des informations sur ces condamnés ?
J'ai l'impression que si nos découvertes sont réelles, en tout cas, les coïncidences sont nombreuses ; tout nous laisserait à penser qu'ils étaient tous des coupables parfaits…

– Comme toi aujourd'hui, surenchérit Alex.

– Merci de me remonter le moral, Clyde ! Tu peux ou pas ? Sinon, du côté des deux docteurs ? lui demandai-je, du tac au tac, piquée au vif.

– T'inquiètes, je gère, mais ne sois pas trop pressée. Je sais que je suis un dieu de l'informatique, mais là, j'ai besoin de dormir un peu. J'ai les yeux qui sortent des orbites d'avoir scruté mon écran toute la nuit… Et excuse-moi, ma Bonnie, d'avoir plaisanté là-dessus, ce n'est pas cool. On va les trouver, ces salauds et les gosses aussi, sois-en sûre ! On se retrouve au QG ce soir. Ciao.

Et il raccrocha.
Je restai assise sur mon sofa, perplexe. Alex avait raison. Il avait besoin de repos et moi aussi. Cela faisait des jours que j'étais happée par toute cette affaire. Des heures durant lesquelles j'avais à peine dormi et mangé.
Je saisis mon téléphone. J'avais besoin de voir une amie.

– Allo, Laurie… C'est moi…

Je sentis un silence pesant à l'autre bout du fil. Je ne comprenais pas très bien d'où venait cette froideur entre nous. Je pensais que sa relation avec son Carlos en était l'origine, mais je commençais à douter. Peut-être que j'avais condamné son amour un peu trop vite et que j'aurais dû me réjouir pour elle et être plus présente. Je m'en voulais à présent. Je me questionnai sur l'origine de mes sensations négatives.
Était-ce mon égo ? Une forme de jalousie primaire ? Avais-je autant de mal que cela à me réjouir tout simplement du bonheur des autres, sans tout ramener à moi ? Notre travail était difficile. Par le passé nous avions été un garde-fou l'une pour l'autre.

– Tu m'appelles pour un service ? Parce que là, je suis en congé…

Laurie avait toujours eu le chic pour briser la glace, en toute sincérité. J'adorais ces relations franches où l'on ne s'embarrasse pas de mondanités ou de mensonges déguisés en politesse pour être, tout simplement, dans le vrai. Ne pas dire aux autres ce qu'ils veulent entendre, mais tout simplement réfléchir à ce qu'ils ont besoin d'entendre. Et la plupart du temps, il s'agit de la vérité.

– Non, je voulais t'inviter à déjeuner… Tu me manques beaucoup, tu sais ? lui répondis-je prudemment.

J'avais appris avec le temps à ne plus avoir peur d'exprimer avec sincérité ce dont j'avais envie, au lieu d'attendre en vain que les autres devinent mes pensées. Cela évite d'alimenter quelques rancunes stériles et de nombreuses déceptions.

Ma collègue était ravie. Elle adorait sortir. Son Carlos était très occupé ces derniers temps et la délaissait. Je suspectais une petite dispute à son ton courroucé.

Chapitre 21

Je pris une réservation pour le lendemain dans un de nos restaurants favoris. Au cœur de la ville, il ne payait pas de mine, mais la nourriture y était exquise et les patrons étaient de simples gens qui aimaient recevoir. J'arrivai la première. J'avais pris une longue douche vivifiante après un footing de plusieurs kilomètres avec Léo le long de la plage. Un délicieux repas chaud partagé avec une amie allait achever de me requinquer. Je pris le parti de l'attendre sur la terrasse. Le soleil printanier était doux et l'air était sec en m'adonnant à un vilain plaisir que Laurie détestait, un petit verre de Macvin dans une main et une Gauloise légère dans l'autre. La première bouffée m'arracha la gorge et les bronches que j'avais soigneusement aérées en courant quelques heures auparavant, mais le vin vint adoucir cela. Et je souris en pensant à mes paradoxes alors qu'arrivait Laurie, radieuse, les cheveux blonds détachés, soigneusement maquillée et légèrement habillée. Rien ne laissait à penser qu'elle rencontrait des difficultés dans son couple, alors je me promis de ne pas évoquer la question.

Le repas fut agréable. Nous échangeâmes sur à peu près tout, en évitant les sujets qui fâchent. Elle ne parla pas de Carlos et j'évitai quant à moi de l'interpeller sur ce qu'il se passait au service. Mais lorsqu'elle me demanda à quoi j'occupais mes journées de repos, je ne pus m'empêcher de lui raconter toute l'affaire. J'avais besoin de me confier. Elle prit alors un air grave et se fâcha. J'étais abasourdie. Que lui arrivait-il, à elle, si douce et si compatissante par le passé ?
Elle disait se faire du souci pour moi. Je devais faire confiance à ce docteur James Mac Dolen qui avait l'air plus que compétent. J'étais trop sûre de moi à vouloir toujours me mêler de tout. Ça allait finir par se retourner contre moi !
Puis elle se leva pour filer aux toilettes.
Je ne l'avais jamais vu se mettre en colère aussi facilement et j'étais déçue. La douceur de ce repas s'était envolée. Je n'avais

même plus envie de cette glace au chocolat posée devant moi et qui m'avait fait saliver lorsque je l'avais commandée quelques minutes auparavant en demandant un supplément de chantilly.

J'allumai une seconde cigarette encore plus fâchée après moi qui n'en avais plus touché une depuis plusieurs mois, avant aujourd'hui. Cette affaire me minait.
Laurie réapparut. Son visage semblait plus détendu. Elle regarda ma Gauloise d'un regard réprobateur, puis elle me dit avec douceur :

– Excuse-moi ma belle, je me fais juste du souci pour toi. Je te propose une promenade digestive. Allons chercher Léo et partons sur le port.

Quelle douce idée ! J'écrasai le vilain bâton et me jetai sur la cuillère chocolatée.

Chapitre 22

Ravie de ma journée, j'arrivai au QG radieuse. Il faisait doux dehors et j'avais décidé de venir en courant. J'allai faire un détour par la plage. J'arrivai essoufflée, mais légère. Rien ne pourrait troubler ce calme retrouvé au cœur de la tempête. J'étais entourée d'amis sincères et Alex allait m'aider à avancer. Nous avions des pistes et elles étaient sérieuses. Mon jeune complice était assis au bar, l'air renfrogné, à siroter ce qui me semblait être un bourbon.

– Salut, que passa ? lui demandai-je légèrement en lançant un baiser à Gilles qui se débattait avec un vieux tourne-disque à l'autre bout de la pièce.

Le bar était presque désert. Il y avait quatre jeunes autour du baby-foot, deux loubards au bar, en plus d'Alex, un homme d'une cinquantaine d'années absorbé par la lecture de son journal et un couple dans la pénombre d'un coin reculé du pub. L'homme tournait le dos au bar et avait vue sur les fenêtres opaques de la pièce. Je pouvais cependant apercevoir sa compagne, qui était une très jolie femme blonde. Je croisai son regard qu'elle maintint sur moi.

– Rien. Et c'est bien ça le problème ! me répondit sèchement mon acolyte.

Je lui accordai à nouveau toute mon attention. Il poursuivit.

– J'ai tenté tout l'après-midi de joindre les différentes personnes condamnées pour chaque enlèvement. En vain. Figure-toi qu'ils sont tous impossibles à contacter ! Ils sont, soit morts en prison à la suite d'une rixe, soit internés en psychiatrie, dopés à mort. Il y en a même un qui est dans le coma à la suite d'un accident de voiture alors qu'il tentait de prouver son innocence en appel. Les autres ont tout bonnement disparu ! Pour ceux qui avaient une famille, j'ai établi quelques contacts. J'ai même joint leurs anciens employeurs en feignant être journaliste. Et je n'ai rien appris de plus. Beaucoup ne savent rien ou feignent ne rien savoir. La plupart n'y comprennent rien et ne veulent pas en apprendre plus. C'est bizarre comme personne ne cherche de réponse. J'avais l'impression que tout le monde s'en moquait ou que je les gênais. Bref, ça m'a fichu le cafard. J'abandonne.

Je restai silencieuse. Je pensais surtout qu'il avait la trouille. Ces personnes semblaient avoir été des coupables parfaits et n'étaient plus là pour prouver le contraire. C'était bien commode pour ceux qui étaient derrière tout cela. Ce ne pouvait pas être une coïncidence. Mon sort semblait funeste. Je n'aurais pas dû mêler Alex à toute cette histoire, il était terrorisé.

– Je comprends Alex, ne t'inquiète pas, tu m'as déjà beaucoup aidée. Pour le reste, je me débrouillerai ! Rentre et suis ta route, lui dis-je en le serrant contre moi.

Il avait l'air gêné. Ça ne lui plaisait guère de m'abandonner de la sorte, mais il n'avait pas les épaules pour être ce support tant désiré. Il se leva, rangea sa tablette et son stupide stylet, qui, décidément, me faisait sourire à chaque fois que je le voyais, dans une vieille sacoche en cuir marron. Il vida son verre d'une traite en avançant vers la sortie. Son départ attira le regard des clients du pub. La blonde avait interrompu la conversation qu'elle entretenait avec son acolyte.
Je vis un dossier sur le bar.

– Tu oublies des affaires, le gosse ! lançai-je à Alex en me précipitant vers lui les documents à la main.

Il m'adressa un regard espiègle en quittant le pub.

– Non, ça, c'est un dernier petit cadeau ! Be careful, ma belle.

Et il s'engouffra dans la douceur du soir.

Je le regardai s'éloigner, puis je retournai m'asseoir au bar en feuilletant le contenu du dossier. Alex avait consigné les emplois du temps détaillés des praticiens dont je lui avais parlé en les agrémentant d'une feuille de renseignements des ressources humaines de l'hôpital. Je souriais en imaginant la femme à qui il avait dû faire du gringue pour obtenir ces informations. J'entendis la porte du pub se refermer. Le couple était parti. Je poursuivis ma lecture. Le cinquantenaire qui lisait son journal se leva, s'approcha du comptoir pour payer sa note et s'engouffra dans la rue à son tour. Le jeune geek avait également eu la brillante idée de constituer un dossier sur le docteur en sciences comportementales. Une initiative amusante. Je le laissai de côté pour l'instant. Il était tard. Je pris congé de Gilles. Ce soir, j'étais à nouveau seule. Alex m'avait bien aidée. Sa compagnie allait me manquer. J'allais devoir me dépêtrer de cette sale histoire comme une grande. Je sortis mon MP3 et rentrai en courant. Je ne fis pas attention aux deux hommes qui se battaient derrière moi. Un des deux eut le dessus et s'engagea dans ma direction alors que l'autre pénétrait dans le pub qui fermait ses portes.

La journée avait été longue, je me plongeai sous ma couette en espérant y trouver un refuge.

Chapitre 23

Je fus réveillée une fois de plus au cœur de la nuit.
Léo sursauta alors qu'il était allongé aux pieds de mon lit. Malgré la torpeur dans laquelle je me trouvais, j'étais sur le qui-vive. Il lançait des regards inquiets en direction de la porte d'entrée et bondit brusquement en s'apprêtant à aboyer. Je me jetai sur lui pour lui tenir la gueule entre mes mains afin de lui imposer le silence. Je lui chuchotai fermement :

– Chut, Léo, laisse-moi gérer ça…

Et je refermai sur lui la porte de la chambre à coucher en m'engageant doucement dans le couloir. Je tendis l'oreille pour percevoir à l'extérieur des voix qui chuchotaient. Il était pour autant difficile de rendre audible le message qu'elles se délivraient. Une des voix semblait masculine. Je crus l'entendre dire :

– Sait… Danger… Ouvre.

J'étais dévorée par la curiosité et j'eus une fois de plus l'impression que quelqu'un essayait d'ouvrir ma porte en abaissant avec précaution sa poignée. Mon seul rempart contre les fantômes qui semblaient décidés à venir me hanter. Je me jetai sur cette dernière et l'ouvris avec fracas. J'aperçus alors l'étonnement de ma voisine qui échangeait sur le palier avec un homme dos tourné, un casque de moto dans les mains.

– Excuse-nous de t'avoir réveillée… me lança la voisine, stupéfaite et gênée.

C'est moi qui l'étais ! J'avais l'air d'une folle à moitié nue, les cheveux en bataille dans le couloir, prête à bondir sur un quelconque prédateur.

– Je suis dénudée dans le couloir, c'est moi qui m'excuse… Bonne nuit, lui répondis-je, rouge de honte en m'apprêtant à rentrer chez moi.

L'homme ne put alors s'empêcher de se retourner pour regarder dans ma direction tout en entrant dans l'appartement voisin. Je sentis son regard et me retournai à mon tour. Croiser ces yeux me coupa le souffle. Ce bleu profond… Celui de l'hôpital. Puis ils disparurent derrière une porte. Encore.
Je refermai la mienne et m'effondrai dans le couloir. Léo me rejoignit et se coucha contre moi.

– Quand t'arrêteras-tu d'ouvrir les portes ! Je deviens folle, Léo. Je vois le mal partout ! lui confiai-je, dépitée en le caressant.

Je retournai m'enfoncer sous mes draps, honteuse et jalouse. Cette affaire me faisait tourner la tête. Je devenais paranoïaque ! Et cet homme qui me troublait et qui dormait à quelques mètres de moi avec cette gourdasse de voisine excentrique ! Je recommençais avec ma jalousie… Mon ego qui parlait, encore ! J'aurais plutôt dû me réjouir pour elle…

Une sale journée ! Une sale semaine ! Je n'avais plus qu'une chose à faire.
Je fermai les yeux et me rendormis.

Chapitre 24

Je passai une nuit affreuse, hantée par des visages sublimés par un regard intense. À peine réveillée, je décidai de partir courir un peu avec Léo sur la plage. Il était très tôt, mais j'aimais ce sentiment d'intense liberté que me procurait la course. Surtout lorsque j'étais seule, face à l'horizon, avec mes pensées que chaque pas rendait plus claires. Leur poids s'allégeait à chaque bouffée d'oxygène, libérant un peu plus d'endorphine amie dans mon corps. Je pouvais enfin sentir et en vivre chaque parcelle sans ne plus jamais les subir. C'était devenu une autre de mes drogues, moi qui ne fonctionnais que par addiction. Ma fuite.

J'ouvris la porte après avoir attaché Léo au canicross lorsque le furibond me déséquilibra pour sauter sur l'homme qui sortait au même moment de l'appartement voisin.
Je m'affalai sur lui et me retrouvai dans ses bras. J'étais troublée. Vu son air gêné, j'en conclus que lui aussi. Et nous rîmes. Il était familier à Léo. Sans doute avait-il pris l'habitude de son odeur lors de ses visites chez la chanceuse cachottière, avec qui je partageais cet étage de l'immeuble.

– Je suis désolée… dis-je après avoir réprimé un fou rire qui devait me déformer le visage comme d'habitude !

Je détestais mon sourire alors que, pour beaucoup, il me donnait un charme certain. J'avais d'énormes fossettes qui se creusaient au milieu de chaque joue et de grands yeux bleus qui pétillaient de joie. Mon rire était contagieux. Un ami sage m'avait un jour dit que, si nous consacrions toute l'énergie que nous dépensions à nous focaliser sur ce qui nous « dérangeait » pour nous concentrer plutôt sur ce qui nous « arrangeait », nous pourrions nous sublimer. Il fallait ainsi nous voir tel que nous voulions être vus, avant de vouloir être, pour ne plus seulement paraître.

– Ce n'est rien… Je vois qu'on a eu la même idée ! Je partais courir également… Je ne connais pas trop le coin, je ne suis pas d'ici, ma cousine m'héberge quelque temps. Tu connais des parcours de course sympathique ? osa-t-il d'une voix grave et posée, agrémentée d'un adorable petit accent british qui le rendait encore plus sexy.

Il venait de placer habilement dans la conversation qu'il n'était pas le compagnon de ma voisine. Elle redevint subitement plus sympathique à mes yeux.
Je me ressaisis. Ce n'était pas le moment de m'engager dans une histoire douteuse. Il fallait que je reste concentrée. Mais il y avait quelque chose de différent chez lui et ça m'attirait. C'était comme une évidence. Il avait opté pour le tutoiement. C'était un bon point pour lui.

Je détestais le vouvoiement. C'était pour moi une mise à distance que les gens imposaient de prime abord dans leur rapport, en prétextant une forme de respect quelconque. C'était surtout le moyen privilégié de marquer une appartenance à son cercle de proches, une manière comme une autre d'exclure l'autre. En plus, cela me mettait toujours mal à l'aise parce que je ne savais jamais si je devais tutoyer de manière toute naturelle ou me forcer à vouvoyer la personne à laquelle je m'adressais. J'étais convaincue qu'il n'était pas nécessaire de vouvoyer pour respecter une personne ou la fonction qu'elle occupait. Je pensais seulement qu'on s'adressait d'égo à égo en tant qu'humain.

Je me risquai, en me mordant presque la langue.

– Tu peux venir avec moi, si tu veux ?

Je pris son sourire ravi pour un oui. Qu'est-ce qu'il me prenait ? Je détestais partager ce moment d'intense liberté avec quelqu'un. J'avais l'impression de me mettre à nue, d'abaisser mes défenses. En quelque sorte de me livrer.
Pourtant, je ne voulais surtout pas prendre ce risque, avec qui que

---

ce soit. Néanmoins, je ne savais pas trop pourquoi, tout en lui m'inspirait confiance. Il ne s'imposait pas à moi. Sa présence semblait être une évidence.

Je passai un moment de partage exquis. Nous courions au même rythme, aucun de nous deux n'avait l'impression d'attendre l'autre. J'avoue que Léo me permettait de courir vite. Lorsqu'il n'était pas attaché à moi avec le canicross, ma cadence était beaucoup moins soutenue. Mais ce qui comptait pour moi et apparemment pour lui, à la suite de nos échanges, n'était pas la performance, mais la liberté éprouvée. Il s'émerveilla de cette mère Nature qui s'offrait à nous. Je l'entraînai dans des coins que j'affectionnais, reculés le long de la berge. Ils étaient escarpés et rarement fréquentés. Des coins refuges qui offraient une vue sur la grandeur transcendante de l'océan après avoir pris la peine de s'enfoncer dans les ronces et les taillis.

Nous prîmes place sur le haut des rochers d'où les vagues se jetaient avec fracas. Le vent nous fouettait le visage. Et nous restâmes là quelques instants dans le silence. Nous étions juste bien. Le silence ne nous pesait pas. Il n'y avait pas d'espace à remplir. Il suffisait alors que nous regardions le lever du soleil au cœur de la brume. Nous repartîmes et nous rîmes aux éclats en regardant Léo courir après les vagues en essayant de les attraper dans son adorable gueule béante.

Mon cœur chavirait chaque fois que nos regards se croisaient, mais il s'assombrissait au fur et à mesure que nos pas de plus en plus petits et lourds nous rapprochaient de la maison. Je ne voulais pas que cet instant magique se brise. J'aurais voulu rester assise avec lui en haut de ces rochers à sentir les effluves marins et écouter le bruit des vagues. Il m'était étrangement familier. Sa présence m'apaisait. Il n'était qu'un étranger et pourtant, un regard avait suffi à transpercer mes murailles et à m'atteindre. Il m'avait subitement touchée alors que je me cachais derrière ces hauts murs, repliée dans une sécurité feinte depuis tellement longtemps.

Avait-il la clef ? Comment cela était-il possible ?

J'étais émue et troublée. Je sentais que je chavirais, qu'il m'avait conquise alors que ça ne m'était jamais arrivé. J'avais tout fait pour éviter cela, pourtant je n'avais pas peur.

– Je peux t'offrir un chocolat chaud pour te remercier de ce beau moment de partage, entre coureurs voisins ? proposa-t-il tout naturellement.

C'était plus une constatation qu'une invitation. Ça semblait évident pour lui que j'allais accepter.

J'hésitai. Dur de lâcher prise. La raison reprenait le dessus sur les élans de mon cœur.

– Non, merci.

Quelle bécasse ! Cette réponse était brusquement sortie de moi dans un réflexe de protection. L'instant s'était brisé et mes mécanismes de défense s'étaient auto-activés, par habitude. Je regrettai tout de suite. Encore plus quand j'aperçus une profonde déception dans ses yeux. Leur bleu s'était brusquement obscurci. Le doute s'immisçait en lui. Ce moment avait été magique pour lui également, je le ressentais, il ne trichait pas. Il avait tout à coup l'air d'un petit garçon triste et rejeté, blessé par son insouciance, mais ça ne dura pas. Son air devient plus grave.

Je me ravisai.

– Je veux dire, pas dans l'instant, je serai ravie de te faire découvrir un pub où les chocolats servis sont chaque jour une délicieuse surprise composée spécialement pour toi, mais seulement après une bonne douche.

Le petit garçon refit surface et m'adressa un sourire malicieux avant de pénétrer dans l'appartement à côté du mien.

Léo partit directement, sans se poser de questions, se restaurer avant de s'affaler dans son panier, épuisé par la course et le jeu. Il me fallut quant à moi plusieurs instants pour reprendre mes esprits et prendre une douche salutaire. J'étais comme assommée et je ne pouvais pas m'empêcher de sourire. Je fus troublée lorsque, sous le jet, je pensais à lui qui était sans doute en train de faire la même chose que moi juste à quelques mètres, derrière une fine cloison. Des frissons me parcoururent tout le corps. Puis je m'efforçai de reprendre mes esprits. Cette petite expérience devait rester une sympathique récréation, rien de plus. L'heure n'était pas au batifolage : des enfants avaient disparu et j'étais sur une piste sérieuse. Je sortis de la salle de bains emmitouflée dans mon peignoir et me jetai sur le combiné du téléphone.

– Allo ? Laurie ? Tu ne devineras jamais ce qui m'est arrivé ce matin… commençai-je.

Zut, je la réveillai.

– Quoi, ce matin ? On est tout juste le matin ! Tu ne peux pas te lever à des heures convenables comme tout le monde !

Elle n'était pas matinale… Visiblement, sa nuit avait été courte et je la tirais de son sommeil cinq minutes avant son réveil, quelques minutes de repos volés qui allaient la mettre de mauvaise humeur…

– Pas comme tout le monde justement…

J'avais piqué sa curiosité, mon récit effaça l'affront de mon appel matinal. Elle fut moins emballée lorsque je lui décrivis l'étrange inconnu. On n'avait décidément pas les mêmes goûts en matière d'homme ! J'aimais les sportifs au regard ténébreux et elle aimait les hommes fins un peu efféminés.
Elle était avide de détails, mais je n'appelais pas pour cela.
Je fus surprise d'avoir engagé la conversation sur cet événement qui, décidément, se jouait de moi et me faisait tourner la tête.

Pourtant, vu les circonstances, je me devais de la garder froide. Je recentrai l'échange sur les raisons premières de mon appel. Elle grogna, mais accepta de m'aider. Elle avait fait cette proposition la veille, lorsqu'elle avait regardé d'un air intéressé mon mur d'enfants disparus constitué au gré de nos recherches.

– Ok, je te promets de rassembler au plus vite des informations sur les parents des enfants disparus suivis par l'aide sociale à l'enfance. Je vais passer quelques coups de fil. Je me suis constituée un réseau intéressant au fil du temps, l'avantage d'être la seule secrétaire de ce service ! Mais toi, en échange, tu me promets de te faire belle et d'aller boire ce chocolat chaud et d'en profiter en toute légèreté !

Laurie était un ange.
Pour une fois, elle n'eut pas trop à se faire prier pour que je suive un de ses conseils.

Je raccrochai et filai me préparer.

Chapitre 25

Toc, toc !

J'étais comme une gamine impatiente. J'attendais en trépignant que la porte de ma voisine s'ouvre sur ce bel inconnu, Mano. Mais elle s'ouvrit sur cette bécasse de Gina !

– Je suis occupée, là ! m'accueillit-elle sèchement, sans un bonjour ni même l'esquisse d'un sourire.

En même temps, il ne fallait pas rêver, d'aussi loin que je me souvienne, je ne l'avais jamais vue se réjouir. Une main ferme retint le bois de la porte alors qu'elle allait se fermer violemment sur moi, la mine déconfite.

– Laisse, Gina, cette belle jeune femme est venue pour moi ! dit-il une voix ferme tout en me souriant.

Gina semblait plus pincée que d'habitude lorsqu'elle nous regarda descendre l'escalier en nous jetant des regards complices. Elle ne pensait tout de même pas garder son cousin pour elle toute seule, non ? Elle n'avait qu'à sortir un peu de chez elle et passer plus de temps à être avenante avec les humains plutôt qu'à se mirer le nombril !

On ne s'aimait pas beaucoup. Je crois qu'elle a toujours été jalouse de moi et de la vie libérée que je menais. Pourquoi ne prenait-elle pas le risque d'en faire autant ? J'avais pourtant essayé de la dérider un peu, mais c'était peine perdue ! Elle préférait mon chien, alors j'avais abandonné. Pendant quelques minutes, je culpabilisai de la laisser là, seule sur le palier, alors que je lui ravissais ce bel homme. Mais sentir la présence de Mano près de moi me détourna vite de cette imbécile envie de contenter tout le monde.
Nous arrivâmes en bas de l'immeuble. Il faisait frais. Je remontai

mon blouson. Il me tendit brusquement un casque, puis enfila le sien en enfourchant une magnifique Ducati noire.

– Je t'emmène.

– Non, lui répondis-je amusée.

– Décidément, tu aimes me dire non, rétorqua-t-il.

– Non, j'aime seulement suivre ma route en m'accrochant fermement au volant, le défiai-je.

– Ça ne me dérange pas de te laisser les commandes, si tu sais ce que tu fais et où tu vas, me lança-t-il sur le même ton.

Je n'hésitai pas.

– Oui, je sais où je vais !

Et je grimpai sur le bolide en l'invitant à faire de même. J'éprouvai des difficultés impromptues à rester maître du véhicule lorsque je sentis ses bras autour de ma taille. Je m'empourprai, heureusement qu'il ne pouvait pas le voir.
Je fis un petit détour sur une petite route déserte pour prolonger le moment et pousser le bolide en affolant son compteur. À la manière dont il suivait mes actions, je sentais qu'il appréciait ma conduite et partageait ma frénésie de la vitesse. Puis je me garai devant le pub de Gilles.
Décidément, je prenais des risques !

Gilles fut ravi lorsqu'il me vit arriver accompagnée en jetant un coup d'œil sur la moto et les deux casques. Il m'adressa un sourire malicieux et je rougis en baissant les yeux. Il dévisagea curieusement Mano comme s'il le connaissait, puis nous proposa une table dans un coin discret.
Les chocolats étaient une fois de plus un vrai délice, mais pas

autant que le moment passé à discourir de tout et de rien avec cet homme qui, décidément, me surprenait dans sa familiarité, sans pour autant m'en étonner. C'était tellement naturel entre nous, tellement transcendant !
Je sentis son chocolat, Gilles y avait ajouté une pincée de gingembre et une goutte de whisky. De la douceur et de la force…

On se plaisait, c'était évident.

Ce qui ne devait être qu'un chocolat devint un apéritif, puis un déjeuner suivi d'un café. J'adorais nos échanges. On partageait beaucoup d'idées, une certaine vision de la vie et l'importance à conférer aux choses ou non. Il voyait la coupelle toujours à moitié pleine et il jugeait la vie malgré tout comme un merveilleux cadeau dont il fallait se montrer digne. Nous étions en accord sur notre opinion de l'espèce humaine dans son ensemble. Nous étions des parasites, capables de belles choses, mais dans notre monstrueux paradoxe, artistes du pire qui soit. Nous étions une force autant de création que de destruction. Il allait encore plus loin que moi en avançant l'hypothèse que c'était la société construite telle qu'elle était aujourd'hui, et à plus petite échelle la cellule familiale, qui pervertissaient ce qu'il y avait de bon en nous. Il condamnait tous les systèmes politiques. Il sentit qu'il me perdait lorsqu'il fit presque l'apologie de la dictature telle qu'elle avait été définie par les Romains. Pour le bien de tous. Il n'avait certes pas totalement tort, mais ses idées étaient bien plus radicales que les miennes. Il était habité par une vision. Elle faisait de lui un idéaliste voulant réellement changer les choses. Il n'était pas pour autant buté et acceptait la confrontation des idées dans un débat qu'il semblait affectionner. Ma répartie l'amusait.

Nous ne vîmes pas les heures s'écouler. Jusqu'à ce que sans crier gare, la sonnerie de son téléphone nous extirpe de notre bulle. Il avait choisi une mélodie de la bande originale du film d'Into the wild, un de mes préférés, je souris.

Son regard s'assombrit pour devenir plus sérieux. Le ton de sa voix devint plus grave lorsqu'il s'éloigna de moi pour échanger avec son interlocuteur. Une force tranquille et rassurante, mais également une sensibilité certaine, semblaient se dégager de tout son être. Je fus surprise d'en venir à me questionner sur son signe astrologique.
Quelle sotte ! Laurie m'avait contaminée avec ses balivernes de nanas. C'est ainsi qu'elle se rappela à moi.

Je risquai un coup d'œil sur mon portable. Elle m'avait bombardée de messages. Quelle curieuse celle-là ! Elle voulait tous les détails de mon rendez-vous galant. Elle n'avait jamais été aussi assoiffée d'informations. Je lui envoyai la photographie de la multitude de nos consommations étalées sur la table en commentant : *un chocolat qui se transforme en... Tout se passe bien ; et ta promesse à toi, elle avance ? Bises.*

Elle répondit qu'elle m'envoyait par mail tout ce qu'elle avait pu trouver ainsi que la liste des noms d'enfants pour lesquels elle n'avait reçu aucune réponse, lorsque Mano me rejoignit, l'air contrarié.

– Je suis désolé, il faut que je file régler un problème au boulot.

Concentré dans sa future tâche, il enfila son blouson avec hâte.
C'était trop bête de se quitter comme cela ! J'avais soudainement très froid. Je m'apprêtai silencieuse. L'après-midi était déjà bien entamé. Il était trop tard pour engager une filature, mais je pouvais encore passer quelques coups de téléphone, à tout hasard, à propos des enfants pour lesquels Laurie n'avait pas de renseignements à transmettre. La récréation était terminée. Nous étions chacun happés par nos vies et leurs secrets. J'étais soudainement gagnée par la mélancolie lorsque nous sortîmes du pub.
Je remis en place mes défenses et m'apprêtai à lui balancer un petit sourire gêné accompagné d'un timide « c'était sympa à bientôt, j'espère » lorsqu'il se tourna subitement vers moi, m'attrapa la main en plongeant ses yeux profondément dans les miens et

m'attira à lui pour déposer un doux baiser sur mes lèvres. Puis il relâcha son étreinte et me caressa la joue en conservant sa fougue.

– À très vite, Carla.

Et il grimpa sur sa moto pour filer en trombe.
Me laissant là, touchée, le cœur à la dérive.

Chapitre 26

Je rentrai à la maison. La voisine m'avait laissé un mot pour me dire qu'elle était sortie avec Léo durant « notre escapade sauvage ». Un courant d'air avait fait tomber une des feuilles de mon mur. C'était la photographie d'un gamin de quatre ans, Théo, disparu il y a quelques mois de cela à Bordeaux. Je l'avais accrochée par-dessus un petit tas d'articles, publiés à l'époque, qu'Alex avait égrenés sur la toile sans vraiment prendre le temps de les étudier. C'était justement un des enfants pour lesquels Laurie n'avait trouvé aucune information. Elle avait stipulé que son dossier d'aide sociale à l'enfance s'était comme « évaporé ». Sans doute avait-il été emprunté par la gendarmerie et était-il en train de prendre la poussière sur une quelconque étagère parmi d'autres dossiers en cours. Je me servis un café bien noir pour faciliter la lecture des documents.

Léo vint se coucher à côté de moi. Il sentait mauvais, comme à chaque fois qu'il partait en promenade avec Gina. Je ne savais pas où elle allait, mais une odeur de vase acariâtre lui collait aux poils.

Le bambin bordelais était un pauvre gamin ! Sa mère était morte alors qu'il était nourrisson et son père avait fait une overdose quelques semaines après sa disparition. Il avait été victime de maltraitance par négligence, laissé à l'abandon des jours entiers, alors que son paternel se droguait et zonait. Sa mère s'était prostituée pour obtenir des doses, laissant planer un terrible doute sur l'identité réelle du géniteur du petit garçon. Le pauvre garçon n'avait jamais été considéré, encore moins aimé. Un vide cruel qui laissait place à des carences affectives évidentes favorisant l'émergence de troubles comportementaux. Un article relatait brièvement les faits. Une assistante sociale de secteur avait été condamnée pour ces disparitions. La police suspectait un commerce d'enfants suite à la découverte de transactions provenant de l'étranger sur le compte de la demoiselle.
Les enquêteurs étaient parvenus à remonter la filière de l'argent.

Ils avaient effectivement recueilli des témoignages de locaux en Asie et en Russie attestant d'un trafic. Les témoins auraient alors formellement identifié les enfants disparus à partir de photographies, mais les malheureux ne furent jamais retrouvés.

L'assistante sociale présumée coupable était mentalement instable. Dépressive, abusée étant enfant, elle n'avait pas supporté la pression médiatique et le harcèlement de la police. Elle avait clamé son innocence en vain et avait été retrouvée pendue dans sa cellule quelques heures avant son procès. Le journaliste avait par la suite recueilli les propos de son avocate, qui déplorait le décès de sa cliente, convaincue elle-même de son innocence.

Je décidai de la contacter. Je saisis son nom sur le net. Je ne trouvai rien. Je tentai les pages jaunes, puis l'annuaire, en vain. J'approfondis mes recherches en allant jeter un coup d'œil sur le répertoire du Conseil national des barreaux. Je tombai sur une annonce informant sa radiation et perte de droits d'exercer, pour donner suite à des suspicions de pots de vin versés à des juges dans de nombreuses affaires.
Le numéro de son cabinet d'associés était encore consigné. Je me risquai à la joindre par téléphone.

– Cabinet Laniot et Da Silva, j'écoute.

La voix féminine était douce et inspirait la confiance. Je décidai de jouer la carte de l'honnêteté et lui expliquai que j'enquêtais, à mes heures perdues, sur des disparitions non résolues en France et plus largement en Europe depuis que d'étranges évènements se produisaient dans ma ville. Je lui expliquai ma volonté de joindre l'avocate de l'assistante sociale condamnée pour les disparitions sur Bordeaux. Elle me questionna plus précisément sur mes intentions, puis lorsqu'elle fut satisfaite, demanda mes coordonnées complètes en me promettant d'essayer d'entrer en relation avec son ancienne patronne. Cette dernière n'avait plus donné signe de vie depuis plusieurs mois.

Je raccrochai. Chou blanc. Encore une personne injoignable. Décidément, cette affaire s'assombrissait. Chaque fois que j'essayais de remonter une piste, les portes se refermaient. J'avais l'impression que quelqu'un avait pris soin d'effacer toutes les traces derrière lui. Ces culs-de-sac me faisaient peur. Je sentais l'étau se refermer autour de moi et me piéger inexorablement.

Toc, toc… On tambourinait vivement ma porte.
J'ouvris. C'était Laurie. Ma voisine déverrouilla son antre au même moment.

— Excusez-moi, nous dit-elle, je pensais que quelqu'un frappait chez moi.

Puis elle jeta un long regard sur Laurie et opéra un repli vif.

— Qu'est-ce qu'elle a, ta voisine ? Elle n'est pas nette ! Pourquoi elle m'a regardée comme ça ? me questionna ma douce visiteuse.

— Elle est jalouse. Entre vite, répondis-je, sans faire de cas.

— Je crois que je l'ai déjà vue quelque part…

Puis elle entra dans l'appartement et le sujet de la conversation dériva très vite sur le bel éphèbe qui m'avait donné un langoureux et tendre baiser quelques heures auparavant.
Nous nous installâmes sur le sofa pour déguster un bon verre de vin.

— Bon, je suis désolée pour toi, ma belle, mais toutes mes recherches ont débouché sur des voies sans issue. Tous les parents des gosses disparus suivis par l'aide sociale sont soit évaporés ou sont décédés. La plupart du temps, quelques semaines après la disparition de leurs rejetons. Suicides, overdoses, accidents de voiture sous l'emprise de la drogue ou de l'alcool, battus à morts, dans le coma, disparitions, internements… Des cas'soc parmi d'autres, à la pelle, qui finissent mal pour lesquels on ne fait pas trop de bruit. Je sais ce que tu penses, mais avoue qu'avec de tels profils, ces dénouements tragiques sont plus que courants ! Peut-être que les enfants portés disparus sont dans des terrains vagues ou des campements de fortune en train de se prostituer ou de se droguer. En tout cas, toute cette histoire m'effraie et je ne comprends toujours pas pourquoi tu ne vas pas parler avec le docteur Mac Dolen ? exposa calmement Laurie.

Son plaidoyer terminé, je la remerciai et déviai la conversation sur son sujet préféré. Elle et son bel Hispanique. Je ne voulais pas débattre de l'affaire avec elle et j'étais lasse de ces recherches infructueuses. Je l'écoutai tout en complétant mon mur par ses informations toutes aussi stériles qu'elles fussent en écrivant en gros parents décédés, disparus, internés… Le résultat était morbide.

Laurie se plaignait de Carlos, qui était de plus en plus distant et absent. Elle ne comprenait pas ce qu'il avait. Il partait parfois durant des jours sans fournir d'explication. Elle avait peur qu'il entretienne une aventure. Elle le trouvait toujours portable à la main, sur le qui-vive, en attente d'un message ou d'un appel jusque tard dans la nuit. Et lorsqu'elle le questionnait, il l'éconduisait brutalement. Elle me jeta un regard fautif lorsqu'elle employa ce qualificatif en se ravisant et en me certifiant qu'il n'avait jamais été violent avec elle. À bout de nerfs, elle avait même jeté un bref coup d'œil dans son téléphone.

– Ne me regarde pas d'un air jugeant, me dit-elle sur la défensive. Il me cache des choses et ne veut rien me dire, je voulais juste savoir s'il avait des ennuis… En tout cas, il reçoit beaucoup d'appels d'une certaine ou d'un certain V ou M. Tu connais beaucoup de gens, toi, qui n'enregistrent pas les prénoms entièrement dans leur répertoire ? m'interrogea Laurie.

C'était vrai que cela paraissait suspect. Mais son mec était un peu niais, alors ça ne m'étonnait qu'à moitié. Mais elle attisa ma curiosité lorsqu'elle me raconta que les seuls moments de partage qu'ils avaient eu récemment, c'était lorsqu'il l'avait écoutée parler de moi, d'un air fortement intéressé. Et que mes nombreux appels passés à Laurie, à propos des enfants disparus, l'avaient mis en colère. Elle nous avait même suspectés d'entretenir une relation secrète tant il l'avait questionnée à propos de moi.

En quoi ce crétin était-il mêlé à l'affaire ?

– Pourquoi me racontes-tu tout cela, avec un ton aussi calme ? Qu'est-ce qui a changé ? l'interpellai-je.

– Je lui ai parlé de ton mur et il m'a dit que tu étais soit une grosse tarée soit une psychopathe. Il m'a même interdit de venir te voir ou même de t'aider. Après, il m'a fait l'amour. Voilà, j'ai été bête, je suis rassurée ! me dit-elle tout naturellement, comme une niaise.

Puis elle perçut ma colère.

– Tu m'en veux ? s'inquiéta-t-elle, avec une voix de fillette effrayée.

J'étais hors de moi. Quelle idiote ! Carlos avait peut-être un lien avec toute cette affaire ou alors il était sincèrement inquiet pour Laurie. Dans le doute, lui parler de mon mur n'allait pas arranger mon cas.

– Laurie ! Qu'est-ce que tu lui as raconté sur moi exactement ? questionnai-je passablement irritée.
Je détestais l'idée qu'elle ait pu confier mes secrets à cet homme antipathique qui ne m'inspirait pas du tout confiance.
Elle prit la mèche.

– Bah quoi, c'est mon chéri, fallait me dire que tes confidences étaient secrètes ! Si tu me fais confiance, c'est pareil pour lui !

Je l'adorais, mais qu'est-ce qu'elle pouvait être naïve ! J'étais de plus en plus persuadée que son compagnon était mêlé de près ou de loin à cette histoire et qu'il s'était servi d'elle pour m'atteindre. Il fallait que je l'éloigne de tout cela et que je l'aiguille dans une autre direction.

– Tu sais quoi ? On ne va pas se disputer pour cette histoire. Dès demain, j'irai voir Mac Dolen et je détruirai mon mur. Après tout, tu as raison, je ne suis pas une enquêtrice.

Puis on finit la soirée à rire et à boire du vin. Lorsqu'elle partit. Je me postai devant mon œuvre. J'écrivis en gros sur une feuille A4 le nom des personnes qui revenait bien trop souvent dans toute cette obscure affaire : Carlos, Mac Dolen, Docteur Kio, Moulin… accompagné d'un gros point d'interrogation devant chacun d'eux. J'ajoutai même ma voisine Gina par provocation plus que par conviction et surlignai par deux fois les noms de Carlos et du « mentaliste ». Pour finir, j'inscrivis sur une autre feuille le nom de l'avocate, Mademoiselle Autrey.

J'accrochai ces deux feuilles au milieu de mon mur et allai me coucher. La journée avait été plus qu'intense.

Chapitre 27

Au petit matin, je décidai d'une nouvelle petite virée sportive avec Léo. À tout hasard, j'espérais surtout que Mano serait là, devant la porte comme la dernière fois. Je m'aspergeai de parfum, ce qui m'exaspéra au plus haut point pendant ma course le long de la plage, seule avec Léo, profondément agacée par ma stupidité. Comme s'il pouvait être tapi derrière sa porte à m'attendre. Je m'arrêtai au milieu du chemin, je n'avais plus envie de courir. Il commençait à pleuvoir et pourtant, j'avais envie de m'isoler en haut de mon rocher. Envie de réfléchir, de me ressourcer, avant de m'engager dans une filature qui risquait d'être stérile. J'étais grisée. La torpeur de la veille s'était évanouie. J'avais l'impression d'avoir fait un doux rêve. Mais, il avait laissé à mon réveil un cruel souvenir prêt à resurgir en moi pour me renvoyer à cette solitude de tout instant. Il me rappelait ce manque de capacité à aimer que m'avait transmis mon père à force de coups et d'humiliations.

Il avait fait de moi un monstre de contrôle, fermé, vivant reclus derrière des barricades qui ne laissaient rien passer. Je me hissai au-dessus de mon rocher, mon espace à moi. La pluie devint plus forte, accompagnée d'un vent qui menaçait à tout instant de me faire chavirer. Mais j'étais déjà à la dérive, je l'avais toujours été, sans attaches, sans racines solides. Toujours à flirter sur la corde raide, à tenter de repousser des limites. Seule, à espérer un rocher sur lequel pouvoir m'appuyer sans jamais oser réellement le chercher, par peur d'échouer. J'avais toujours ressenti une certaine facilité à jouer avec la mort : m'approcher dangereusement des rebords trompeurs d'un précipice, pousser le moteur d'une moto lancée à plus de 100 km/h dans un virage serré, défier les éléments, sortir seule la nuit…

Pour certains, j'étais téméraire, pour d'autres suicidaire. Mais ils n'avaient rien compris ! Je n'avais jamais eu peur de rien d'autre. Juste de prendre le risque de m'attacher ou encore de ressentir. Le risque d'être en attente et d'être à nouveau rejetée, abandonnée, alors que j'aurais pu tout donner. Je pleurais. J'étais seule.

L'expérience unique de la veille me terrifiait. J'étais vulnérable face à cette angoisse irrépressible qui me poussait à fuir, à prendre le large pour me préserver. Je pleurais ce vide en moi. Ce monstre qui grondait et me faisait tellement mal. Je n'étais qu'humaine. Moi, ce robot, cet automate sans-cœur ! Une fuite en avant. J'avais beau courir de plus en plus vite, le passé me rattrapait toujours, au détour d'une rue, au creux d'un regard, dans le murmure d'une attente. Je gâchais toujours tout. C'était plus fort que moi. Je pourrissais ceux qui s'approchaient de moi. Je les contaminais.

Du haut de mon rocher. Il pleuvait.

Cette histoire m'entraînait vers ce fond sans fin que je pensais avoir distancé, avec le temps. Je fermai les yeux et laissai la pluie aux effluves salés me fouetter le visage comme pour essuyer toutes traces de mes larmes lorsque je sentis une forte poigne me tirer en arrière.

– *Diwall*, tu vas tomber ! hurlait Mano, en breton, pour m'intimer de faire attention.

Puis il me saisit par le bras pour m'éloigner du bord glissant de la falaise. De mon rocher !
Je me sentais prise en défaut. Mes remparts étaient brisés par un inconnu dont je ne connaissais rien. Même si tout en moi me disait que je pouvais lui faire confiance. Et pourtant, il avait à présent tout le loisir de me briser. Il pouvait m'atteindre. J'étais à sa merci. Et avec le combat que je devais mener à l'extérieur, je ne pouvais pas gagner sur tous les fronts. J'abandonnai. Adviendrait, ma foi, ce qu'il devrait. J'avais réussi à me relever de tout. Et j'étais épuisée.

Il scruta mon visage, inquiet et curieux. J'étais un mystère pour lui. Insaisissable et pourtant si fragile. J'étais un paradoxe. Il était une force. Il était un roc.
Je lâchai mon rocher pour aller vers lui et sans un mot lui rendre son baiser de la veille.

Nous restâmes là quelques minutes, l'un contre l'autre, sous une pluie battante. Il ne posa pas de question. Je brisai le silence en le regardant fixement.

– Mais que fais-tu ici ? C'est mon rocher ! le taquinai-je avec mon aplomb légendaire.

Je fus surprise par la profondeur soudaine de son regard.

– Non, c'est notre rocher maintenant. On va prendre un petit déjeuner, parce que pour la douche, je crois que c'est bon ! affirma-t-il en faisant une grimace de petit garçon frigorifié.

Nous rîmes et repartîmes aux pas de course nous réfugier à la maison.

Chapitre 28

Nous arrivâmes sur le seuil de l'entrée, mouillés jusqu'aux os. Léo tremblait, mais pas autant que nous. J'avais envie de me lover contre Mano sans plus attendre. Au diable la décence !
J'attrapai mes clefs, puis me retournai vers cet homme qui cherchait à attraper les siennes dans ses habits rendus lourds par l'eau de pluie. Elle s'était accumulée dans les moindres recoins de couture.

– Tu sais, une douche chaude nous ferait du bien avant de déjeuner et figure toi que la mienne est bien assez grande pour nous deux…

Je ne m'attendais pas à être autant troublée par ma proposition. Je rougis dans la foulée, mais les choses étaient dites. J'avais toujours eu beaucoup de mal à différer mes désirs et à réprimer mes envies au nom de je ne sais quelle bienséance qui nous faisait perdre du temps.
Il afficha un sourire amusé et espiègle.

– Je ne rêve que de ça… Mais je n'ai pas de peignoir, le tien est assez grand aussi ?

Il s'approcha dangereusement de moi.

– Je n'ai pas de draps de bain… Seulement de toutes petites serviettes… osai-je.

Sa bouche était à quelques centimètres de la mienne et je sentais le désir en moi atteindre son paroxysme.
Il resta là. Je sentais son souffle chaud sur ma peau parcourue par d'infinis frissons, autant caresses que tortures, dans l'attente qu'il me saisisse à tout moment. Il inséra habilement les clefs dans la porte de mon appartement.

Mais ce n'est pas la mienne qui s'ouvrit avec fracas en venant briser la torpeur de cet instant intense.

– Mano, tu viens ? ordonna littéralement ma bécasse de voisine, que je détestais de plus en plus.

Elle me lança un regard noir, que je lui rendis sans ménagement. De quoi se mêlait-elle ? Elle venait d'interrompre un jeu qui devenait de plus en plus intéressant entre cet homme parfait et moi.

Léo s'approcha d'elle comme si elle lui avait adressé son ordre. Elle le repoussa sans ménagement à mon plus grand étonnement. La situation était ridicule.

Son regard était insistant.

Puis Mano, lui répondit posément et avec assurance tout en me poussant dans l'appartement pour m'embrasser avec passion.

– Non, je suis avec Carla.

Nous nous réveillâmes l'un contre l'autre en tout début d'après-midi. Son téléphone n'arrêtait pas de sonner. Je m'amusais à le taquiner en évoquant une hypothétique femme et leurs sept enfants alors qu'il ne cessait de couper court à chaque tentative désespérée de ses interlocuteurs. La douche contre lui avait été exquise. Nous avions échangé de longs baisers qui s'étaient prolongés dans le salon, puis dans ma chambre. Nous n'avions pas pris ce fameux petit déjeuner et nous étions affamés.

Il fixa longuement mon mur alors que je préparais une collation et un café salutaire. Il était nu et je pus l'observer à loisir, le détailler. Il avait un tatouage impressionnant qui partait de son épaule droite pour se prolonger sur toute une partie de son dos. Je m'approchai pour l'observer, le toucher tout en le questionnant.

– Pourquoi représenter sur ton corps l'homme de Vitruve ? Et ce petit détail sur le premier bras droit ? Deux lettres, F et C ? Mano sourit, mystérieux.

– Je ne sais pas, c'est toi la fine inspectrice, non ? Qu'est-ce que cela signifie selon toi ? Tu perces le mystère qui m'entoure ?

J'adorais l'Histoire et encore plus celle des autres. M'y intéresser me permettait d'oublier un peu la mienne. Je relevai le défi.

– Ça me dit que tu prônes une philosophie de l'équilibre et que tu crois en l'humain pour le trouver… Et cela, malgré nos discussions d'hier plutôt négatives sur notre espèce destructrice. Mais je ne sais pas ce que signifient ces lettres, dis-je en les caressant tendrement, avant de chuchoter dans le creux de son oreille qu'il s'agissait peut-être des initiales de sa femme cachée.

Il se retourna brutalement pour me saisir les mains.

– Pourquoi faudrait-il que ce qui nous réunit soit trop beau pour être vrai, Carla ? Ne te prépare pas au pire pour qu'il ne vienne pas te blesser. Ne l'appelle pas. La force de tes convictions.

Je le regardai interdite. Pourquoi me balançait-il cela ? Il perçut mon étonnement.

– Le sens du F et du C, force et conviction. J'ai la détermination d'imposer mes convictions et toi ?

Je ne répondis pas alors que nous restâmes de longues minutes à nous fixer. Il me sondait. Puis il se détourna vers mon mur pour me questionner à son tour. Il avait livré un peu de lui-même, à moi d'en faire autant.
Je lui contai tout naturellement l'affaire et mes observations. Il devint subitement très sérieux. Il reçut un énième appel.

– Je dois le prendre cette fois, c'est le boulot qui insiste, une affaire urgente à régler.

Il partit s'isoler dans la salle de bains.
Je ne pus qu'esquisser un sourire à la vue de ses charmantes fesses qui s'éloignaient de moi en décrochant le combiné. Si son

employeur le voyait… Et j'avalai mon café en croquant dans une tartine de miel.

Il revint quelques minutes plus tard.

– Je rentre mettre quelque chose de décent et je file, m'annonça-t-il en déposant un doux baiser sur mes lèvres badigeonnées de miel. Il partit, nu, ouvrit la porte, puis se ravisa et me questionna.

– Tu vas faire quoi, toi ?

Je souris.

– Pourquoi ? T'es flic ?

– Non, sérieusement, je pense que tu vas poursuivre ton enquête et ça me semble dangereux. Alors je serais plus rassuré si tu partageais avec moi tes plans en me tenant informé.

Il était sûr de lui et son ton excluait tout refus de ma part.

– Tu sais que tu es sexy quand tu me donnes des ordres… Je vais filer les deux praticiens. Du moins, essayer d'en suivre au moins un, à tout hasard ; et je vais passer quelques coups de fil, lui confiai-je en lui lançant un regard amoureux.

– Tiens, prends ma moto, elle est garée au sous-sol. Je dépose le casque sur ton palier en partant, me proposa-t-il en me lançant ses clefs attrapées dans une des poches de son sweat inondé.

– Merci, je te la rendrai en kit, attention au courant d'air dans le couloir… lui lançai-je alors qu'il s'engageait sur le palier, un sourire coquin aux lèvres.

Je ris en imaginant la tête de Gina lorsqu'elle allait voir son cousin rentrer nu comme un ver.

Je regardai mon mur en me jetant sur mon téléphone. Je voulais avoir des nouvelles de l'adolescente qui avait perdu ses deux jeunes frères et dont le père avait été battu à mort. Je passai une heure à converser avec elle en lui promettant de passer la voir le plus vite possible. Elle tentait de maintenir la tête hors de l'eau comme elle le pouvait. Sa mère était ravagée, selon elle, plus par la mort de son ex-compagnon que par la disparition de ses deux garçons. Elle allait devoir se débrouiller pour subvenir à leurs besoins. Je lui proposai d'appeler Laurie pour faire une demande d'aide alimentaire en urgence. La jeune adolescente était terrifiée. Les policiers n'avaient toujours aucune trace de ses frères. Elle pleura longuement et je l'écoutai. Je raccrochai pour joindre Laurie dans la foulée. Puis je m'habillai chaudement, plusieurs couches de vêtements allaient me protéger de la morsure du froid humide qui avait envahi la ville.

Mano avait laissé comme prévu un casque au pied de ma porte avec un petit mot lové à l'intérieur :

« Sois prudente. Infini baiser. C'est évident. »

Évident. Je souris. Il lisait dans ma tête.

Je descendis au sous-sol et enfourchai la moto.

Chapitre 29

Quelques minutes plus tard, j'arrivai à l'hôpital. Je me dirigeai à l'accueil pour saluer Alex. Il était en compagnie d'une magnifique créature blonde. Mon approche mit fin à leur discussion et la jeune femme s'éloigna en direction du service de gynécologie. Je ne la quittai pas des yeux, j'avais la sensation de l'avoir déjà aperçue.

– Je ne vous ai pas trop dérangés, j'espère ? taquinai-je Alex.

Il semblait ravi de me voir.

– Quoi ? Vicky ? T'es jalouse ma biche ? me lança-t-il, amusé. Je l'ai rencontrée au pub de Gilles. Elle est délicieuse, tu ne trouves pas ? Et très intelligente en plus, elle est docteur en sciences.

Je m'interrogeai.

– En sciences ? Qu'est-ce qu'elle fait là alors, elle s'est perdue ?

Alex prit la mouche.

– Elle est venue rendre visite à un collègue à elle, l'obstétricien-gynécologue Moulin. Elle m'a dit qu'elle faisait des recherches sur un truc du genre « l'impact des pollutions sur la fertilité en fonction des catégories socioculturelles » bref, je n'ai pas tout pigé…

– Et, je présume que tu étais plus concentré sur son décolleté…

– Non, j'étais très intéressé ! Je lui ai même parlé de toi et transmis tes coordonnées, vu que tu bosses avec des cas soc ». Cela pourrait lui permettre de compléter ses recherches sur leur taux de fertilité, qui ne semble pas affecté dans leur cas ! N'est-ce pas ? me dit Alex sur un ton complètement détaché.

J'étais outrée par autant de bêtise ! Alors qu'il était un génie de l'informatique, il ne comprenait vraiment rien aux humains.

– Pourquoi a-t-il fallu que tu te sentes obligé de transmettre mes coordonnées ? Tu ne trouves pas cela étrange, toi ? Une femme qui a ses entrées à l'hôpital, que tu rencontres chez Gilles, notre QG et qui vient te parler de fertilité chez les soi-disant cas soc' dont je m'occupe ?

Je lui répondis en jetant un coup d'œil sur le couloir du service dans lequel elle venait d'apparaître, magnifiquement froide, en serrant la main à un homme en blouse, sans doute ce fameux docteur… Celui dont le nom ne m'était pas inconnu, puisqu'il revenait dans mes dossiers. Elle croisa mes yeux rongés par la curiosité et me lança un regard machiavélique. Cette fois, je n'étais pas piégée dans un cul-de-sac, l'affaire prenait un autre sens. Je laissai Alex pantois, vexé que je puisse supposer que son charme ravageur n'était en rien dans l'intérêt que cette Vicky lui portait, et partis m'installer dans la salle d'attente de gynécologie.

Les magazines posés de manière complètement anarchique sur les petites tables installées un peu partout dans la salle d'attente m'inspiraient du dégoût. Je fus pourtant bien obligée de m'occuper pour ne pas avoir l'air suspect durant les longues heures d'attente qui suivirent. J'envoyai un message à Mano :

« Je déteste les Voici, Gala et autres idioties dans le même genre qui prennent vraiment les femmes pour des débiles sans cervelle uniquement intéressées par les tests de psychologie à deux francs, la vie des people, le dernier jeans à la mode ou encore par la couleur tendance du baume à lèvres de Cacharel, moi, je m'intéresse à toi… Baiser. »

Je souris. Le gynécologue sortit de sa salle de consultations et s'adressa à la secrétaire.

– Je prends encore une patiente, et je rentre.
Cette dernière me lançait des regards hautains depuis plus d'une heure. Elle se demandait ce que je faisais là et devais me prendre pour une clocharde qui zonait.

Je me levai, m'étirai puis sortis du service en la saluant.

Chapitre 30

À l'hôpital public de Quimper, service gynécologique

– Vous pouvez y aller, Florence. Je vais terminer seul, ordonna l'homme en blouse blanche sur un ton sec.

Il ne comprenait pas pourquoi on lui avait affecté cette nouvelle assistante complètement idiote alors que la précédente ne posait jamais de questions et ça lui allait très bien. Suspectaient-ils quelque chose ? Le docteur s'inquiéta quelques minutes, puis il se ressaisit. C'était impossible ! Les personnes pour qui il travaillait depuis plusieurs mois n'étaient pas du genre à négliger le moindre détail.

– Merci, Docteur Moulin, répondit timidement la jeune interne.

Le docteur aurait pu la trouver presque jolie si elle n'était pas aussi coincée. C'était un comble pour quelqu'un qui scrutait des vagins toute la journée !

Le spécialiste s'empara fermement du dossier de Madame Bouqueti. Il ne prit même pas la peine de le parcourir. Il le connaissait par cœur. C'était l'une de ses œuvres. Il avait mis au monde six de ses enfants. Huit en tout. Trente-deux ans. Tous placés. Tous de pères différents. Elle percevait tout de même les prestations sociales. Les autorités estimaient que les retirer aux parents compromettait leur chance de récupérer la garde de leurs enfants… La maternité était son gagne-pain. Pas besoin de bosser. Alors que d'autres ne rêvent que de tenir leur enfant dans leurs bras.

Les pensées du docteur dérivaient inexorablement vers sa pauvre femme. Stérile de vie.
Dépressive, passant ses journées, assise dans un vieux fauteuil en

rotin, enroulée dans une couverture, à tricoter de la layette et à chanter des berceuses vides de sens. À moitié folle, devant la baie vitrée de leur maison immense, vide. Vide, comme leur vie. Elle maintenait ses yeux rivés sur ce qu'elle n'aurait jamais. Un jardin rempli d'enfants et de petits-enfants. Un regard accusateur que son mari fuyait. Elle, qui fixait ces jeux d'enfants vieillis par le temps plus que par leur utilisation, posés sur le gazon, il y a de cela une éternité. Elle refusait de les enlever. Ils étaient les reliques de ce qu'ils n'auraient jamais. Une famille.

– Docteur… La patiente qui s'impatientait arracha l'homme à ses cruelles rêveries. Je ne comprends pas, docteur… Je n'arrive plus à tomber enceinte. Que m'arrive-t-il ? Je n'ai pourtant eu aucun problème les sept dernières fois. Depuis la naissance des jumeaux, je sens que quelque chose a changé chez moi. Je suis inquiète. Mon nouveau compagnon comptait vraiment sur cette grossesse…

– Installez-vous, je vais vous ausculter.

Le docteur Moulin regardait sans regarder. Rien n'était visible. Heureusement pour lui. Il savait ce qu'il faisait, ce n'était pas sa première patiente dans cette situation. Il avait ce pouvoir suprême à son tour. Celui de décider qui méritait d'enfanter. Cette gourde n'en faisait pas partie. Son corps était à vendre. Si elle savait qu'il n'était plus bon à rien ? Que le moule était cassé ? Que ferait-elle ? Le gynécologue se força à prendre un air réconfortant, presque compatissant.

– Je suis désolé, mais, comme je vous l'ai déjà dit il y a trois mois, tout va bien, en tout cas au niveau physique. Peut-être avez-vous une sorte de blocage psychologique ?

Il poussa même le vice jusqu'à lui proposer des prises de sang ou encore de consulter un autre confrère. Il émit même l'hypothèse malsaine d'une stérilité du père ou encore plus improbable d'une incompatibilité génétique.
Puis l'homme évoqua son âge et ses huit enfants placés…

Sa patiente se vexa et prit son sac à main pour s'enfuir comme une voleuse. Il sourit.

– Attendez, Madame Bouqueti. J'ai peut-être quelque chose qui pourra vous aider, l'interpella-t-il au vol en ouvrant le tiroir de son bureau.

Ce dernier contenait tout un tas d'échantillons pharmaceutiques. L'homme se mit alors à chercher avec frénésie un sachet en particulier contenant plusieurs boites de pilules dites « stimulantes ». Lorsqu'il le saisit, il jubilait. Sur le sachet, une simple étiquette sur laquelle était inscrit : SDversion2.
Il sortit deux récipients du sachet et les tendit à sa patiente contrariée.

– Ce sont des fortifiants qu'une boite pharmaceutique renommée m'a donné. Cela vous évitera de prendre n'importe quoi et surtout de dépenser vos maigres deniers. Donnez-en surtout à votre compagnon, à raison de deux pilules par jour, cela pourrait aider.

Madame Bouqueti afficha un sourire radieux et remercia ce médecin qui, décidément, était vraiment sympathique. Elle saisit les boites comme si elles étaient un trésor et prit congé de son bienfaiteur.

Enfin seul, le docteur Moulin ouvrit, satisfait, un second tiroir de son bureau pour déposer le dossier de sa patiente par-dessus une impressionnante pile de mauvaises candidates pour la maternité.
Il rendait service à la société après tout.

Qui pouvait en dire autant ?
Il avait cette force de conviction là.
Et vous ?
L'auriez-vous ?

Chapitre 31

J'enfourchai la Ducati et me postai devant la sortie du parking des professionnels de l'hôpital pour attendre le passage du docteur. Il apparut peu de temps après, comme je l'avais prévu, au volant d'une voiture de luxe, une Porche Carrera cabriolet, bleu nuit. Je me moquai ; décidément, les puissants n'avaient aucune originalité. Ils étaient formatés. Il leur fallait étaler leur richesse, aux yeux de tous, à la manière de. J'aurais été séduite par un homme de son standing au volant d'une vieille deux-chevaux ou encore d'une 205.

Je le suivis discrètement. Il se dirigea vers les hauteurs de la ville pour s'engager dans un chemin étroit qui s'enfonçait dans les bois. Une voie unique qui conduisait à une magnifique demeure, que j'estimais datée du XVIIIe siècle, entièrement clôturée. Les murs étaient quant à eux modernes, parsemés de caméras de surveillance. Le gynécologue devait être héritier d'une ancienne fortune et être un tantinet paranoïaque, enfermé derrière ses murs. Un portail imposant permettait de pénétrer dans la forteresse. J'attendis un moment puis, dévorée par la curiosité, je m'approchai avec mon bolide. Je guettai à travers les barreaux du portail et aperçus au loin des jeux d'enfants d'un ancien temps lorsqu'une voix me fit sursauter. Le portail était équipé d'un visiophone.

– C'est toi, qu'est-ce que tu fous là, t'es pas chez l'autre conne ? Entre.

Les portes s'ouvrirent. Je me sentis prise en porte à faux.
Je démarrai en trombe et pris la fuite.

Des pensées insensées se bousculaient dans ma tête alors que je dévalais la route qui menait en ville. Je m'engageai un peu serrée dans un virage en tête d'épingle lorsque je faillis percuter de justesse une Ducati noire quasiment identique à la mienne. L'autre conducteur eut l'air d'hésiter un instant.

J'accélérai pour ma part, avant de m'engager dans un petit chemin de promeneurs au milieu des fourrés. Je voulais voir si la moto rencontrée allait faire demi-tour. Je restai camouflée, silencieuse, quelques minutes. La moto de Mano était tachée par la boue du chemin de terre, rendue molle par la pluie de la veille.

Étais-je devenue complètement paranoïaque ? La coïncidence était étrange. Cela ne faisait pour moi aucun doute. Moulin attendait une personne en Ducati noire. Il m'avait confondue avec celle que je venais de croiser ! Un bolide identique à celui de Mano. Ce modèle était largement répandu. J'entendis le bruit d'un moteur qui s'approchait. Le second deux roues dévalait la pente. Elle ne s'arrêta pas.
J'attendis quelques minutes dans le silence lorsque la sonnerie de mon téléphone me fit sursauter. Mano.

– Où es-tu ? *ùe* ? questionna-t-il sèchement.

– Je suis mes intuitions, répondis-je, prudemment, sur le même ton.

– Et elles te mènent où tes intuitions ? interrogea-t-il, inquiet.

– J'ai suivi le gynécologue ! Et figure-toi qu'il m'a interpelée alors que j'étais devant chez lui sur ta moto, me prenant visiblement pour une autre personne. Étrange, d'autant plus que j'ai croisé un motard en redescendant qui avait la même Ducati que toi.

Je guettais sa réaction.

– C'est étrange et dangereux, j'ai un mauvais pressentiment, rentre chez toi et n'en sors pas. Je fais au plus vite et je te rejoins. J'ai quelque chose d'important à te dire et je ne peux pas le faire au téléphone.

J'insistai pour en savoir plus, en vain.

Je sentais qu'il me cachait une partie de la vérité et qu'il était lié de près ou de loin à toute cette histoire. J'étais en colère. Je voulais plus d'explications et je ne voyais pas pourquoi je devais me fier à lui et obtempérer. Il raccrocha subitement. J'étais outrée.
Qu'est-ce qu'il avait dans la tête ? On avait été pourtant si proches, si intimes, intensément, naturellement. Je ne savais pas quoi penser. Devais-je l'écouter et rentrer chez moi ou au contraire me méfier de lui et aller à l'encontre de ses recommandations ?

J'allais repartir quand mon téléphone m'interpela une seconde fois. Je me jetai dessus fébrilement. J'avais deux mots à dire à ce bel éphèbe qui semblait si sûr de lui. Mais ce n'était pas Mano au bout du fil. Une voix de femme fluette presque inaudible me demanda timidement.

– Carla Mie ?

J'acquiesçai et l'invitai à poursuivre.

– Vous avez cherché à me joindre… Une amie m'a conté votre situation. Je n'ai pas beaucoup de temps à vous accorder, mon téléphone est peut-être sur écoute. Ils sont partout, méfiez-vous ! Je vous attendrai à la grande librairie du centre, en face de la cathédrale dans trente minutes, section papèterie au rez-de-chaussée, soyez ponctuelle !

Puis elle raccrocha.

Comment ça, *« ils sont partout et son téléphone est sur écoute ? »* Cette Melle Autrey avait l'air légèrement paranoïaque. Je pris peur. N'était-ce pas sur le même chemin que je dérivais depuis quelques jours ? Je suspectais mon amant, ma voisine, des médecins et le compagnon de ma meilleure amie… Aujourd'hui, l'amie d'Alex également.
Était-ce moi qui sombrais dans la folie en entraînant les autres autour de moi ? Étais-je en bonne voie pour découvrir la vérité ou

me trompais-je sur tout en ne voulant voir que ce qui me confortait dans un délire paranoïaque ? Complotiste !

J'hésitai à prévenir Mano. J'optai pour le secret. Il n'était pas clair et je ne me soumettrais pas à sa volonté sous prétexte qu'on avait partagé quelque chose de plus fort que nous. Une évidence, certes… Ou était-ce un désir profond que j'avais projeté sur lui et qu'il avait utilisé contre moi ? Je n'en étais pas certaine, son inquiétude et son affection semblaient sincères. Je le sentais dans la douceur de ses gestes et dans la profondeur de ses regards. J'avais envie de croire à cette idée.

Je me garai juste devant ladite librairie. Une usine en réalité. Il y avait trois étages et deux entrées. Une première qui donnait sur la rue principale et une seconde qui permettait de sortir sur une petite ruelle parallèle à l'arcade. Largement fréquentées par les badauds. Je me postai au rez-de-chaussée au milieu des rayons de papèterie et attendis en scrutant la foule.

Le brouhaha était étourdissant. Je plaignais les employés de ce magasin qui travaillaient dans des conditions déplorables, debout à courir toute la journée, dans les courants d'air pour satisfaire une foule de consommateurs avide de nouveautés à moindre coût, le tout pour un salaire minable. Une femme vêtue d'un sweat à capuche vert s'approcha de moi, tournant le dos aux badauds et feignant s'intéresser aux agendas stockés sur les rayons.

Je crus d'abord que c'était un adolescent encapuchonné, le pantalon deux fois trop large pour lui, lorsqu'elle s'adressa à moi.

– Ne vous retournez pas et faites comme si de rien n'était. Vous êtes à votre tour la coupable idéale pour masquer leurs méfaits. Ils sévissent un peu partout dans de grandes villes enlevant à chaque fois huit enfants ; ne laissant que les cadavres de ceux qui pourraient nuire à leur couverture ou qui étaient là au mauvais moment au mauvais endroit. Quand ils vous ont dans leur ligne de mire, ils vous traquent, et ne laissent rien au hasard. Sauvez votre peau et fuyez ! Cachez-vous ! Vous ne pouvez rien contre eux. Ils ont choisi pour vous le rôle que vous aviez à jouer et ils s'y tiendront, morte ou vivante. J'en ai fait les frais, croyez-moi, ils m'ont…

Elle s'interrompit soudainement.
Je me tournai vers elle. Elle jeta un regard affolé derrière mon dos. Je suivis son regard et me retournai. Je ne voyais rien qui sortait de l'ordinaire.

Elle prit la fuite en me lançant hystérique :

– Vous les avez amenés avec vous ! Sauvez votre vie !

Elle était complètement folle ! Elle avait un regard de démente. Elle ne m'en avait pas assez dit. Je me lançai à sa poursuite.
Je zigzaguais entre les rayons et les gens lorsque j'aperçus Carlos, au loin, qui sortait du magasin à la hâte un casque de moto à la main. J'accélérai le pas, sa présence confirmait mes soupçons. Je ne m'étais pas trompée lorsque j'avais inscrit son nom sur mon mur. Mais qui était sur écoute, cette avocate ravagée par la folie ou moi ? J'atteignais la sortie arrière de la librairie lorsque Mano surgit devant moi pour me bloquer le passage.

– Carla, reste là ! m'ordonna-t-il en me saisissant le bras.

Je me débattis en essayant de voir par-dessus son épaule la direction que prenait l'avocate. J'entendis un bruit de moteur qui ressemblait étrangement à celui d'une Ducati démarrant en trombe, puis, plus rien.
Mano relâcha alors son étreinte. Je lui jetai un regard noir.

– Tu es avec eux, c'est ça ? Tout ceci, nous, ça fait partie d'un plan et je suis votre coupable idéale ?

Ma voix tremblait sous le joug de la colère, mais aussi du

désespoir. Il m'avait tant touchée comment avais-je pu me laisser duper aussi facilement ?

Son ton était doux lorsqu'il me prit dans ses bras sans que je ne cherchasse à me dégager pour me chuchoter à l'oreille.

– Fais-moi confiance, Carla ! Je ne t'ai pas trompée, je n'ai pas triché. Tu es cette unique utopie que j'avais cessé d'espérer. Tu ne sais pas dans quoi tu as mis les pieds, mais quoiqu'il se passe, écoute-moi et fais-moi confiance. Rentre chez toi et surtout, quoi qu'il arrive, n'en sors pas ! Enferme-toi et laisse les clefs sur la serrure. Attends-moi.

Il déposa un baiser sur ces lèvres qui n'étaient déjà plus les miennes. Des larmes versées malgré moi les rendaient salées.
Puis il monta sur sa moto en me laissant là.

Chapitre 32

À quelques kilomètres de là...

Ils allaient l'avoir, c'en était fini… Tous ces mois à se cacher, à fuir, n'avaient servi à rien. Tout était perdu. Elle était perdue. L'avocate le savait. Elle n'avait pas d'issues. Ce n'étaient pas des êtres de pitié. Elle revit le visage de cette pauvre assistante sociale, sa cliente, déformé par le poison sur le sol de sa cellule miteuse. Ils avaient maquillé sa mort en pendaison. Personne n'avait cherché à démentir.

Une moto noire lui coupa la route. L'Hispanique ricanait. C'en était fini. La jeune femme ne voulait plus lutter. Ils lui avaient tout pris, sa vie bordelaise, sa passion, sa renommée d'avocate. Ils avaient gagné.

La voie ferrée s'étalait sous le pont à quelques mètres d'elle.
Son salut.

Elle sauta.

Chapitre 33

Je rentrai à pied.

La promenade semblait m'avoir remis les idées en place. J'avais l'intime conviction que je pouvais avoir confiance en Mano. J'allais, pour l'instant, me laisser porter un peu, suivre ses conseils en me calfeutrant chez moi avec Léo. Sur la route, j'appelai ma voisine avec espoir pour savoir si elle avait sorti les chiens. Malgré mes griefs envers elle, ce soir, je n'avais pas le courage de m'enfoncer dans une obscurité qui semblait se répandre autour de moi. De plus, j'aurais aimé savoir si elle avait eu des nouvelles de son cousin. Elle me répondit sèchement que c'était bienheureux pour le chien qu'elle soit là ! Quant à son cousin, je n'avais qu'à m'assurer de la présence de sa moto sur sa place de parking souterrain, car il n'était pas chez elle ! Mais peut-être qu'il était comme Léo et qu'il m'attendait bien sagement chez moi, derrière la porte… Puis elle raccrocha en riant méchamment. Je la détestais !

J'arrivai au pied de l'immeuble alors qu'il faisait nuit. Je descendis au parking en priant très fort pour apercevoir la belle Ducati noire. L'emplacement était vide. Les lumières s'éteignirent subitement. Je n'étais plus du tout rassurée. Un violent coup à la tête me déséquilibra. Je me retournai vivement. Une ombre masquée se jetait sur moi. J'esquivai le second coup en surprenant mon adversaire. J'avais grandi dans la défense et l'esquive. Adulte, j'avais décidé d'apprendre à donner des coups pour ne plus jamais les subir. Je ne voulais plus être une victime. Une information qui semblait faire défaut à mon agresseur. Je m'engageai dans ce combat singulier. Nos forces semblaient égales. L'issue de l'affrontement était incertaine. Je rendais coup pour coup, mais l'assaillant était agressif et vif. Les assauts n'étaient pas portés pour blesser, mais pour tuer.

Mon agresseur brandit un couteau pour le planter dans mon avant-bras.

Mes cris de douleurs remplissaient la pièce lorsque les lumières percèrent à nouveau les ténèbres et m'éblouirent en saluant l'entrée inattendue de Mano sur sa moto. Mon agresseur prit la fuite et me laissa allongée sur le sol, haletante.

Mano gara son bolide devant moi. Il s'assura que je sois consciente avant de déposer une arme à mes pieds et de se lancer à la poursuite de l'homme masqué.

Il revint de longues minutes plus tard pour me trouver prostrée dans un coin du parking, cachée entre deux voitures. Son arrivée me fit sursauter. Je brandis l'arme prête à tirer.

– C'est moi, Carla, viens là, c'est fini.

Il saisit l'arme dans ma main pour la rengainer à sa ceinture.

J'étais sous le choc. Il me conduisit jusqu'à mon appartement. Il s'assura que ma blessure n'était pas sérieuse. Fort heureusement, je m'étais habillée chaudement pour mon périple à moto et je n'avais pas lésiné sur les couches de tissus. Je n'avais qu'une méchante égratignure et le réflexe de mettre mon bras devant mon visage pour me protéger m'avait sans doute sauvé la vie.

Mano me serra fort contre son torse, puis me força à soutenir son regard.

– Carla, écoute-moi ! Je vais devoir repartir. Reste ici. Enferme-toi et attends-moi ! Détruis ton mur et laisse tomber toutes tes recherches.

Je ne voulais pas qu'il parte, mais je sentais qu'il savait plus de choses que moi et que je devais le laisser faire. J'étais si lasse. Je promis de ne plus bouger et le laissai repartir. Je fermai la porte de mon appartement derrière lui en prenant soin de laisser les clefs dans la serrure suivant ses recommandations. Je me postai devant mon mur. Il était hors de question que j'abandonne. Je contemplai mon œuvre et hésitai un instant…

Quel était le rôle de Mano dans cette macabre affaire ? Mac Dolen avait-il un lien ? Et Moulin ? Pour Carlos, je n'avais plus aucun doute. Je l'avais vu lors de mon rendez-vous avec l'avocate. Il l'avait effrayée ! Puis je saisis mon appareil photo et bombardai tous les documents que j'avais récoltés. Cela me prit presque une heure. J'ôtai la carte mémoire de mon appareil, puis appelai Léo.

– Je sais, mon gros, je suis paranoïaque, mais on ne sait jamais ! Mano a l'air de tenir à ce que je détruise mon mur et que j'abandonne mes recherches. Tu vas veiller sur cela pour moi, lui dis-je en le caressant avant de fixer ma carte dans son collier, sous la bande réfléchissante fixée par un ami cordonnier pour sécuriser nos virées sportives nocturnes.

Je filai sous la douche et m'enfonçai sous les draps, apeurée et pensive.
Mon amant était peut-être un flic sous couverture ?

Il semblait en savoir beaucoup sur cette histoire et il était si bienveillant. Il ne pouvait pas être de connivence avec les ravisseurs. Il avait promis de m'en dire plus à son retour. Je ne pouvais qu'attendre.

Épuisée, je fermai les yeux et sombrai dans un profond sommeil.

Chapitre 34

Au cœur de la nuit, je fus arrachée à mon sommeil par le bruit de mon téléphone portable qui vibrait. Je n'eus pas le temps de l'atteindre et attendis patiemment que l'interlocuteur me laissât un message sur le répondeur. J'avais été déçue en constatant que le numéro affiché n'était pas celui de Mano. Je fus prise de torpeur lorsqu'à l'écoute de ma messagerie, j'entendis la voix frêle et tremblante d'une pauvre fille de seize ans, la sœur des deux garçons disparus :

– Carla, c'est Mélinda, j'ai peur, y'a des gens chez moi, je suis cachée, j'entends maman qui crie, j'ai essayé d'appeler la police, mais je n'arrive pas à les joindre. Aidez-moi…

Je n'entendis par la suite que des bruissements, puis un cri, puis le silence. Je frissonnai. Je saisis mon téléphone et essayai à mon tour de joindre sans succès les forces de l'ordre, puis Mano. Je ne tins plus et décidai de partir chez l'adolescente. J'aperçus les affaires de mon bel éphèbe dans un coin d'une pièce et décidai de jeter un bref coup d'œil à tout hasard à l'intérieur des gros sacs. Je n'aimais pas trop l'idée de fouiller dans sa vie privée comme cela, mais j'étais convaincue que je pouvais trouver quelque chose d'utile. Ses habits étaient parfaitement bien pliés et rangés à la manière militaire. Il n'y avait aucune affaire personnelle, rien le rattachant à quoi que ce soit. Je perdais mon temps. Il fallait que je parte sur le champ pour aider l'adolescente. Puis mon regard fut attiré par une poche intérieure de la valise très discrète, mais dont l'aspect bombé me laissait deviner qu'elle contenait ce que je cherchais. Je l'ouvris fébrile, pour découvrir ce que je m'étais attendue à trouver, une arme. Je n'avais pas voulu y croire, mais les évènements de la veille me laissaient à penser qu'il était de ces hommes-là. Je ne fus donc pas surprise, mais cette découverte arrangeait mes affaires. J'allais prendre les choses en main. Je saisis l'arme avec conviction. Elle était beaucoup plus légère que je ne l'aurais cru.

Je descendis au sous-sol pour m'engouffrer dans ma voiture et dévaler à toute vitesse les rues qui me séparaient du domicile de fortune occupé par la famille endeuillée. L'adrénaline me submergeait. Je me garai en contrebas de la rue et pénétrai dans la cour de la petite maison de banlieue, à pas feutrés, sur le qui-vive, l'arme au poing. Je n'avais jamais tiré, mais je n'étais pas effrayée. Je voulais voir le visage des responsables de cette machination tissée autour de moi et y mettre un terme. J'avais l'espoir que Mano n'en fasse pas partie. Je m'engouffrai dans la demeure.

Elle était plongée dans l'obscurité. Personne au rez-de-chaussée. Je grimpai discrètement à l'étage. Mon souffle était saccadé. Chacun de mes pas pouvait trahir ma présence. La maison était ancienne et les marches de l'escalier en bois grinçaient. Des affaires étaient éparpillées et, pour certaines, brisées sur le sol, ce qui me laissait présager le pire. Il y avait eu lutte. J'entrai dans une première chambre. Je découvris le corps d'une femme. C'était la mère des enfants. Elle était attachée au lit. J'accourus en lâchant mon arme. Elle respirait à peine, inconsciente. Elle baignait dans le sang. J'eus un haut-le-cœur. Son crâne avait été défoncé par quelque chose de contondant, j'optai pour une crosse ou une batte de baseball. Une chaise était cassée à côté du lit. Quelqu'un l'avait jetée là après s'être emparé d'un de ses pieds. Celui-là même que j'aperçus ensanglanté, entre les cuisses de la pauvre femme. Je saisis mon portable pour appeler les urgences et partis à la recherche de la pauvre gamine. Je tremblais en ramassant mon arme.

Comment l'homme pouvait-il être capable d'autant de cruauté et de barbarie ?
Personne ne méritait de subir ça !
Je tremblais, j'avais peur de ce que j'allais découvrir. J'accélérai le pas pour finir par courir jusqu'à la pièce voisine, au bout du couloir. Je retins mon souffle en pénétrant à l'intérieur. Vide.
Je poursuivis mes recherches en montant au grenier. La porte était ouverte. Je vis depuis le bas des escaliers une corde qui pendait au

plafond. Je montai les marches en courant et en criant le nom de la jeune fille. Je pleurais. Je priais pour ne pas découvrir un corps gisant. Mélinda était étendue sur le sol, le nœud de la corde autour du cou. Elle respirait, mais elle était également inconsciente. Je scrutai son corps. Dieu merci, elle n'avait aucune trace apparente de violences.

Je la pris dans mes bras en pleurant lorsque j'entendis les sirènes des ambulances et sans doute de la police s'approcher, puis des bruits de pas empressés dévaler les escaliers.

Tout s'enchaîna ensuite très vite. Les secours m'écartèrent pour prendre soin de l'enfant et les policières me saisirent par les bras pour enfermer mes poignets dans des menottes. J'étais sous le choc. Je ne réagis même pas.

Assise dans un véhicule de police. Je restai figée. J'allais devenir folle.

Ce n'était pas possible ! Tout cela ne devait être qu'un mauvais rêve et j'allais finir par me réveiller. Je vis les ambulanciers pousser les deux brancards dans leur fourgonnette, puis la voiture s'élança.

Chapitre 35

Je fus conduite au poste où des brigadiers m'installèrent dans une salle d'interrogatoire, seule. Je ne savais pas combien de minutes ou même d'heures s'étaient écoulées. J'avais perdu la notion du temps. Plongée dans les méandres de pensées confuses où tous les évènements se bousculaient. Emmurée dans ma torpeur.
Soudain, la porte s'ouvrit et Mac Dolen entra.

Il s'installa de manière nonchalante sur le siège devant moi et resta là, silencieux, à me regarder pendant un long moment. À quoi pensait-il et que scrutait-il ?

Je sentais son regard qui pesait sur moi, ce qui m'arracha à ma torpeur. Je ne voulais pas qu'il me pense vaincue ou coupable. Je levai la tête fièrement et lui rendis ses regards hautains et froids. Je décelai alors en lui une surprise. Me pensait-il si faible que cela ? Il croyait tout savoir de moi, à partir de ce qu'il avait lu dans les dossiers, mais il se trompait, mon passé faisait de moi une victime, une proie facile, mais je n'en étais pas une. J'avais toujours trouvé en moi la force nécessaire pour survivre et il en serait de même aujourd'hui. Je ne me laissais jamais abattre. J'étais née pour survivre. J'étais une battante, je me redressais toujours, malgré tout et malgré les coups.

Il était hors de question que je m'abaisse à le questionner sur le traitement qui m'était imposé et sur leurs soupçons à mon égard. J'étais convaincue que c'était lui donner un avantage et me faire paraître faible et inquiète. Je m'enfermai dans un mutisme profond tout en le scrutant à mon tour. Il y avait quelque chose de condescendant chez lui, de mystérieux. Il était sûr de lui. Il semblait habité par des convictions profondes qui le plaçaient au-dessus des autres.
Était-il un de ces bobos intellectuels qui pensent connaître tout de la vie alors qu'ils n'ont jamais rien vécu ?
Je détestais ces hommes-là.

Il rompit le silence en premier.

– Vous êtes dans de beaux draps, Mademoiselle Mie.

Je ne répondis pas. Il poursuivit son exposé.

– On vous a retrouvée sur une scène de crime où deux victimes gisaient, à demi mortes, et tout vous relie aux enfants disparus…

Je le coupai, inquiète.

– Comment va Mélinda ?

Il sourit. Il me testait. Il voulait savoir si je me souciais plus de moi que des victimes.

– Elles sont toutes les deux dans le coma. Pratique, elles ne peuvent pas témoigner contre vous, ça vous rassure ?

– Ça vous dépasse que je puisse réellement m'inquiéter de leur sort ? Vous jubilez n'est-ce pas ? Eh bien, non, désolée de vous décevoir, je ne suis pas une sociopathe et contrairement à vos divagations, je ne suis pas responsable de toute cette histoire ! Je suis au centre d'une étrange machination qui dépasse votre égo, j'ai fait des recherches…

Il me coupa la parole en lançant vers moi des clichés qu'il extirpa d'un épais dossier.

– Vous parlez de cela ? Votre mur ? Je vois plutôt ce déballage comme l'étalage de vos trophées. Vous avez besoin de vous prouver quelque chose ? D'étaler vos compétences aux yeux de tous, pas étonnant, lorsqu'on consulte votre dossier… Jeune fille abandonnée par sa mère, violentée et abusée par son père. Besoin de prouver que vous n'êtes pas une chienne alors que vous avez grandi dressée comme telle, n'est-ce pas ?

Je sentais la colère monter en moi. Je me contrôlai et ne répondis pas. Il voulait que je sorte de mes gonds, que j'expose mes névroses et mes angoisses les plus intimes. Il voulait tester ma fragilité mentale, me faire chavirer, me faire craquer. Il ne gagnerait pas. J'avais été à bonne école.

Il poursuivit, sûr de lui. Je me détachai, comme je l'avais si souvent fait par le passé, de ce corps qui ressentait pour devenir spectatrice. Je prenais le dessus et il ne s'en rendait même pas compte. Derrière mes murailles, rien ne pouvait m'atteindre.

– Ça devait être difficile pour vous de contenir votre rage lorsque vous aviez à faire avec ces pères maltraitants et ces mères abandonniques détournant leurs yeux par peur ou même par simple faiblesse ? Regardez ces pauvres gosses, ceux qui ont disparu, qu'en avez-vous fait ? Je comprends, votre violent désir de punir leurs pères, les torturer, leur faire vivre ce qu'ils leur ont fait subir comme vous par le passé. J'entends également vos motivations pour la mère, cette pauvre femme allongée dans le coma… Son pronostic vital est sérieusement engagé ! Vous l'avez violée avec un pied de chaise ! Néanmoins, elle vendait sa fille aux plus offrants pour se payer des doses. Mais pourquoi la gamine ? Elle n'était qu'une victime ? Avez-vous transféré sur elle votre propre dégoût ? Avez-vous tenté de la supprimer pour vous tuer un peu vous-même ?

Il me regardait et essayait de déceler une réaction de ma part. Percevoir un effet. Il ne voyait rien, parce que j'étais enfermée dans mon mutisme. Je souriais intérieurement. Il était doué pour renverser les situations à son avantage. Il avait raison. Avec mon passé, tout pouvait s'expliquer. Mais il n'y avait pas de fatalisme. J'avais travaillé sur moi. Je n'étais pas ce genre de monstre là !

Cependant, il ne s'avoua pas vaincu. Il changea de tactique. Il avait pris conscience que me provoquer ou encore me faire croire qu'il me comprenait, ne mènerait à rien. Je n'allais pas céder.

Il opta pour le déballage de preuves. Peut-être pensait-il faire émerger de la colère en moi. Il n'avait pas tort. Cette injustice pénétrait mes murailles.

– Les preuves sont tangibles, Mademoiselle Mie, vous feriez mieux d'avouer et de plaider la démence. Vous semblez vivre dans un monde que vous vous êtes fabriqué de toutes pièces ! Dans un délire paranoïaque, vous pensez même être victime d'une machination ? Vous aviez dans vos mains une arme sans numéro de série, mais dont la balistique vous relie à d'autres affaires d'enlèvements et de meurtres non élucidés un peu partout en France et en Europe…

Il perçut alors mon étonnement !
Ce pistolet, je l'avais pris à Mano, comment était-ce possible ? M'avait-il trompé lui aussi ? Mac Dolen avait trouvé une faille. Il souriait victorieux.

– Cette même arme qui a servi pour défoncer le crâne de la mère des trois enfants dont vous aviez la charge éducative ! Vous aviez leur confiance et vous l'avez brisée !

La colère et la déception me submergèrent, je me défendis en criant.

– Vous faites erreur ! Cette arme, je l'ai trouvée sur les lieux. Les coupables ont dû la laisser sur place. Je n'ai jamais été dans ces villes où les autres enlèvements ont eu lieu, vous n'avez qu'à vérifier mon emploi du temps au travail. Mélinda m'a appelée pour me prévenir que quelqu'un était chez elle. Elle n'arrivait pas à joindre la police, moi non plus, d'ailleurs, vérifiez mon portable.

Mac Dolen referma son dossier.

– Tout vous accuse. Vous êtes en garde à vue, elle durera 48 heures, vous avez le droit à un avocat…

Je m'enfermai à nouveau dans mon mutisme. Je prendrais un commis d'office.

Je pariais sur le fait qu'un bug informatique empêcherait de prouver que la gamine m'avait appelée, à moins que je ne parvienne à joindre Alex pour qu'il s'en charge pour moi et apporte ainsi la preuve de mon innocence. Du moins pour le moment. J'entendis le docteur me proposer une expertise psychologique, mais j'étais déjà loin.

On me conduisit dans une cellule miteuse. Je m'allongeai sur ce qui servait de lit et me recroquevillai.

Les heures s'écoulèrent.

Chapitre 36

– Levez-vous ! Vous avez le droit à un appel, mais attention, ce sera le seul !

Mon geôlier en costume bleu pervenche me réveilla brusquement pour me balancer une gamelle. Apparemment, c'était l'heure du petit déjeuner. Je me sentais pouilleuse, perdue, et seule. Désespérément seule.
Je jetai un regard avide à la cafetière du bureau des gardiens. Elle laissait s'échapper une délicieuse odeur de café frais alors que je devais me contenter de l'atroce jus de chaussette qu'on venait de m'apporter.

Un coup de fil ? C'était vrai ! J'étais tellement épuisée la veille que je n'avais même pas pensé à quémander ce droit !
Je ne devais surtout pas le gaspiller. J'hésitai, je n'avais pas d'avocat. J'avais bien sur moi le numéro du cabinet que j'avais contacté quelques jours plus tôt pour joindre cette certaine Autrey, mais cette dernière était en fuite et paraissait légèrement dérangée. Comment aurait-elle pu me venir en aide ?

Il y avait Mano, mais j'étais tellement en colère après lui. Je me sentais trahie. Il avait pénétré au plus profond de mon être. Je m'étais abandonnée à lui. Je m'étais livrée à ces doux yeux d'un bleu vert profond et voilà où j'en étais aujourd'hui : seule, dans une cellule miteuse.

J'étais persuadée qu'il avait joué un rôle et qu'il n'avait pas été honnête avec moi. Il m'avait trahie. Et c'est cette trahison qui me faisait si mal aujourd'hui. J'avais cru en lui. En nous. Je pensais que notre relation était vraie, un joyau pur. Il aurait été mon grand amour. Quelle idiote fleur bleue ! Comment avais-je pu y croire, encore ?
Moi qui pensais ne rien attendre des hommes, j'étais tombée dans les bras du premier mec un peu malin qui avait étudié mes failles

pour s'y engouffrer et me piéger. Je ne l'avais pourtant pas dénoncé. J'avais dit à Mac Dolen que l'arme était déjà sur les lieux. Ce pistolet que j'avais pourtant trouvé dans ses affaires. Le consultant m'avait confié qu'elle était liée à d'autres enlèvements. Cela pouvait donc bien prouver l'implication de Mano dans cette machination. Il m'avait menti. Et pourtant, quelque chose en moi m'avait dit de le couvrir.
Pourquoi ? Il m'avait abandonnée.

Je demandai au policier en faction de me permettre de passer mon fameux coup de téléphone. Je ne doutais pas qu'il serait loin d'être confidentiel. Je saisis le combiné, un peu fébrile, et lançai un regard réprobateur à mon accompagnateur peu commode pour qu'il s'éloigne. Il s'exécuta comme un automate. Je composai le numéro que je connaissais par cœur. Et s'il ne décrochait pas ? Les tonalités me parurent retentir des minutes entières. Puis quelqu'un décrocha à l'autre bout du fil.

– Allo, Alex ? C'est Carla.

Le silence morbide qui me répondait me glaça le sang. Je décelai une respiration. J'insistai.

– Alex, s'il te plaît, j'ai vraiment besoin de toi. Je suis en garde à vue et il faudrait que tu apportes à la police la preuve de mes tentatives téléphoniques aux forces de l'ordre hier ainsi que ceux de la gamine que je suis partie secourir…

Un rire sarcastique retentit. Puis une voix de femme, douce, mais d'une froideur implacable.

– Non, Alex n'est pas là. Il ne t'aidera pas ma belle, désolée, enfin pas tellement, à vrai dire. Fallait que ça tombe sur toi, hein… pouffa-t-elle.

Elle se sentait en confiance, un peu trop peut-être. Ça m'exaspéra.

– Passe-moi, Alex, salope !

Son ricanement stoppa net. Et sa voix devint plus agressive.

– Ne lutte pas, sinon ce sera plus dur pour toi… Alex c'est…, disons…, absenté pour quelque temps. Salut.

Je hurlai dans le combiné.

– Où est-il ? Que lui as-tu fait ? Je sais qui tu es…

Je ne voulais surtout pas qu'elle raccroche. Je voulais des réponses. J'osai.

– Vicky, et Mano aussi, et même Mac Dolen… Vous êtes tous liés et je découvrirai la vérité ! Vous ne m'aurez pas comme ça ! Pas comme vous avez eu cette pauvre assistante sociale et bien d'autres ! Je ne serai pas votre bouc émissaire, tu m'as bien entendue, pétasse ?

J'étais en transe.
Elle n'avait pas raccroché. Elle hésita. Elle répondit calmement, presque avec compassion, à mon plus grand étonnement.

– Laisse tomber, Carla. Nous aussi, on sait qui tu es, on sait même tout de toi. Tu ne sais pas dans quoi tu as mis les pieds ! C'est plus grand que toi, que moi, tu ne fais pas le poids. Désolée. Sincèrement. Adieu.

Et elle raccrocha. Je n'étais donc pas folle.
Qu'avaient-ils fait d'Alex ?

Je restai là accrochée au combiné téléphonique, circonspecte. J'aperçus un policier s'approchant de moi pour me reconduire jusqu'à ma cellule, alors je le reposai sur son socle.
Qu'allais-je devenir ? Que pouvais-je donc faire ?

Je sentis découragement et désespoir s'emparer de moi. J'étais seule. Je ne pouvais pas faire le poids. Toutes les preuves étaient contre moi. Je n'avais rien. Je n'avais que mon mur. Celui-là même que Mac Dolen avait détourné contre moi. Il me faisait passer pour une sociopathe fétichiste et névrosée qui s'était investie d'une mission de réparation comme exutoire aux démons d'une enfance brisée et torturée. Une collectionneuse, une vengeresse. Je n'étais rien de cela, j'avais toujours gardé espoir. La croyance folle qu'on pouvait soigner ces familles, les aider à se reconstruire sur des bases plus saines, ensemble.

Petite, on m'avait arrachée à la mienne par principe de précaution. Un principe à la con qui m'avait brisée, esseulée et avait achevé à jamais cette famille qui était mienne et qui ne le serait jamais plus. J'avais alors poursuivi cette course folle vers l'indépendance et la liberté de l'âge adulte en portant en moi cette terrible culpabilité. Celle d'avoir brisé mon foyer en osant dénoncer, en osant dire non.

Je pleurai. Et ce qui commença par de timides larmes ruisselant sur mes joues se transforma en torrents inépuisables. Je lâchai tout. J'abandonnai. Je n'étais pas assez forte. J'en avais assez de me battre. Qu'ils me flagellent s'ils le voulaient ! Qu'ils me jettent dans la fosse aux lions, je ne manquerais à personne ! Je n'étais de toute manière qu'un monstre de vie depuis ma naissance. Un ridicule amas de chair putride sans âme et sans personne pour m'aimer.

J'avais toujours été abusée et je m'étais toujours relevée en pensant mériter mieux que cela. Et si je m'étais trompée ? Et si je n'étais que cela finalement ? Quelqu'un à berner ?

Un homme vint me chercher. Je ne cherchai plus à résister. Il me conduisait à l'abattoir. Allais-je être enfin libérée de tout ce poids ? De moi ? De ces démons qui jaillissaient de partout en et à l'extérieur de moi pour me rendre folle, me faire chavirer ? J'étais déjà à la dérive.

Toute cette affaire, ces murs, ces regards jugés, avaient eu raison de mon ego. J'avais été trop sûre de moi. J'étais faible. Je ne cherchais même plus à retenir ces larmes qui faisaient de moi un être vulnérable. Elles déformaient mon visage, tachant un peu plus mon tee-shirt répugnant, imprégné par le sang de la veille et la crasse de la cellule.

Mac Dolen n'allait faire de moi qu'une bouchée, je déclarai forfait. Il avait gagné. Plus rien ne me rattachait à la vie. J'eus une pensée pour Léo, mais je savais que ma voisine saurait le rendre plus heureux qu'il ne l'eût jamais été avec moi.

Puis je fus tirée de ma torpeur macabre alors que je marchais comme un automate calquant ses pas sur ceux de l'agent me conduisant jusqu'à la salle d'interrogatoire. Des voix d'hommes s'élevaient d'une pièce à ma droite. Le couloir que j'empruntais s'ouvrit sur celle-ci. Les voix devinrent de plus en plus nettes. Des hommes échangeaient des propos vifs. Parmi celles-ci, je reconnus celles de Mano et de Mac Dolen.

– Laisse-moi la voir, s'il te plaît. J'ai besoin de lui parler.

Mano semblait perdre son calme. Deux autres hommes le maintenaient et essayaient de le raisonner. Il avait un regard furieux, mais il implorait le docteur de lui accorder une faveur. Il semblait torturé.

Ce spectacle me réveilla. Je ne pouvais pas me laisser faire. Mon amant était là. Il ne m'avait donc pas abandonnée. Il semblait perdu et malheureux. Il était venu pour me voir. Il allait pouvoir m'aider. Je cherchai à le rejoindre et à me dégager de la poigne de l'officier qui se resserrait sur mon bras. Je me débattis, mais l'agent me saisit fortement. Je criai.

– Mano ! Mano ! Aide-moi.

J'attirai son attention. Mon bel amant m'aperçut et s'élança vers moi. Les deux hommes qui le maintenaient furent pris par surprise. Ils ne purent le retenir.

Il courut dans ma direction et se jeta sur le policier qui me serrait le bras pour me tirer vers une pièce au fond du couloir. Il le sécha sur place en le frappant violemment au visage. L'officier s'écroula à côté de moi alors que je criai et pleurai. Mano me saisit par le bras et m'attira à lui à la hâte. Il prit mon visage entre ses mains et me força à le regarder. J'avais les yeux bouffis, je n'arrivais pas à me calmer. J'étais totalement perdue et terrorisée, mais paradoxalement exaltée d'être contre lui et de sentir ses bras autour de moi. Je me sentais enfin en sécurité.

– Écoute-moi, regarde-moi !

Sa voix était autoritaire et grave. Il essayait de me maintenir pour m'empêcher de m'effondrer. Il me caressait la joue et les cheveux tout en maintenant mon visage levé vers lui pour que je ne quitte pas ses yeux de vue. Il essuya mes larmes.

– Carla, ne cède pas, je suis là, ne dis plus rien, ils n'ont rien contre toi. Ne crois rien de ce qu'ils te disent, je suis là avec toi, je t'aime.

Il m'aime. Cette confession m'assomma. Il n'eut que le temps de déposer un bref baiser sur mes lèvres avant d'être violemment attrapé par les deux hommes qui avaient vainement essayé de le maintenir. Puis ils l'éloignèrent de moi avec fracas.
Je restai là écroulée, à demi allongée sur le sol à côté de l'agent assommé.
Combien de secondes s'écoulèrent ?
J'avais vu Mano. Il m'aimait. Tout semblait si peu important à présent. Il m'aimait. Il ne m'avait pas trahie. Il ne m'avait pas abandonnée. Il était venu pour me voir. Il avait essayé de me secourir. J'étais forte. J'allais me battre. J'allais me sauver. Pour moi. Pour lui. Pour eux. Je ne devais pas abandonner. J'étais une battante.

Mac Dolen s'accroupit à côté de moi. Je ne l'avais pas vu s'approcher. Depuis combien de temps était-il là à m'observer ?
Il m'aida à me relever. Sentir sa main se fermer autour de mon

bras me fit tressaillir. Je lui adressai un regard effrayé. Il perçut ma méfiance.

– Je veux juste vous aider à vous mettre debout. Vous vous sentez bien ?

Son timbre était doux et il semblait sincère. La scène l'avait atteint. Il avait l'air soucieux, comme embarrassé. Il me conduisit dans une salle d'interrogatoire. Me fit asseoir. Je le regardai, toujours circonspecte. J'avais besoin de comprendre. Qui était-il ?
Il s'absenta quelques instants.
À quelle sauce allait-il me manger ? Me faisait-il le coup du gentil flic, prenant soin de moi pour feindre la compassion et ainsi obtenir des aveux ? Il revint avec un café.

– Noir, n'est-ce pas ? affirma-t-il plus qu'il ne demanda.

Perspicace ou bien renseigné ? J'acceptai le café, à peine étonnée. Il resta là, silencieux, à m'observer alors que je buvais lentement ce nectar comme pour me donner quelques instants de répit. Il me permit de reprendre mes esprits.
Puis je m'adressai à lui.

– Que voulez-vous de moi, Monsieur Mac Dolen ? Je le concède, tout m'accuse, mais vous savez aussi bien que moi que je suis innocente ! Tout cela est beaucoup plus grand qu'une simple histoire de femme violentée durant son enfance investie d'un soudain désir de vengeance sur des parents déviants. Dites-moi ce que vous voulez ! Je sais que vous êtes dans la confidence. Je n'ai rien de plus à vous dire. J'attends mon avocat. Merci pour le café.

Il resta silencieux, puis se leva et ouvrit la porte de la salle d'interrogatoire.

– Vous êtes libre, pour le moment, alors ne quittez pas la ville.

J'étais abasourdie. Il répondit à mon étonnement.

– La jeune adolescente s'est réveillée et a confié aux agents de police, présents à son chevet, qu'elle vous avait appelée parce qu'elle se sentait menacée et que vous n'étiez donc pas son agresseur. Mais ne vous réjouissez pas trop vite, cela ne vous innocente pas pour autant ! Je n'en ai pas fini avec vous.

J'hésitai.

– Qu'allez-vous faire de Mano ?

Il me toisa comme s'il voulait être sûr de mon intérêt pour lui. Puis il me répondit, sèchement.

– Il devrait apprendre à ne pas fréquenter des femmes qui le mettent dans l'embarras. Il aura un peu de temps pour réfléchir à tout cela dans l'avenir.

Il refusa de m'en dire plus et me conduisit hâtivement à l'extérieur du commissariat. L'air frais du matin m'emplit de joie. Je cherchai Mano du regard. Je reconnus sa moto, mais aucune trace de lui. J'aperçus un banc au soleil de l'autre côté de la rue. Je m'y installai et attendis.

Des heures durant lesquelles je réfléchis longuement. Je songeais à mes découvertes, à l'implication hypothétique de Mano, celle de Mac Dolen, et de cette étrange Vicky. Je décidai alors de tenter de joindre Alex pour savoir ce qui lui était arrivé et ce que cette blonde énigmatique avait bien pu lui raconter. Mais rien. Aucune réponse. J'essayai à l'hôpital où l'on m'apprit qu'il avait pris quelques jours de congés. Je réfléchis. Après tout, c'était peut-être vrai. Il avait peut-être fui tout ce tumulte, à la suite des conseils de Vicky.

Je devais creuser un peu autour de ce docteur en sciences comportementales et essayer de devancer les agresseurs en fouillant dans mes dossiers. Je pourrais peut-être dresser la liste

d'hypothétiques prochaines victimes.
Cela faisait maintenant des heures que j'attendais Mano devant le commissariat. J'avais faim.
Combien de temps encore allais-je devoir l'attendre ?
Je fixai la porte de l'établissement quand je sentis soudain quelqu'un s'asseoir à côté de moi. Deux sandwiches à la main. C'était Mac Dolen.

– C'est ma pause déjeuner, et c'est mon banc, me dit-il tout simplement en croquant dans son jambon beurre.

– Tenez. Vous devez avoir faim, surenchérit-il en me tendant un second hors-d'œuvre.

J'hésitai un court instant avant de me jeter sur ce dernier et le dévorer. Il me laissa savourer mon déjeuner tout en achevant son repas d'une gorgée de soda. Puis il se leva pour prendre congé de moi et me confier.

– Ça ne sert à rien de l'attendre. Il ne reviendra pas, du moins, pas dans l'immédiat. Vous pouvez prendre sa moto pour rentrer. Quelque chose me dit qu'il ne vous en voudra pas et qu'il saura où venir la récupérer. Bonne journée, Mademoiselle Mie.

Et il traversa la route d'un pas sûr avant de s'engouffrer dans le commissariat.
Je restai là quelques minutes.

Sur le banc, l'enquêteur avait laissé les clefs de la moto de Mano ainsi que son casque. Le tout reposait sur les pages « faits divers » d'un journal auquel je ne prêtai nulle attention. On pouvait lire un gros titre : « *Écosse, enquête sur des abus sexuels dans un pensionnat catholique, durant les années 50, 60 et 70* ». J'hésitai. J'étais d'une curiosité maladive.
Je parcourus quelques lignes de l'article. L'enquête de police se portait sur le pensionnat privé de Fort Augustus, commune située

à proximité des rives du célèbre lac Loch Ness. Il était tenu par des moines bénédictins et des prêtres. D'anciens élèves avaient alors dénoncé les faits, plusieurs dizaines d'années après, dans un documentaire télévisé diffusé par la BBC, intitulé « Les péchés de nos Pères ». Une des victimes interviewées, Donald MacLeod, âgé de quatorze ans à l'époque, racontait comment il avait été débouté par le père supérieur alors qu'il avait raconté son calvaire à ses parents. Ses révélations avaient sombré dans l'oubli. Mais, à la suite de la disparition mystérieuse d'un de ses tortionnaires en soutane, il n'avait plus jamais été abusé…

Je fus saisi d'une soudaine nausée, encore des adultes brisés et emmurés pendant des années dans leur souffrance par leur silence.

Je me ressaisis pour prendre le casque et les clefs et me dirigeai vers le bolide noir qui étincelait au soleil. Je l'enfourchai et partis chez moi.

Une bonne douche me ferait du bien.

Chapitre 37

Mon appartement n'était plus un refuge. Mac Dolen avait pénétré mon intimité. Il avait tout souillé ! Tout était sens dessus dessous. Mes tiroirs étaient éventrés ! Leur contenu jonchait sur le sol, mes sous-vêtements, mes journaux intimes, mes photos… Toute ma vie était étalée là devant moi, à mes pieds. Éparpillée et morcelée.

J'avais tellement pris soin de tout bien ranger, tout cloisonner dans des petits tiroirs fermés à double tour, dans de toutes petites boîtes gigognes. Ce spectacle me désolait. Je n'avais pas le courage de tout remettre en ordre. Ma vie, telle que je l'avais construite, balisée pour ne pas qu'elle m'éclate à la figure, était cruellement mise à nue. J'étais brisée. J'avais toujours fait semblant d'être une femme forte, une personne avec des bases saines et solides. Je n'étais qu'imposture. Je m'étais niée et j'avais fait de moi une cible parfaite. J'aurais voulu tout brûler et tout oublier.

Je m'agenouillai pour ramasser une vieille photo oubliée où étaient figées deux fillettes, se tenant debout de manière malhabile, le regard troublé.

Où étais-tu ma belle moitié ? Ma sœur jumelle abandonnée. Loin de moi aujourd'hui. Nous avions été deux pour tout affronter et tu avais baissé les bras. Tu avais choisi de partir à la dérive en te jetant du haut de mon rocher. J'étais venue m'installer ici, pour être près de toi et ce n'était qu'en touchant le fond, aujourd'hui, que j'y parvenais réellement. Te sentais-tu libre à présent où que tu puisses être ? Et si Dieu existe tel que nous l'avions si souvent imaginé, enfants cachées sous le lit, loin des cris, loin des coups et des humiliations incessantes de nos parents, pouvais-tu lui demander de me donner la force de me relever ?

Au diable le rangement, après tout, je ne voulais plus me cacher. J'étais une névrosée, une chienne libérée, mais hantée par

ses chaînes. Je gardai la photo dans mes mains et la serrai fort. Je devais sécher mes larmes et lui faire honneur. Je devais continuer pour nous deux. Je me l'étais juré sur sa tombe. J'avais fait le serment de vivre et d'être heureuse plus pour elle que moi. Ce père mortifère ne nous aurait pas toutes les deux.
Je sentis une présence derrière moi. Je me retournai vivement.

Mano ?

Ma voisine se tenait là devant moi la laisse de Léo à la main. Ce dernier se dégagea vivement de son emprise pour me sauter dessus et me faire la fête. Ses léchouilles effacèrent toutes traces de mes larmes. Elle me jeta un regard antipathique et narquois avant de rentrer se réfugier chez elle. Je me levai pour fermer la porte et saisis un balai. Il était temps de faire du tri dans tout ça.

Une opération qui ne prit pas plus de quelques minutes. Les sacs poubelles bien remplis, une nouvelle vie pouvait s'ouvrir à moi. Tout était bon à jeter. J'allais régler cette affaire et tout recommencer. Je ne devais pas réparer, je devais construire.

Quitter l'aide sociale à l'enfance, pour éduquer réellement. Tout re-panser et pourquoi pas auprès de Mano ?

Je saisis mes baskets pour courir avec mon adorable chien. Chaque pas me rendait plus légère. Ancrés dans le sol, ils me donnaient la force de continuer et d'accélérer la cadence. Je restai quelques minutes au-dessus de mon rocher à contempler l'horizon. Puis j'ouvris le poing pour la laisser s'échapper.

La photo des deux fillettes balayées par le vent.

Chapitre 38

Il était temps d'aller rendre visite à Mélinda qui devait être terrorisée, seule à l'hôpital. Ses frères avaient disparu et je n'avais pas de nouvelle de l'état de santé sa mère. Je n'étais pas très optimiste. Le souvenir de leurs deux corps inertes me glaça le sang.

Le bolide de Mano eut vite fait de me conduire jusqu'à l'établissement sanitaire. Il me manquait.

Où était-il ? Il m'avait dit que je devais lui faire confiance. J'avais envie de le croire. Je profitai d'être à l'hôpital pour quérir des nouvelles d'Alex. Il n'était pas à l'accueil. Une petite minette se tenait sur le siège où j'avais pris l'habitude de le voir se pavaner, entouré de femmes de tout âge. Le bon et craquant copain. Il avait su jouer de cette image pour séduire toutes les femmes en blanc et bien d'autres encore. La secrétaire ne m'apprit pas grand-chose. Alex avait contacté l'hôpital pour solder tous ses congés et n'avait pas donné signe de vie depuis. Il avait envoyé un mail à des amies du service pour vanter le mérite de ses vacances au soleil. Quelle bécasse ! Je n'avais même pas pensé à consulter les miens. Il m'avait peut-être fait parvenir les raisons de son départ précipité. Je me promis de corriger le tir dès mon retour à la maison.

L'adolescente était assise sur son lit, la télécommande à la main. Elle zappait, ennuyée. Elle fut ravie de ma visite. Elle me raconta alors l'horreur de cette fameuse nuit. Elle avait entendu des pas, puis les cris de sa mère. Elle avait essayé de lui porter secours, mais un homme imposant l'avait projetée au sol ! Tout était encore très flou pour elle. Je la rassurai.

– Ne t'inquiète pas, tu n'es pas obligée de me raconter tout ça, je ne suis pas de la police. Je voulais juste prendre de tes nouvelles et savoir si ta mère se sentait un peu mieux.

– Si, je le dois, vous ne comprenez pas, me dit-elle, sur un ton fébrile.

Elle me jeta un regard grave et me chuchota.

– Il m'a dit que c'est vous qui l'aviez envoyé vers moi et que je devais lui faire confiance. Il est venu pour me sauver.

Elle m'agrippait le bras. Elle divaguait. Je la forçai à me regarder.

– Mais, de quoi parles-tu ? Je n'ai envoyé personne, qui était cet homme ?

Elle me répondit étonnée. Charmée par ce chevalier mystérieux qu'elle voyait comme son sauveur.

– Je ne sais pas, mais il avait de grands yeux d'un bleu vert magnifique et profond et il était si fort. Il a essayé de retenir l'autre homme qui faisait du mal à maman et il a feint de faire un nœud autour de mon cou avec la corde que l'autre Hispanique lui avait tendu pour me pendre…

Elle stoppa son récit, submergée par l'émotion et m'observa attentivement avant de poursuivre.

– Mais si… Il m'a dit que vous alliez sans doute arriver et que je devais faire semblant d'étouffer pour que l'autre le croie. Il est resté au fond du couloir, heureusement, mais la corde a cédé et je suis tombée. Je me suis évanouie. J'ai dit à la police que vous n'aviez rien à voir là-dedans, Madame…

Puis elle fondit en pleurs dans mes bras. C'était Mano. Ça ne pouvait être que lui ! Quel était son jeu ?
Et surtout en faveur de quelle partie ?

Je restai quelque temps avec la petite. Je la rassurai. On retrouverait bientôt ses frères en bonne santé et sa maman se réveillerait du coma. Tout ceci deviendrait un simple mauvais souvenir.

Je la confortai dans son délire fantasque sur Mano, son héros. Elle avait besoin de cela pour s'accrocher à un petit peu d'espoir. Tout ceci devait faire partie d'un conte de fée avec un beau happy end pour rendre cette atroce réalité acceptable.
Nous ne savions pas ce que ses frères étaient devenus, si sa mère allait s'en tirer. Son père était mort sous la torture. Les adultes autour d'elle n'étaient pas en mesure de la protéger ou de lui garantir une issue favorable.

Je ne pus me résoudre à rentrer chez moi. J'avais besoin d'un visage amical et d'un lieu neutre et sécurisant. J'allai chez Gilles. Je m'installai au fond de son pub où il me servit un de ces délicieux cacao dont l'odeur à elle seule m'apporta un profond réconfort. Je saisis ma tablette pour faire quelques recherches. J'allai consulter mes mails. Alex m'avait fait parvenir deux messages.

Un premier, quelques heures avant que je ne cherche à le joindre, dans lequel il me confiait avoir fait une découverte phénoménale qui expliquait tout. Il voulait me voir pour me la confier parce qu'il était persuadé qu'on était surveillé ! Le second message avait été quant à lui rédigé quelques heures plus tard pour se vanter de ses vacances au soleil. Un envoi groupé. J'étais circonspecte, que s'était-il passé ? L'inquiétude me saisit. Je cherchais de nouveau à le joindre, sans succès. Pareil pour Mano. J'étais désespérément seule. Je décidai alors de compléter mes données sur ce fameux docteur Mac Dolen. Les heures s'écoulèrent, ainsi que les chocolats et les cafés.

Le docteur avait rédigé de nombreux travaux sur le déterminisme social. Il critiquait nos sociétés actuelles, pas seulement occidentales, mais mondiales. Elles étaient corrompues et profondément inégalitaires. Archaïque, leur modèle ne correspondait pas à la nature humaine. Il fallait, selon lui, avoir le courage de tout redéfinir de la famille à la politique, de la perception de notre environnement au système économique, désuet et abuseur.

Il avait très largement écrit sur notre modèle éducatif. Selon lui, un enfant né dans des conditions défavorables avait à son tour une forte probabilité de reproduire ses carences sur sa propre progéniture, souvent en pire ! En effet, très peu d'entre eux, si ce n'est aucun, ne pouvaient avoir les ressources nécessaires, par manque d'éducation, pour s'abstraire du modèle familial. Il était très pessimiste et ne croyait pas aux solutions proposées par les gouvernements mondiaux pour enrayer la crise de l'Autorité dans laquelle nos sociétés étaient enlisées depuis de nombreuses années. Il fallait, selon lui, mettre en place de nouveaux modèles et purger la société depuis ses bases.

Je trouvais ces idées dangereuses et extrêmes, bien qu'intelligemment construites et formulées pour qu'elles passent inaperçues et inoffensives. Il les avait polies, mais je n'étais pas dupe. Il passait pour un simple scientifique idéaliste, mais je commençais à me demander s'il n'était pas plus que cela !

J'hésitai quelques instants, puis je décidai de rendre une petite visite à ce docteur Mac Dolen. J'allais le tester à mon tour, lui faire part de mes interrogations, de mes doutes à propos de cette affaire aux soubassements flous, son intervention et les éventuelles implications de Mano, Vicky, ainsi que de ses confrères Kio et Moulin. Lui faire part de mon hypothèse sur un réseau hautement organisé qui reposerait sur ses idées de fatalisme et déterminisme social et qui viserait alors essentiellement, non pas les mauvais parents, mais les familles défavorisées en général. Des carcans familiaux défaillants qui ne permettraient pas à leurs enfants de s'affranchir de leur modèle. Une muselière éducative qui les conduisait fatalement à la reproduction de schémas destructeurs tant pour eux, que pour une société, corrompue et pourrie dans son ensemble.
Mais dans quels buts avaient été perpétrés tous ces enlèvements ?
Replacer les enfants dans des familles « convenables », c'est-à-dire, toujours selon les thèses de Mac Dolen, éduquées et éducables ?

Les faire disparaître, car ils ne seraient pas « réparables », une solution à cette surpopulation désastreuse qui fait de l'Homme un parasite menaçant l'équilibre planétaire ?
Que faire de ces enfants ?

Quelque part, je sentais que je n'étais pas loin de la vérité. De plus, bien qu'elle soit pensée à mes dépens, j'étais curieuse de découvrir l'issue qu'il avait pensée.
Je ne m'outrageai pas du mal fait aux parents. J'avais emmagasiné tellement de colère que je me réjouissais presque de la mort du père des garçons et de la violence qu'avait subie leur mère. Elle avait vendu le corps de sa fille pour se payer ses doses. Elle avait laissé le père de ses enfants les brutaliser, les salir, briser leurs résistances innocentes et leur enfance alors qu'elle les avait portés et qu'elle était le seul être sur cette terre qui était censé tout naturellement les aimer plus qu'elle.
Mais non !

J'avais eu tellement d'espoir depuis mon enfance, mais ce travail éducatif face à tant de misères sociales et familiales ne m'avait apporté que désillusions et désespoir. C'était un fait et ce terrible réalisme avait eu l'effet d'une bombe. L'amour maternel n'était pas inné. Il n'allait pas de soi parce qu'on avait porté son enfant pendant plusieurs mois. Non ! Quelles bandes de connes !
Elles me dégoûtaient toutes ! Ces mères chiennes qui n'avaient même pas le courage de se battre. Si ce n'était pas pour elles, au moins pour le bonheur et le bien-être de leurs enfants !
Et pourtant, comment rester de marbre devant leurs regards implorants, marqués à tout jamais par une profonde détresse ?
Comment ?
Et ces pourris ! Ces pères non repères ! Ceux-là mêmes qui devraient soulever terres et mers pour défendre leurs chairs envers et contre tous !

Quelle espérance illusoire !

J'avais tellement espéré que ça allait de soi. Je l'avais espéré pour moi.

Je me questionnai alors au regard des théories de Mac Dolen sur mes capacités à devenir mère. Si ce que j'avais vécu m'avait marquée au fer rouge, contaminée de l'intérieur, cela signifiait-il que je ne pourrais jamais être mère à mon tour sans prendre le risque de rendre mon enfant aussi malheureux que je l'avais été ? À travers tous ces hommes et femmes, je détestais mes parents, pour leur manquement, leurs déviances, pour l'héritage imprimé en moi comme un poison qui rongeait et creusait un écart entre moi et la norme. Entre moi et l'amour.
Il me condamnait ainsi à l'errance et à la solitude.

Je devais croiser le regard du théoricien. Guetter une quelconque émotion. Au pire, si j'étais dans l'erreur, il me prendrait pour une folle, mais qu'importe ! Je m'étais toujours moquée de l'opinion que les autres pouvaient porter à mon égard. J'avais pris l'habitude de me construire uniquement par rapport à moi, à mes sentiments et émotions profondes. Je ne pouvais faire confiance à personne. Mais pour me construire, j'avais besoin d'une ligne de conduite pour ne pas dévier, alors je m'étais choisi des repères. J'avais essayé de me reparenté. Pour me guider et me sécuriser, pour me sentir moins seule et plus forte.

Paradoxalement, j'avais choisi le savoir, l'apprentissage parce que j'avais toujours aimé mes enseignants et que je me sentais en sécurité à l'école. Son fonctionnement juste et constant me rassurait et me permettait de me relâcher. Je pouvais alors me libérer l'esprit et l'ouvrir sur autre chose que la survie. Je pouvais m'évader. Et j'avais beaucoup appris. J'accumulais les savoirs là où d'autres se grandissaient dans des marques d'affection. Des connaissances qui devenaient remparts et armes. Des « notions-pierres » pour construire mon donjon du haut duquel, comme un étrange paradoxe, j'avais une vision d'ensemble sur mon héritage rejeté et sur cet avenir à construire. Des murailles qui me rendaient

libre.
En grandissant, j'avais décidé de prendre sans rien attendre.

Je m'extirpai de mes digressions. J'étais décidée.

- Mac Dolen, j'arrive.

Chapitre 39

Le docteur était logé dans un hôtel au luxe ostentatoire. Il fallait dire que l'attrait marin permettait aux hôteliers de jouer à la surenchère des prix. Pour quoi de plus ? L'air y était-il de meilleure qualité ?
Je m'annonçai à la réceptionniste qui m'accueillit avec un air renfrogné. Visiblement, la politique de la maison était la discrétion sur l'emploi du temps des clients. Le contraire m'aurait étonnée. J'usai de mes charmes pour en savoir un peu plus lorsqu'elle me balança comme un os, qu'il était sorti à la hâte et qu'une voiture de police était venue le chercher. Elle se détourna de moi alors que je n'avais pas terminé mon interrogatoire et me laissa plantée là, seule au comptoir.

Lorsque je sentis quelqu'un s'approcher de moi. Je me retournai à la hâte, mais le hall chic était désert. Puis je sentis une petite main timide tirer sur la manche de mon pull. C'était un petit garçon. Son accoutrement faisait tache, un peu comme moi d'ailleurs. Visiblement, il n'appartenait pas à ce monde de riches faux semblants. J'étais étonnée. Il me tendit un billet.

– Tiens, madame.

Et il partit en courant sans que j'aie le temps de réagir. Je restai quelques instants, figée à regarder ce pauvre gamin s'éloigner à toute vitesse. J'hésitai. Devais-je le suivre ? Il n'était qu'un messager. Je regardai, interdite, ce petit billet glissé entre mes mains.
Comment pouvait-il m'être destiné ? Qui pouvait savoir que j'étais présente dans le hall de cet hôtel ? Et de quoi pouvait-il s'agir ? Je dépliai frénétiquement le petit bout de papier froissé et fut saisie. Mon cœur ne fit qu'un bond dans ma poitrine pour battre la chamade. Ma tête se mit subitement à tourner. Je m'agrippai à un portant. C'était Mano. Il était là, mais il ne se montrait pas, pourquoi ? Je parcourus les lignes manuscrites de manière

frénétique.

« Mac Dolen est parti couvrir un nouvel enlèvement. Ne cherche pas à en savoir plus, tu es en danger, ne t'inquiète pas pour les petits, mais plutôt pour toi. Fuis, ils vont venir t'arrêter. Si tu résistes, ils trouveront le moyen de te tuer. »

Il n'avait pas signé, mais je reconnaissais les courbes franches de son écriture. Je jetai des regards fébriles dans la rue avant de me précipiter à sa recherche.

Je criai son nom sans me rendre compte que je pleurais. Puis je le hurlai comme une hystérique. En vain.

– Mano…

Chapitre 40

Une chambre d'enfant-amant, à quelques pâtés de maisons du tribunal, dans une maison familiale bien sous tout rapport...

Le jour déclinait. Elle avait peur. Elle était toujours effrayée quand la nuit arrivait, plus qu'une angoisse, une terreur profonde l'envahissait et la tétanisait. Il pleuvait. La petite fille regardait par la fenêtre. Son frère Paul faisait semblant de jouer à quelques mètres d'elle, silencieux. Il faisait semblant de ne pas savoir que la nuit allait tomber. Avec elle, le bruit des pas de leur père allait résonner dans le couloir. La fillette l'entendait crier après sa mère. Si cette dernière osait lui répondre, il allait la massacrer.
Cette pauvre femme avait appris à se tapir comme une chienne et à être docile comme ses enfants. Pourtant, cela ne suffisait pas toujours.
Parfois, leur seul tort n'était pas le manque de discrétion, mais seulement celui d'exister.

La petite Fanny cherchait sa poupée Vic des yeux. Cela ne servait pourtant à rien. Elle avait disparu. La fillette savait que c'était son paternel qui s'en était emparé. Elle en savait beaucoup trop. Il avait peur d'elle, de son regard qui l'accusait et qui le jugeait. De son silence qui parlait.

La rue semblait triste. La vie était sinistre. Fanny regardait par la fenêtre les passants avec leur vie bien tranquille. Des gens qui jamais ne se retournaient sur eux. Des gens qui les oubliaient. Chacun chez soi. Restons discrets.

La petite fille cherchait un regard en vain comme d'habitude. Puis elle aperçut une voiture noire qui s'arrêta devant chez eux, accompagnée de deux motos de la même couleur. Enjouée, elle appela son frère qui adorait ce genre de bolide. Il rêvait d'en posséder une. Il lui avait promis que, plus grand, il s'en servirait pour partir loin d'ici et la sauver. Il accourut à la fenêtre.

Les motards descendirent de leurs véhicules, mais gardèrent leur casque en ouvrant la portière de la voiture. Un homme sortit de cette dernière. Il était accompagné d'une poupée vivante !

– Regarde comme elle est belle ! On dirait ma Barbie ! s'extasia Fanny devant Paul.

La jeune femme jeta alors un regard à la fillette, comme si elle avait capté les intentions dont elle faisait l'objet, puis lui fit un signe de la main.

– Tu as crié trop fort, elle t'a entendue ! Et donc papa aussi ! Il va se rappeler qu'on existe… sermonna l'enfant.

Paul partit aussitôt se calfeutrer dans leur cachette de fortune sous les combles et ordonna à la petite fille de le suivre.

Cette dernière ne pouvait plus détacher son regard de la belle jeune femme blonde, fièrement debout, de l'autre côté de la rue. Les hommes qui l'accompagnaient entreprirent de traverser la voie calme en direction de leur foyer.

Fanny questionna la poupée du regard.
La Barbie vivante lui offrit un doux sourire et lui fit signe de se taire en mettant son index sur sa bouche bien maquillée.
Fanny entendit la porte d'entrée au rez-de-chaussée de la maison s'ouvrir avec fracas et son père jurer.

Elle courut rejoindre Paul, qui la pressait et l'attendait pour refermer avec précaution la porte du placard sous les combles…

Chapitre 41

Je devais fuir, oui, mais pour aller où ? Je n'avais aucun refuge. Et Léo ? Je devais passer le récupérer ainsi que mes dossiers. J'enfourchai la moto et réduisis mon allure en passant devant mon immeuble sans pour autant m'arrêter. J'aperçus des lumières criantes de gyrophares. Les flics étaient déjà sur le coup. Dans la panique, les roues du bolide m'emportèrent chez Gilles. Mon papa de cœur saurait quoi faire et, surtout, il serait un réconfort. Personne ne penserait à venir me chercher ici, du moins pas dans l'immédiat. J'avais quelques heures de répit.

– Tiens, bois ma belle ! Gilles me tendait une boisson chaude.

– Encore un de tes fameux chocolats chauds, *tatig* ? répondis-je docile en acceptant la mixture.

– Non, cette fois, il te faut quelque chose de plus fort. Aux grands maux, les grands remèdes, me confia-t-il le regard chaleureux.

Puis il retourna derrière son bar, désert, qu'il avait fermé pour plus d'intimité.
De toute manière, il n'y avait jamais grand monde. Il fallait être initié pour trouver plaisir en ces lieux. Tous les clients du pub entretenaient une relation particulière avec le gérant. Nous étions en quelque sorte une famille.
Je sentis les effluves qui s'échappaient de ma tasse vieillie par le temps et une utilisation quotidienne. Je perçus dessus une ancienne inscription, *My love, tatig.*

Étrange, je ne connaissais pas grand-chose du passé de Gilles, mais j'avais toujours imaginé qu'il n'avait pas eu d'enfants avec sa femme. Et je ne l'avais jamais questionné à ce propos, comme lui à mon égard. On se prenait aujourd'hui comme nous étions, sans nous poser plus de questions. On s'arrangeait avec cela !

Il me regardait et il attendait. Comme un père qui attend que son enfant lui confie ses chagrins ou avoue une grosse bêtise. Son regard était bienveillant et invitait à la confidence. Je lui contai tout ce que je savais, puis nous restâmes silencieux.

J'étais dans l'embarras. J'avais besoin de mes dossiers et je ne pouvais pas partir sans Léo. Et puis je ne comptais pas fuir comme une voleuse et abandonner les enfants. Mano m'avait dit de ne pas m'en faire pour eux, mais, malgré tout l'amour que je pouvais lui porter, il n'était qu'un homme et j'avais fait le serment de les protéger.

J'avais conscience que quelque part, je m'engageai dans ce combat pour réparer ce qui était cassé en moi, la confiance, l'innocence, mais cela m'était égal. Une force intérieure m'avait toujours poussée à ne pas renoncer.

Gilles interrompit le cours de mes pensées.

– Je sais à quoi tu penses, ma *bugel*, ma gosse. Tu es têtue comme une mule et tu ne vas pas abandonner. C'est ce que j'aime chez toi, tu es une battante. Et je vais t'aider. Tu vas rester ici, prendre un bon bain et faire un somme.

Comment ça, je vais rester ici ? Il allait me laisser seule ? J'objectai.

– Comment ça, moi ? Et toi ? Tu vas où ?

Nous perçûmes tous deux, l'inquiétude dans ma voix et je me surpris à rougir de honte comme une ingénue. J'avais besoin de sa présence rassurante. J'étais perdue, terrorisée.
Il me sourit tendrement.

– Je vais chercher Léo et tes dossiers. Tu vas me donner tes clefs et, dès que la voie sera libre, je m'occuperai de tout ça.

J'étais touchée, mais je ne pouvais pas accepter. C'était trop risqué. Malgré mes suppliques, il s'entêtait également.

Il était une forte tête lui aussi.

J'aurais tellement voulu qu'il soit mon « *tatig love* » à moi. Mon père.

– Mais avant tout, on va manger !

Et nous rîmes.

Chapitre 42

Le repas me fit un bien fou. Gilles était un cordon bleu et nous avions le bar rien que pour nous. La boisson alcoolisée du gérant eut vite fait de me détendre un peu plus. Puis il me conduisit jusqu'à ses appartements. Le pub occupait une partie du rez-de-chaussée d'une vieille bâtisse de maître qui semblait avoir été abandonnée. Le temps, en ces lieux, semblait s'être arrêté. J'avais toujours pensé que ça avait été le cas depuis le décès de sa femme, mais je m'étais trompée. Mon erreur me sauta aux yeux lorsque je découvris la petite chambre dans laquelle il m'invita au repos. Sa voix tremblait lorsqu'il se confia à moi. Je devins subitement muette. Si j'avais su. Je me sentais sotte, soudainement.

– C'était sa chambre, à notre fille. Elle avait ton âge lorsqu'elle s'est tuée dans un accident de moto. Tu me fais tellement penser à elle. Tu es téméraire comme elle… l'était. Tu as ce même brin de folie insouciante. Celui-là même qui l'a tuée. Elle adorait la vitesse. Et un virage a suffi à l'arracher à nous, en une poignée de secondes… Ma femme ne s'en est jamais remise, elle s'est éteinte en même temps qu'elle et moi, je reste parce que si je pars à mon tour, alors elles aussi. Tu comprends ?

J'étais émue. Des larmes remplirent mes yeux et je me jetai dans ses bras.

– Merci… bredouillai-je. Tu es ce père que je n'ai jamais eu. Ta fille a eu beaucoup de chance de grandir auprès de toi.

Nous restâmes là quelques instants. Puis Gilles relâcha son étreinte. Il plongea ses yeux dans les miens.

– Je vais chercher ce dont tu as besoin. Demain, tu files rejoindre ton Mano qui te dévore des yeux. Je l'ai sondé. Il est sincère. Tu dois me promettre d'être heureuse.

J'acquiesçai, docile. Jamais personne ne m'avait parlé sur un ton aussi franc et désintéressé. Puis il poursuivit avant de me laisser seule, parmi ses souvenirs.

– Je t'ai préparé des affaires… Elle aurait aimé que je les donne à une fille comme toi. Elle t'aurait adorée. La salle de bains est juste en face, je t'ai mis des serviettes sur le rebord. À tout à l'heure. Je t'enferme. Prélasse-toi, tout va s'arranger.

Je souris pour le remercier.

Le silence qui suivit son départ était pesant. Je jetai un œil sur les photographies, curieusement impeccables, à l'inverse du reste de la bâtisse. Elles étaient alignées sur la commode dont le contenu avait été rangé par Gilles dans un petit sac de voyage. Ça avait dû être difficile pour lui de vider cette armoire pour me confier les vêtements de sa fille disparue. Quelque part, je l'avais accompagné, sans le savoir, sur le chemin du deuil. Il m'aidait en retour à poursuivre ma vie. On ne s'était donc pas rencontré par hasard.
Un bain et une nuit de repos allaient me faire du bien. Mais pas dans ce lit. Le canapé du salon ferait bien l'affaire.

Je me réveillai en sueur. Tout était calme dans cette maison vide et poussiéreuse, le tombeau de Gilles. J'avais des frissons. Je regardai l'heure sur l'horloge du salon. Je me demandai comment elle pouvait encore fonctionner ! Posée là, il y a plusieurs années, puis oubliée comme tous les autres objets entassés dans cette vieille bâtisse, sauf ceux de la seconde chambre de l'étage…

Trois heures du matin. Il y a quelque chose qui cloche…
Où est Gilles ?

Il ne lui aurait pas fallu autant de temps pour passer à l'appartement prendre Léo, quelques dossiers, puis revenir. J'avais un mauvais pressentiment et je culpabilisais d'avoir dormi si longtemps sans me soucier de lui.

Gilles n'avait pas de téléphone. Il était réfractaire à toutes ces nouvelles technologies qui, selon lui, nous privaient de toutes les libertés. Avoir un mobile, c'était être joignable à tout moment. C'était ne plus avoir d'excuses pour ne pas répondre, pour ne pas vouloir être là, présent, parmi les vivants.

J'hésitai. Il m'avait dit sur un ton autoritaire qu'il se chargeait de tout et que je ne devais pas bouger, mais il ne se rendait pas compte du danger encouru ! Les personnes qui étaient derrière tout cela semblaient prêtes à tout pour cacher leurs desseins.

Je ne pouvais pas rester là à attendre.

Je détestais me sentir impuissante.

Chapitre 43

J'enfourchai la moto de Mano que j'avais garée quelques heures plus tôt à l'arrière de la vieille bâtisse. L'air était frais. Je frissonnai de plus belle. J'étais tétanisée par la peur. Je décidai de laisser le bolide à un pâté de maisons de mon immeuble pour m'approcher en toute discrétion.

Le silence de la rue m'oppressait. J'étais cependant rassurée par l'obscurité dense et le léger brouillard naissant de la fraîcheur du soir qui me rendaient presque invisible.

Je ne savais pas si la police avait posté des agents pour attendre ma visite. Mac Dolen devait savoir que je ne fuirais pas ainsi, aussi facilement, sans chercher à prouver mon innocence et surtout sans mon chien. Il semblait avoir cerné ma personnalité. Du moins en partie.

Depuis la rue, je ne percevais aucune lumière dans mon appartement. Les stores de mes fenêtres avaient été baissés. Je décidai de pénétrer dans le bâtiment par une lucarne du sous-sol. Cette dernière était cassée depuis plusieurs mois, malgré les injonctions du syndic pour remplacer la vitre.

Quelle aubaine pour moi !

Je pris garde aux morceaux de verre pour ne pas me blesser et me faufilai à l'intérieur. Je tendis l'oreille pour percevoir une quelconque présence. Tout semblait étrangement calme et désert. Je m'engageai dans les escaliers. J'avais le souffle coupé, n'importe qui pouvait avoir l'ascendant sur moi, posté sur les marches supérieures. Mais je ne croisai personne. J'atteignis mon palier. La pénombre qui, dans la rue, était mon alliée, m'envahit soudainement. Je frissonnai. La porte de mon appartement était entrouverte, je la poussai doucement. Aucune trace de Léo. Lui, qui avait toujours été là, derrière le rectangle de bois, pour me faire la fête à chacun de mes retours, même tardifs.

L'appartement me semblait à présent beaucoup moins accueillant.

Depuis le début de cette histoire, je m'y sentais comme une étrangère, ce n'était plus un repère. Plongée dans la pénombre, j'avançai à tâtons. Je fis quelques pas en me maudissant de ne pas avoir songé à prendre une lampe torche. Je me souvins alors que j'en avais rangé une dans le placard mural à l'entrée, au-dessus du porte-manteau. Je fis quelques pas timides en me tenant au mur du couloir et je butai sur quelque chose, jonché sur le sol. Je cherchai à maintenir mon équilibre pour contourner l'obstacle, mais je glissai en posant mon pied droit sur le lino. Je fulminai ! Les flics avaient une fois de plus tout foutu en l'air pour trouver je ne sais quoi.

Je jubilai ! Ils ne pouvaient pas se douter que toutes mes recherches étaient accrochées au collier de Léo ! Le sol était humide, quelque chose avait été renversé. Je m'essuyai machinalement sur mon pantalon et poursuivis mon ascension jusqu'au placard mural en prenant appui sur le mur avec mes mains humides. J'osai appeler Gilles en chuchotant. Je me sentis stupide sur le coup ! Si quelqu'un avait été présent dans l'appartement, il l'aurait fait savoir, vu le bruit causé par ma chute dans le couloir. De plus, appeler mon acolyte, même discrètement, permettait à n'importe qui de me localiser. Erreur de néophyte !

Je finis par reconnaître au toucher la porte froide du placard mural et parvins à me saisir sans peine d'une lampe torche. Je l'allumai avec frénésie bien contente de percer cette obscurité qui m'enveloppait et me terrorisait. Le faisceau éclaira le mur qui m'avait servi d'appui pour traverser le couloir. Je fus saisie d'effroi. Des empreintes de mains rouge sang parcouraient toute la longueur du mur où j'avais pris appui ! Je mis plusieurs secondes avant de porter mon regard sur mes doigts et lâchai la lampe torche qui fit un bruit sourd en tombant sur le sol. J'étouffai un cri lorsque je constatai que c'étaient mes mains qui avaient laissé ces empreintes. Elles étaient tachées de sang ! Je regardai mon pantalon éclairé par le faisceau lumineux de la lampe au sol. Mon jean était empourpré. Sur quoi avais-je buté et glissé ? Sur qui ?

Je ramassai à la hâte la torche pour éclairer l'endroit de ma chute. C'était un corps, immobile. Le sien, j'en étais certaine ! Je me précipitai pour m'accroupir à ses côtés. Des larmes remplissaient mes yeux. Il était recroquevillé. C'était bien un homme. J'hésitai un quart de seconde, j'avais peur de découvrir ce visage que je ne voulais pas familier. Je n'osai pas espérer. Je le retournai et hurlai de détresse.

– Gilles !

Un trou béant dans la tête, une flaque de sang pour auréole. Il n'avait eu aucune chance. Je le pris dans mes bras et hurlai.

– Bande de salauds, vous allez me le payer !

J'étais en transe.

Des bruits de pas et des voix m'arrachèrent à mes sanglots. Des personnes s'approchaient et elles n'avaient pas l'air d'être amicales. Je les entendais se réjouir de ma présence. L'adrénaline fit son effet, je déposai un baiser sur la joue de Gilles, saisis la lampe torche que j'éteignis à la hâte et cherchai un endroit pour me cacher. Le placard mural était encore ouvert. Je me glissai à l'intérieur sans prendre la peine de refermer la porte et me recroquevillai sur le mur du fond derrière les manteaux. J'aperçus plusieurs silhouettes pénétrer dans l'appartement. Une voix familière de femme s'éleva :

– Elle est dans l'appartement, je l'ai entendue entrer et gémir quand elle a découvert le corps du vieux. Elle n'est pas ressortie.

La salope, Gina !

Voilà comment ils en savaient autant sur moi, et comment ils avaient eu accès à mon appartement. Était-ce elle qui m'avait agressée sur le parking ? Elle qui avait Léo !
Une autre voix féminine, que je reconnus, lui répondit. C'était

cette Vicky.

– Tu peux rentrer chez toi. Attends quinze minutes, puis appelle la police pour signaler des bruits dans l'appartement voisin. D'ici là, tout sera réglé.

Elle rêvait !

Je n'allais pas me laisser avoir aussi facilement. J'entendis les hommes qui l'accompagnaient ricaner en se dispersant dans l'appartement. Je ne pris pas le risque d'attendre qu'ils me découvrent, je décidai de profiter de l'effet de surprise. Je cherchai une arme quelconque à proximité, mais je ne trouvai qu'un parapluie. Il était assez solide, et surtout, son extrémité était pointue. Mes collègues avaient largement ri de moi lorsqu'ils m'avaient vu un jour débarqué avec l'engin en me demandant à quel endroit, dans le service, je comptais installer mon parasol. Je me jetai hors de ma cachette pour planter l'extrémité de mon parapluie dans le bras d'un assaillant, posté à quelques mètres de moi dans le couloir, l'arme au poing. Il hurla de douleur. Surpris par mon attaque, il lâcha son pistolet. Je le saisis et appuyai sur la gâchette. J'entendais les autres malfrats, ameutés par les cris de leur camarade, se diriger sur moi.

Je courus comme une furie en bousculant violemment la fameuse Vicky postée à l'entrée de l'appartement. Je l'entendis s'écraser au sol en heurtant dans sa chute une grosse commode attenante à la porte. Des coups de feu retentirent derrière moi. Gina se positionna devant moi tout en maintenant la porte de son appartement entrouverte pour retenir Léo, qui grognait et cherchait à sortir.
Poussée par la colère et l'adrénaline, je l'attrapai par le col et la jetai brusquement contre la rambarde de l'escalier. Elle perdit l'équilibre et chuta dans la cage. Je libérai mon chien qui sauta sur l'homme qui arrivait derrière moi pour lui croquer le bras en lui arrachant des cris d'effroi.

Je l'appelai pour qu'il me suive alors que je dévalai à la hâte les escaliers en pierre. J'enjambai le corps inerte de Gina au premier étage et m'engouffrai au sous-sol alors que d'autres silhouettes s'élançaient à ma poursuite.

Le parking souterrain était désert et sombre. Je me sentis prise au piège et décidai de me cacher sous une voiture. Léo resta couché près de moi, silencieux. Mon rythme cardiaque était à son paroxysme. L'adrénaline faisant son effet, j'étais sur le qui-vive, à l'affût, l'arme au poing, prête à réagir. Je n'avais plus peur. Il me semblait pour autant que mon cœur était sur le point d'exploser ! J'essayai tant bien que mal d'assourdir ma respiration saccadée. J'entendis des pas descendre en trombe les escaliers qui menaient au parking. Une voix autoritaire exhortait la cavalerie répartie dans l'immeuble de se rendre au sous-sol pour me cerner. J'étais prise au piège. Je n'avais pas d'issues. Une seule arme. Pas de munition. Je n'aurais de toute façon pas su la charger !

J'avais joué et j'avais perdu. Ils avaient été plus forts que moi. Le nombre, la préparation, la planification, les moyens mis en œuvre, tout avait joué en leur faveur. Nous ne combattions pas à armes égales.

J'entendais les troupes se déployer autour de ma cachette, fureter et me chercher. Je commençai à paniquer et à trembler. Le sang sous mes chaussures allait sans doute me trahir. Léo s'était redressé, les poils hérissés et les babines retroussées, prêt à attaquer. Je posai mon arme et le retins, essayant tant bien que mal de le calmer pour ne pas qu'il révèle notre position. J'entendis soudainement un cliquetis. Je levai les yeux, affolée. En face de moi, dans un coin de mur, un homme me tenait en joue droit comme un I, l'air victorieux. Je ne bougeai plus. Résignée. Il me lança un regard noir. J'allais être exécutée. Je leur étais plus utile, morte que vivante. Il s'apprêtait à signaler ma position dans la radio accrochée à son veston au niveau de son épaule droite tout en pointant son arme sur moi.

Je fermai les yeux quelques secondes, désespérée. Je fus étonnée en les ouvrant de nouveau, curieuse de ne pas entendre la voix de l'homme s'élever pour prévenir les autres. Je le vis étendu à terre. Un homme le tirait par les bras pour l'éloigner de la vue de ses camarades et le cacher dans l'obscurité. Mon cœur s'emballa et je dus me retenir de crier mon soulagement.

Mano !

Il était venu me secourir. Son visage était sérieux. Dans son treillis noir, vêtu et équipé comme mes poursuivants. Je m'apprêtai à le rejoindre, mais il me fit signe de rester accroupie. Puis il désigna derrière lui une moto équipée d'un side-car. Il allait l'enfourcher et nous prendre à la volée. Nous allions devoir être rapides. Il désigna ensuite l'arme que j'avais posée sur le sol afin que je la saisisse et m'apprête à tirer avec lui pour garantir notre fuite. Nous avions peu de chance, mais Mano semblait savoir ce qu'il faisait. Il me fit un signe en joignant son pouce et son index pour me demander si j'avais bien compris. Je lui répondis par l'affirmative. Il enfourcha la moto puis la mit en route.

Tout s'enchaîna alors avec une vitesse déconcertante. Je le vis appuyer sur un bouton en même temps qu'il mettait en route le deux-roues, ce qui provoqua une explosion un peu plus loin dans le sous-sol.

Je me retournai surprise. Une colonne de fumée et de flammes s'échappait au fond du parking. Il avait piégé une voiture pour couvrir notre fuite. Subtil. Il attendit quelques secondes, tapi dans l'ombre, stoïque, alors que je tremblais comme une feuille. Puis il me rejoignit en trombe, me saisit et me jeta avec Léo à l'intérieur du side-car. Je me redressai prête à défendre mon chevalier, le pistolet en main, tremblante, et n'eus que le temps de jeter un bref coup d'œil sur lui, le regard vif et viril, concentré sur sa tâche : nous faire sortir d'ici sains et saufs.
Le bolide fermement tenu, une arme en main, Mano nous

entraînait vers la sortie. Un sentiment de soulagement m'envahit, mais il fut bref. La seconde suivante, nous nous retrouvâmes violemment projetés hors du véhicule. Une voiture nous avait emboutis sur le flanc droit alors que nous étions si près du but. Vicky, victorieuse au volant, s'extirpait avec son acolyte pour se diriger vers nous. Allongée sur le sol à quelques mètres de la moto, j'éprouvai des difficultés à me relever et à reprendre mes esprits. Léo était hors de mon champ de vision. J'entendais un couinement, il était blessé. Mon amant s'était déjà relevé, aidé par l'acolyte de la blonde, Carlos. Ce dernier le tenait fermement, une arme pointée dans son flanc.

– Je savais que tu ne la laisserais pas, mon ami. Tu n'as jamais su mentir quand tu nous parlais d'elle. Tu as compromis ta mission pour la cible et tu as mis notre cause en péril. James s'en doutait.

Vicky semblait compatir. Elle aimait beaucoup Mano, cela s'entendait dans le son de sa voix lorsqu'elle s'adressait à lui, mais il était empreint de mépris lorsqu'elle m'évoquait. Elle avait évoqué un certain James. J'étais certaine qu'il s'agissait de Mac Dolen. Mano essaya de riposter, mais Vicky pointa vigoureusement son arme sur moi alors que j'avais enfin réussi à me relever. La vision de mon amant en danger avait mis en route cette adrénaline amie qui effaçait toute douleur. Ce dernier tenta une autre tactique. La compassion. L'amitié ?

– Laissez-la tranquille, il y a une autre solution ! Vic, je t'en supplie.

Cette dernière lui effleura la joue, tout en me fixant froidement.

– Non, Mano, c'est la cause qui passe avant tout ! C'est beaucoup trop important, ne soit pas égoïste, tu ne peux pas la sauver, tu ne le dois pas. Rappelle-toi la promesse que tu m'as faite il y a vingt ans. Au pensionnat ! Emmène-le, Carlos, tout doit être réglé, ce soir !
Carlos tira Mano jusqu'à la voiture emboutie alors qu'il criait et

priait son amie de ne pas me tuer. Puis il hurla, désespéré :

– Carla, Carla, cours !

Mais, j'étais pétrifiée. La jeune femme avait le regard impassible et déterminé. Elle allait me tirer une balle dans le dos et il était hors de question que je finisse ainsi. Je me redressai autant que possible et la fixai fièrement. J'entendais la cavalerie accourir. La diversion de Mano avait eu tout de même le mérite de faire son petit effet.
Elle allait tirer.

– Je suis désolée.

Menteuse. Je fermai les yeux. J'entendais les hurlements de Mano dans la voiture, il se débattait. Carlos semblait en mauvaise posture. Mais c'était trop tard pour moi. J'entendis le cliquetis, puis un hurlement et des grognements. J'ouvris les yeux, Léo s'était jeté sur Vicky qui se débattait avec difficulté.

Je saisis l'opportunité pour relever et chevaucher la moto encore allumée. Le side-car était en bien mauvais état, mais Léo pouvait me suivre en courant. Je jetai un bref coup d'œil à Mano qui m'exhortait de partir alors qu'il massacrait Carlos. J'appelai Léo. Il lâcha son étreinte canine de mon assaillante et s'engagea avec moi vers la sortie. Vicky vociféra derrière nous et nous mit en joue. Elle tira plusieurs fois. La moto gagnait en vitesse. J'ordonnai à Léo de sauter dans le side-car. Ce qu'il fit pour retomber aussitôt dans le petit habitacle dans un couinement rauque. Victorieuse, je sortis de l'immeuble et dévalai les rues à la recherche d'un abri. Lorsque je fus certaine d'être hors de danger sur les docks, isolée, à l'abri de tous les regards indiscrets, je coupai le moteur et jetai un regard empli de sollicitude et de fierté vers Léo, allongé au fond du side-car.

– On les a semés, mon chien…
Ma joie fut de courte durée. Léo ne bougeait pas. Je sautai de

l'engin et accourus pour le prendre dans mes bras. Du sang s'écoulait de son flanc. Une balle l'avait touché. Il m'avait sauvée et, à présent, il était mort. Gilles, et maintenant lui. Et peut-être même Alex, qui avait disparu comme cela du jour au lendemain, et Mano. Je n'en pouvais plus.

Je serrai le corps encore chaud de ce chien que j'aimais tant et m'effondrai sur le sol.

Désespérée, je pleurai plus que je ne l'aurais cru possible.

Chapitre 44

Combien de temps étais-je restée là, immobile, en pleurs, mon chien vide de vie contre moi ? Les minutes étaient restées suspendues à ma peine. Le désespoir s'était emparé de moi. Plus rien n'avait d'importance. J'étais lasse. Je m'étais accrochée toutes ces années à cet être canin qui ne m'avait jamais déçue. Il avait toujours été lui, fidèle, sincère, chien docile, chien habile. Il m'avait domptée. Apprivoisée, à force de patientes caresses. Je ne pouvais pas me résoudre à le laisser s'en aller, et pourtant, il était mort, là dans mes bras, là pour moi.

Le soleil qui se levait m'arracha à ma torpeur. Il fallait que je le confie à la terre, je lui devais bien cela. Une sépulture digne pour mon ami. Je m'interrogeai quelques instants sur l'attitude à adopter. Je n'avais nulle part où aller. Personne en qui avoir confiance. Puis la silhouette de mon rocher apparut comme une vision. En ces lieux, il trouverait la paix. Celle qui m'envahissait lorsque j'y trouvais refuge. Je recouvrai son corps, mon blouson en cuir comme linceul, et le déposai avec précaution sur le plancher du side-car pour enfourcher la moto.

Les rues étaient désertes. Je sentais la frénésie du matin gagner la populace derrière les murs des grands immeubles dressés le long de la côte. Ces grandes bâtisses qui défiguraient le paysage et polluaient les plages. J'avais besoin de solitude. L'Homme me débectait. Il envahissait tout, il n'avait aucun respect pour la vie. Il était dans la conquête, dans le trop. Il était dépourvu d'humilité. Il n'était qu'un petit rien dans un grand tout, mais il l'avait oublié et s'était détourné du vrai sens de la vie. J'avais besoin de le fuir.

Heureusement, je ne croisai personne sur la plage que je parcourus à la hâte, essoufflée, jetant des regards craintifs dans toutes les directions, mon compagnon dans les bras.
Il pesait lourd. Je sentais sa fourrure qui frôlait la peau dénudée de

mes bras et, curieusement, alors que je frissonnai, ce toucher familier me fit ressentir un peu de bonheur.

C'était la dernière fois que je l'avais contre moi. Je souris. Puis je pleurai. Je grimpai avec difficulté jusqu'à mon rocher. Le chemin était escarpé et mon chargement rendait l'ascension périlleuse. Le soleil se levait sur l'immensité bleue. La beauté de cette vision me saisit. Léo serait bien ici. Il rejoindrait ma tendre sœur jumelle. Je le déposai doucement sur le sol et m'assis à côté de lui pour admirer l'aurore. Je restai ainsi, silencieuse, quelques minutes tout en caressant cet être que j'avais tellement aimé et qui m'avait tout donné.

Qu'allais-je faire à présent ? Je ne pouvais pas l'enterrer, tout était rocher ici et je n'avais pas de pelle. Je sanglotai. La mer serait son tombeau. Je m'accroupis et me penchai pour observer les vagues qui se jetaient avec violence sur la falaise en contre bas. C'était beau et terrifiant à la fois. La rencontre de l'eau et de la roche faisait un bruit étourdissant. Paradoxalement apaisant. Je découvris l'animal en le débarrassant de son linceul de fortune et le serrai une dernière fois contre moi en hurlant ma peine.

Puis je chuchotai en réprimant mes sanglots.

– Adieu Léo, merci pour tout. Je t'aime.

Je récupérai délicatement son collier et le confiai à l'océan en l'accompagnant autant que possible dans sa chute. Je m'effondrai sur le sol en pleurs. Une solution macabre s'imposait à moi : les rejoindre dans les flots.

Je sentis alors une main se poser sur mes bras pour me saisir et me relever.

Mano.

Chapitre 45

Je ne parvenais plus à tenir debout. Toute cette peine contenue avait eu raison de ma force. Il m'exhorta à le regarder, mais je n'en avais pas le courage. Il me prit alors dans ses bras et me tint là plusieurs minutes, au bord de ce précipice. Là où Léo et ma sœur s'en étaient allés. Mano accueillit mes sanglots. J'étais une petite fille. Ses bras étaient remparts. Puis, lorsqu'il sentit que je revenais à moi, il s'écarta des bords dangereux pour me déposer sur le sol et s'accroupir à côté de moi. Il m'observa dans le silence et me déposa un chaste baiser sur le front.

– Hé, ça va aller ?

Entendre le son de sa voix était si doux. En dépit de moi, il était devenu ma réalité. J'essuyai mes larmes d'un revers de la main et me levai pour me jeter sur lui, me lover contre lui. Soudainement soucieuse, je lâchai mon étreinte pour l'inspecter.

– Et toi ? Comment t'es-tu échappé ? Tu n'es pas blessé ?

Visiblement, il allait bien. Il resta silencieux. L'inquiétude passée, je fus saisie par la colère et les interrogations. Je me risquai :

– Qui es-tu, Mano ? De quel côté es-tu, celui des méchants, c'est ça ? Ils ont tué Gilles et maintenant Léo… Et tous les autres. Où sont les enfants ? Pourquoi ?

Ma colère lui explosait en pleine figure. Il garda le silence. Je le bousculai en hurlant pour qu'il me donne des réponses. Il me laissa faire, puis me saisit par les poignets qu'il serra fortement pour me forcer à le regarder. À l'implorer. Quand il fut assuré de mon attention, il relâcha son étreinte pour s'approcher au plus près de moi et me tenir le visage. Il plongea ses yeux d'un bleu vert si intense dans les miens et s'adressa à moi d'une voix toujours aussi posée et assurée.

– Carla, dans la vie, tout n'est pas noir ou blanc. Il n'y a pas de méchants ou de gentils c'est bien plus compliqué que cela. Tu dois me faire confiance. Tu ne sais pas à qui tu as affaire. Tout cela te dépasse. J'ai tout fait pour te protéger…

Je protestai, furieuse. Il m'ignora et poursuivit.

– J'ai toujours été là. Je t'ai conseillé de fuir, mais tu n'as rien écouté. Alors j'ai repris les clefs de ton appartement à Gina, j'ai plaidé ta cause en vain, j'ai préservé la gosse et j'ai endormi Léo pour ne pas qu'il lui arrive malheur, mais tu t'es obstinée. Je ne savais pas que tu enverrais Gilles ni que tu poursuivrais tes investigations…

Je me dégageai de lui pour lui jeter un regard froid.

– Auprès de qui as-tu plaidé ma cause ? Qui sont ces gens ? Que veulent-ils ? Qu'ont-ils fait des enfants ?
Et toi, quel est ton rôle ? Toi qui en sais tant sur moi ?

Je l'exaspérais. Je sentis la peur l'envahir lorsqu'il prit conscience de ma détermination. Il sourit.

– Ton entêtement cause ta perte, Carla. Je t'aime.

Je reçus un coup de massue. J'étais décontenancée par sa réponse. J'allai répondre lorsqu'il se retourna en direction des fourrés qui menaient à mon rocher et qu'il leva le bras. Vicky, Carlos, salement amoché, et trois hommes armés apparurent et s'approchèrent de moi, arme au poing.
Je reculai jusqu'au bord du précipice et rejetai la main que me tendait Mano.
Surpris puis gagné par l'exaspération, il me hurla pour couvrir le bruit des vagues martelant inlassablement la falaise :

– Carla, fais-moi confiance, s'il te plaît. Pour eux, pour nous. Sois mon utopie. L'unique.

———

Plus qu'un ordre, il m'implorait. Je pleurai. Il m'avait trahie. Il avait révélé mon refuge, celui que j'avais partagé avec lui. Je lui avais fait confiance. Il l'avait trahie comme tous les autres. Il avait utilisé mes faiblesses pour m'atteindre et me contrôler.
Je reculai encore. Il fut pris de panique. Il se jeta sur moi et me saisit le bras alors que je n'étais qu'à quelques centimètres du vide. Léo et ma sœur m'attendaient. Je ne me ferais pas attraper. Je voulais être libre. J'avais si mal. J'étais bouleversée.
Je me retrouvai contre lui, le regard hagard, dos au vide. Il me chuchota.

– Reste avec moi, Carla, ma belle utopie. Ce n'est pas ce que tu crois. Fais-moi confiance, je t'en supplie. Cela en vaut le coup !

Sa voix n'était plus aussi assurée qu'auparavant. Son émotion était sincère. Il relâcha son étreinte et fit un pas en arrière. Ses compagnons d'armes restaient immobiles, perplexes. Ils nous observaient. Ils attendaient.

Il tendit sa main vers moi. Je lui jetai un regard. J'hésitai. Je me retournai pour admirer quelques secondes cette pure immensité derrière moi. J'avais envie de vivre. Je le désirais, lui. Je plongeai mes yeux dans son immensité bleue à lui. Elle était là ma place.
Et si, pour une fois, j'osai prendre un risque.

Celui d'aimer ?
Je saisis sa main.
Advienne que pourra.

Chapitre 46

Tout s'enchaîna très vite. Les sbires tapis dans l'ombre se ruèrent sur moi pour me lier les poignets dans le dos et déposer un sac opaque sur ma tête. J'entendis Mano protester vivement et sentis la pression monter. J'en avais assez des échauffourées, j'étais étrangement calme. Le dénouement tant attendu était proche, j'étais prête pour cela. Je m'exprimai d'une voix calme et assurée.

– Ça va aller, Mano. Laisse. Je lâche prise. J'en ai assez de lutter.

Je perçus l'étonnement. Le silence s'installa subitement. Je sentis la pression des deux sbires sur mes bras se relâcher doucement. Je n'allais rien tenter. Je les suivis. On m'installa dans un véhicule. Combien de temps avions-nous roulé ? Privée de repères visuels, épuisée, je perdis la notion du temps. Je crois même m'être assoupie. Je ne percevais pas la présence de Mano dans ce qui semblait être un fourgon, mais je n'étais pas inquiète. J'étais convaincue que je pouvais lui faire confiance et qu'il ne m'abandonnerait pas.

La cadence ralentit soudainement, je sentais les secousses d'une route plus escarpée. Nous devions avoir quitté les routes principales. Lorsque la voiture stoppa sa course, j'entendis quelqu'un ouvrir brutalement la porte et pus sentir l'odeur des embruns salés. Je tendis l'oreille. J'entendais au loin le bruit des vagues bien que l'activité mécanique de ce qui me semblait être un chantier naval, le rendît presque inaudible.

Les hommes présents avec moi dans le fourgon s'échappèrent pour me laisser, là, seule de longues minutes. Plus qu'angoissée, j'étais curieuse.

Je perçus une présence.

– Tu n'as pas peur ?

C'était cette Vicky. Depuis combien de temps m'observait-elle ?

Je restai silencieuse. Elle renchérit.

– Je t'observe depuis cinq bonnes minutes. Tu n'as même pas sourcillé ! Tu es à notre merci et tu n'as pas peur, pourquoi ? Tu es inconsciente, naïve, suicidaire ou tout à la fois ?

Je ne perçus aucune animosité dans sa voix, elle était sincèrement curieuse.
Je me payai le luxe d'attendre quelques secondes avant de lui répondre sur un ton que je voulais le plus neutre possible.

– Si vous vouliez me tuer, ce serait déjà fait, non ?

Vicky marqua une pause avant de me confier d'une voix grave.

– Tu ne sais pas ce qui t'attend, ni à qui tu as affaire. Tu n'es rien pour notre cause. Ils peuvent choisir de se débarrasser de toi, d'un revers de la main en utilisant ton pire cauchemar.

Je pouffai.

– Vous ne savez pas ce que c'est d'avoir réellement peur. J'ai grandi dans la terreur, je suis hermétique à elle.

Elle se tut. Les idiots pensaient m'intimider, me priver de tout pour m'affaiblir. Je n'avais jamais rien eu, et j'avais grandi en prenant l'habitude de ne rien ressentir et de ne jamais m'attacher. Ma survie avait toujours dépendu de moi uniquement. Ce que je craignais parce que cela m'affaiblissait et me rendait vulnérable, ce n'était pas d'être privée de tout et de l'affection des gens que j'aimais, mais plutôt d'en recevoir et d'y prendre goût. J'avais peur d'être dépendante. Je m'étais fermée à tout cela depuis des années. Ils se mettaient le doigt dans l'œil s'ils pensaient avoir une prise sur moi.
Puis je fus saisie d'un doute, et s'ils utilisaient les enfants ? Et s'ils prenaient conscience de mon affection pour Mano ? Ils le savaient

forcément déjà. Tout n'avait été qu'une mascarade. Je n'avais rien à perdre, mais les enfants, oui.

– C'est l'heure.

Vicky ordonna d'un ton ferme aux hommes présents autour du fourgon de me conduire à l'intérieur d'une bâtisse.

L'odeur me saisit. Elle était forte et familière. On me fit asseoir sur une chaise. Je sentais l'humidité du lieu sous la semelle de mes chaussures.
Les algues ! Je savais où nous étions. L'usine de confinement et compostage des algues vertes. Leur fermentation dégageait une terrible odeur, celle-là même que Léo rapportait avec lui lors de ses promenades avec Gina. Penser à lui me souleva soudainement le cœur. À l'époque, je pensais qu'elle l'amenait dans les champs où était déversé le précieux compost, vu que le site de traitement était fermé au public. J'avais eu tort. C'était ici qu'elle se rendait avec mon chien pour mettre au point leur dessein. Ils avaient peut-être même mis un mouchard sur la bête.
Je sentis la colère me submerger. J'avais été tellement crédule !

Savoir où je me trouvais était un bon point. Mais je devais comprendre ce qu'ils me voulaient. Comment allais-je pouvoir me tirer de cette situation ?
Pouvais-je compter sur l'appui de Mano ?
Il m'avait dit de lui faire confiance, de rester moi-même. Je devais gagner du temps et égrener des informations sur les enfants au passage.

Ils me laissaient là. À leur merci. Je sentais leur regard oppressant sur moi. Ils comptaient dessus. La panique ne me gagnait pas. Je réfléchissais. Je ne pus cependant pas m'empêcher de penser tout haut.

– Vous pourriez me laisser ici des heures, attachée, aveugle, affamée, mais ça ne changerait rien. Vous n'allez pas parvenir à m'intimider. Je sais où nous sommes, à l'usine de confinement. Et je sais qui vous êtes alors, soit vous me tuez, soit vous me dites ce que vous attendez de moi. Ça nous évitera de perdre notre temps.

Aucune réponse. Je poursuivis.

– Enfin, ce que j'en dis, c'est vous qui voyez. Je sais que vous êtes là à m'observer. J'aimerais bien moi aussi me délecter de vos sales gueules de lâches qui s'attaquent à de pauvres gosses, un vieillard, un clebs, et se mettent à quatre pour contenir une nana…

Quelqu'un arracha le tissu qui servait à me bander les yeux. Je restai aveuglée quelques secondes par la lumière blanche des néons.
C'était un homme. Son visage était coupé au couteau. Il avait de multiples cicatrices. Son regard était froid. On aurait dit un mercenaire.

Je pouffai en m'adressant sur un ton provocateur aux silhouettes tapies dans l'ombre.
– Quoi ? vous m'envoyez un sbire ? Je préfère le dernier que vous m'avez envoyé, beaucoup plus sexy…

Puis je regardai monsieur muscle courroucé, avant de lui faire un clin d'œil salace :

– Eh bébé, y'a plus sympa pour un premier rencard, non ?

Circonspect, il se retourna. J'avais la lumière des néons qui m'éblouissaient, je ne pouvais pas voir à qui l'homme s'adressait. Il attendait les ordres. Puis il sortit de la pièce dans laquelle j'étais enfermée pour revenir quelques minutes après avec un moniteur qu'il alluma avant de me laisser de nouveau seule.

– Quoi, vous allez me torturer en me forçant à regarder tous les épisodes des *Feux de l'amour* ?

Toujours aucune réponse. Le sbire avait laissé la porte ouverte. Elle donnait sur un couloir. J'examinai le lieu où j'étais recluse. La pièce était minuscule. Le sol était poisseux et humide. Puis la porte se referma violemment et attira mon regard. La lumière s'éteignit. L'obscurité révéla alors à mes yeux un point rouge lumineux dans un coin de la pièce. Ils étaient là. Ils m'observaient avec une petite caméra. Le moniteur grésilla, puis une image se dessina sur l'écran.
Je vis une jeune enfant jouer dans une petite salle de jeux. L'image n'était pas nette, je tirai sur mes liens pour me rapprocher du téléviseur. En vain. Je parvins à déplacer la chaise sur laquelle j'étais attachée en vociférant.
Je la connaissais. Une voix s'éleva. Froide, masculine, mécanique. Diabolique.

– Vous la reconnaissez, n'est-ce pas ?

Je criai.

– Bande de salauds. Fanny ! Que lui avez-vous fait ?

Je hurlai.

– Foutez-lui la paix !

Je rageai. J'étais impuissante. La voix me répondit.

– Rien encore… Je…

Je l'interrompis.

– Qu'attendez-vous de moi au juste ?

Je sentis alors une présence derrière moi qui s'affairait à sectionner mes liens avant de quitter la pièce en prenant soin de claquer la porte derrière elle. Je n'eus pas le temps de réagir avant que la lumière s'allume de nouveau.

Je me jetai sur le moniteur. L'image avait disparu. Je hurlai pour qu'elle revienne.

– Ayez pitié. Je ferai ce que vous voulez. Ne lui faites pas de mal. Elle n'a que trois ans ! C'est une pauvre gosse. Elle n'a jamais eu de chance dans sa vie. Épargnez-la. S'il vous plaît.

Je courus tambouriner à la porte verrouillée. Et je m'effondrai sur le sol en pleurs. La lumière s'éteignit de nouveau. J'étais plongée dans l'obscurité. Je me prosternai.

Combien de temps s'écoula ?
Une éternité.
Épuisée, je sombrai dans le sommeil.

Chapitre 47

Je fus réveillée par une lumière vive inondant brutalement la pièce. J'étais désorientée. J'avais du mal à ouvrir les yeux. J'aperçus une forme sur la chaise que j'avais occupée précédemment. C'était un homme. Je distinguai ses traits. C'était le père de la gamine. Un monstre. Il me donnait envie de gerber. Il avait été battu. Il me regardait avec des yeux implorants.
Une boite était à ses pieds.

– Libérez-moi, Madame Mie. Ils ont enlevé mes enfants… Fanny… Paul…

Il couinait. J'étais au bord de l'évanouissement. Je ne comprenais pas ce qu'il se passait ni ce qu'il faisait là. Ma tête allait exploser. La voix mécanique s'éleva. Au même moment le moniteur s'alluma pour laisser entrevoir l'image de la fillette endormie. Une présence était à son chevet. Une arme au poing. Je fus prise de panique et me jetai sur l'appareil en hurlant.

– Qu'est-ce que vous faites ? Foutez-lui la paix, bande de connards, je vais tous vous tuer…

Le père de la gosse criait plus fort que moi pour que nos ravisseurs le libèrent.

– Faites d'elle ce que vous voulez, je vous la laisse, mais pitié ne me faites plus de mal. Libérez-moi… Je vous en supplie, je ne dirai rien…

Je me jetai sur lui et le giflai tellement fort que je lui arrachai une terrible complainte et me retournai le poignet. J'ignorai la souffrance pour m'élancer comme une furie sur la porte verrouillée. Je tentai de la forcer à multiples reprises, en niant la douleur lancinante de mon épaule tuméfiée.

– Qu'est-ce que vous voulez, merde !

J'étais en transe. J'étais désespérée. J'aperçus la boite. Je m'approchai. Je l'ouvris avec frénésie. Elle contenait une arme automatique avec un post-it.

Fais ton choix. Une balle.

Le père de Fanny me tira de mes songes alors que j'étais agenouillée au sol l'arme dans la main, le regard figé sur l'image du moniteur. L'homme caressait les cheveux de la petite profondément endormie. Une ancienne angoisse me saisit les entrailles. Je me revoyais, enfant, sans défense. Mes nuits peuplées de cauchemars. Mes nuits visitées. Souillées.

La voix agressive de l'homme ligoté me tira de mes stigmates.

– Pétasse, libère-moi.

Je me levai d'un bond pour lui fracasser le crâne avec la crosse du revolver. La haine que je tentais de contenir depuis toutes ces années me fit chavirer. Elle prit subitement possession de mes facultés mentales. Moi, qui pensais avoir maté, voire enterré, cette colère qui me rongeait. Le monstre avait saisi cette opportunité, cette brèche en moi pour se libérer. Ces années bien trop nombreuses d'enfermement et de refoulement n'avaient fait que grossir ma haine. Mon dégoût. La voix froide qui s'élevait de ma gorge n'était plus tout à fait la mienne. Du moins, elle n'avait plus la douceur que j'avais pris l'habitude de lui donner pour rester cachée sous le masque.

– Il n'y a pas de choix.

L'homme ligoté me jeta un regard inquiet, implorant. Il pleurait. Je poursuivis avec dédain.

– Tu n'es qu'un parasite. Un pédophile. J'ai rêvé de ce moment.

Je m'en délecte. Ta fille mérite un monde sans toi, sans les monstres en ton genre. Si ça ne tenait qu'à moi, je vous éliminerais tous. Je ferais le grand ménage…

– Pitié, pitié…

Il osait pleurer sur son misérable sort. M'implorer. Moi ! Avait-il été ému par ses larmes d'enfant lorsqu'il la battait, la souillait ? Je souris. Je n'hésitai pas une seconde. Je plongeai mes yeux dans les siens et je me délectai de la terreur qu'ils contenaient.

– Et je vais commencer par toi… Je te présente mon verdict.

Je tirai. La puissance du coup acheva de me briser les os du poignet. L'arme se fracassa à terre. Le téléviseur s'éteignit. Je me jetai au sol devant lui.

– Bande de salauds. J'ai fait ce que vous vouliez, je l'ai tué, libérez la petite !

J'entendis la porte s'ouvrir. Mano pénétra dans la pièce et accourut vers moi. J'étais bouleversée. Où était la gamine ?
Il m'embrassait. Je sanglotais.

– Où est Fanny ?

Il sourit en m'embrassant.

– Tout va bien. Elle est sauve.

Je plongeai mon visage dans son cou et humai son odeur qui me rassurait. Je savourai cet instant quelques secondes, puis je l'interrogeai.

– Que s'est-il passé ? Je ne comprends pas.

Il saisit mon visage dans ses mains si viriles et me déposa un baiser sur le front avant de plonger ses yeux radieux dans les miens, perplexes :

– Oui, Carla, ça ne dépend que de nous… Viens.

Il me saisit dans ses bras pour me faire quitter la pièce. Je détournai les yeux du corps sans vie jonché sur le sol. Je ne me serais jamais crue capable de donner la mort.

Chapitre 48

Mano resserrait son étreinte sur moi tout en assurant mes pas. Je ne cherchais plus à lutter. Qu'il était bon de lâcher prise et de se laisser guider. J'étais comme apaisée. J'avais enfin extériorisé cette violence si longtemps contenue en moi et qui me rongeait insidieusement. Je sombrai dans le désespoir. Je suivais le troupeau et je feignais être encore libre. Je faisais partie d'un système qui me dégoûtait, enlisée dans ses contradictions. Un système qui vomissait ses monstres en toute innocence, provoquant inexorablement sa perte. J'en étais. Je le savais. Je l'avais toujours su, par le dégoût que je m'inspirais. Aujourd'hui, je m'étais révélée, j'avais accepté de laisser s'exprimer le monstre en moi. J'en avais eu assez de le combattre pour qu'il reste muet, pour qu'il se police et se rende présentable. Je devais n'être que moi telle que j'étais et accepter mon sort.

La chaleur de Mano me rassurait. J'étais sous son contrôle. Il me guida vers un hélicoptère dans lequel il me fit prendre place avant de s'arracher à moi pour aller échanger avec Vicky. Pas un seul instant, elle ne nous avait quittés des yeux. Prête à surgir, tapie dans l'ombre, un pistolet dans la main. Prête à m'abattre au moindre signe de résistance. Mais je ne pouvais plus, j'étais un puits sans fond, vide.

Son regard noir resta posé sur moi à me scruter, me sonder tout au long de son bref entretien avec Mano. Elle avait l'air contrarié et semblait en désaccord. Mon amant tendit son mobile par lequel quelqu'un s'enquit à calmer le cerbère blond car il revint à moi, ravi et serein. Vicky nous regarda décoller sans agir mais cela m'était à présent complètement égal. J'étais résignée à n'être que cette partie monstrueuse de mon être. J'aurais pu avoir honte du regard que cet homme assis à côté de moi me portait, tout en me souriant bêtement, satisfait, mais ma nudité révélée semblait lui faire écho. Nous étions le miroir de nos âmes immondes.
Et je l'aimais pour cela.

Je ne demandai pas où j'étais conduite. L'hélicoptère était immense, je m'interrogeais sur sa conception, un Mil mi 12 d'après l'inscription visible sur la carlingue. Cela ne me disait rien. Mano perçut ma curiosité.

– C'est du matériel militaire russe, le plus gros hélicoptère qui soit, il peut parcourir jusqu'à 1000 kilomètres et tu n'es pas au bout de tes surprises, nous ferons une partie du trajet ainsi, puis nous embarquerons sur un bateau pour un long voyage, me confia-t-il, énigmatique.

– Quand est-ce que les hommes comprendront-ils que la taille n'a pour nous aucune importance ? me plut-il de le taquiner avant de me blottir de nouveau contre lui pour fermer les yeux, épuisée.

Le bruit assourdissant de l'engin me berçait.
Je pris plaisir à lâcher prise et m'endormis contre cet homme qui me plaisait tant.
Je fus ainsi incapable d'évaluer la durée de notre voyage et encore moins la direction prise durant le vol sur le jet. Je n'avais plus aucun repère mise à part la présence familière de Mano. Je ne ressentais plus ce besoin de tout contrôler. Ce besoin qui m'avait toujours guidée et rassurée.
Mano m'aida à descendre du véhicule pour me conduire vers le poste de contrôle.

Mac Dolen était là. Il nous attendait. Je n'étais même pas surprise. Il affichait son air serein, presque condescendant, appuyé contre la colonne d'un petit bâtiment de type colonial. J'aperçus une grande étendue d'eau un peu plus au sud. Une chaleur suffocante me saisit brusquement.
Je ne m'embarrassai pas de politesse.

– Où sommes-nous ?

Ma question soudaine, et suspicieuse, surprit Mano dont le regard se troubla. Je m'en voulus.

Il était si enthousiaste depuis notre départ de la métropole. Mais quelque chose en moi s'était brisé. Mon humanité.
Je posai un regard impatient sur Mac Dolen, qui semblait fortement amusé.
Il s'approcha de moi pour me saisir le bras et m'entraîner à l'intérieur du bâtiment où nous attendait une jeune et jolie métisse pour nous servir une collation.

— Un thé ? m'interrogea le scientifique qui n'obtint aucune réponse de ma part. Bienvenue en Afrique du Sud, surenchérit-il.

Je restai muette. Pris place et acceptai la boisson chaude avant de me jeter sur la corbeille de fruits disposée sur la table basse devant moi.
Mano devança mes interrogations, m'évitant de parler la bouche pleine. J'étais affamée.

— Nous embarquons incessamment sous peu sur un bateau de notre compagnie pour une île où nous sommes implantés, Trist…

Mac Dolen lui fit un geste vain pour l'empêcher de me révéler le nom de notre destination. Ce qui ne découragea pas mon amant malgré la confusion générale. Deux gardes armés tentèrent d'intervenir, en vain. Je me retournai pour les regarder, la bouche pleine, je ne les avais même pas remarqués à mon arrivée.

— Tristan de Cunha. Il nous faudra sept jours. À cet endroit, tu découvriras…

— C'est assez, Mano ! insista le docteur, Carla a bien le temps de comprendre de quoi il s'agit et ce qui, dès maintenant, la lie à nous.

Mon compagnon acquiesça. Je perçus son inquiétude mêlée à un certain enthousiasme. Il semblait avoir hâte de partager avec moi ce en quoi il croyait tant et ce à quoi il consacrait son existence.

Nous n'échangeâmes rien de plus. Je sentais le regard inquisiteur et amusé du docteur sur moi alors que je m'efforçais d'ingurgiter le plus de nourriture possible.

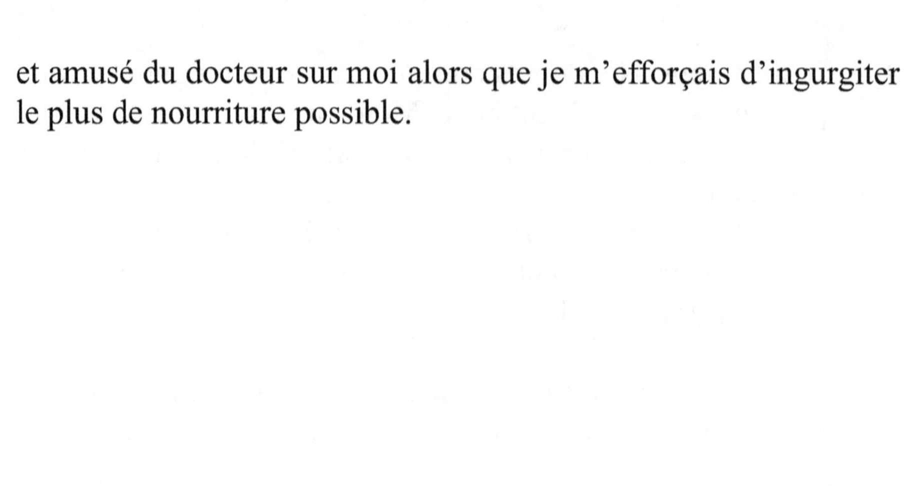

et amusé du docteur sur moi alors que je m'efforçais d'ingurgiter le plus de nourriture possible.

Chapitre 49

Sur le bateau, je regrettai amèrement la quantité impressionnante de nourriture que je m'étais empressée d'avaler alors que je vidai mon estomac par-dessus bord, accompagnée des rires moqueurs de tout l'équipage.

Les sept jours de traversée furent merveilleux. Mano s'absentait régulièrement dans la journée pour échanger avec Mac Dolen et d'autres personnes qui ne me faisaient nullement confiance, mais je ne l'avais qu'à moi le reste du temps. Notre passion nous dévorait. Nous la consommions sans modération et sans nous poser plus de questions. Possédés par le besoin de s'assouvir, s'enivrer de l'autre toujours plus.

Je n'interrogeai Mano que sur l'île dont il m'avait parlé. Une petite étendue de terre volcanique de 96 km2 culminant à 2060 mètres, isolée de tout, acquise il y a quelques années par un groupe privé au territoire britannique bien heureux de se débarrasser ce cette terre stérile, difficilement accessible, quasiment inhabitée, sujette aux éruptions de son volcan.

Mano vint me réveiller à l'aube du septième jour. Notre voyage était déjà terminé. Il était excité et me tirait violemment par le bras pour que je hâte le pas jusqu'au pont supérieur du navire.
Je m'étais imaginée une terre désertique et m'étais refusée à toute autre hypothèse loufoque. Je fus surprise de découvrir au loin des petits îlots de vie avec des équipements de haute technologie.
Il me sembla apercevoir une base navale vers laquelle le navire se dirigeait, des pistes d'atterrissage sur le flanc du volcan, ainsi que plusieurs immenses dômes vitrés dont je ne pouvais saisir l'utilité.
J'étais impressionnée.

Je regardai Mano, qui contemplait l'île comme s'il s'agissait d'une terre promise.

———

– Tu vois, Carla, de la stérilité peut renaître la vie. Viens.

Il me saisit par la main pour me guider hors du navire.

202

Chapitre 50

Je ne savais plus où poser mon regard. Tout était tellement nouveau. Tout était visionnaire. Je fus emportée par la frénésie de la découverte des lieux et de la philosophie de la communauté que Mano savait rendre intense et palpitante. Il ne tarissait pas d'éloge sur cette nouvelle société anticonformiste où tout était possible.

Elle fonctionnait comme un organisme vivant en perpétuelle évolution s'adaptant à ses occupants et à son environnement. Elle ne s'imposait aucune limite en s'inventant et se réinventant sans cesse grâce à ses membres dirigeants. Le but était d'éviter la sclérose du système par la constitution d'une élite érigée en caste dirigeante. Mano m'expliqua qu'ils avaient été une petite poignée d'idéalistes fous, dont Vicky et James, qui étaient à la tête d'une multinationale brassant des milliards d'euros, à œuvrer pour faire naître ce microcosme. Un idéal de société sur cette île, selon des principes mûris et expérimentés depuis de longues années.
Il avait rencontré le couple blonde hystérique-scientifique alors qu'ils n'étaient que des adolescents à vif, perdus, et emplis de colère, dans un pensionnat écossais. Il refusa de m'expliquer plus en détail le lien spécifique qui semblait les unir tous les trois.

Il s'attela à me narrer les concepts qui sous-tendaient tout cet univers ultramoderne tant dans les bâtiments, leurs fonctionnements, que dans la structure même de la société. Il essaya de me les dépeindre pour que je ne puisse avoir d'autres solutions que d'adhérer, par le rêve et l'espoir vain, à cette vie collective non corrompue. Une existence vécue dans le respect de tous, dans l'équilibre entre nature et culture, sans démesure et sans les vices propres à toute humanité.

Mano et ses acolytes étaient persuadés que c'était la ville qui avait apporté tous les maux et que l'homme devait retourner à son état naturel.

Vivre de ce que la nature voulait bien apporter, sans excès et sans courir après la possession de biens comme tant d'humains. Il n'y avait ainsi aucun élevage sur l'île. Ses habitants s'alimentaient grâce à la petite chasse, la pêche et la cueillette. Les petites cultures observées étaient d'usage domestique, et n'étaient ni extensives ni intensives. Il n'y avait pas de propriété ni de système monétaire. Personne ne manquait de rien. Je découvris ainsi que les hommes et les femmes se répartissaient par petites communautés, chacune rattachée à une tâche particulière nécessaire à la vie de tous.

Il y avait ainsi les pêcheurs, les petits cultivateurs, les cueilleurs, les chasseurs, mais également les artisans. Les métiers étaient tenus selon un roulement de telle sorte que tout le monde passait par chacune des tâches nécessaires à la vie en communauté au cours d'une seule et même année. Un individu n'était ainsi jamais le détenteur absolu d'un savoir et ne dépendait aucunement de l'expertise de l'autre. La communauté pouvait vivre en totale autarcie, car elle se suffisait à elle-même. Et il en était de même pour chacun de ses habitants qui pouvait à tout loisir choisir de s'isoler et de vivre seul dans un coin de l'île.

Les libertés individuelles étaient reines tant qu'elles n'interféraient pas sur celles des autres. Mano se plut alors à me dire que « la liberté de chacun ne commençait pas après celle de l'autre, mais en même temps ».

Il n'y avait pas de lois écrites, juste un code d'honneur construit autour du bon sens. Ne pas nuire consciemment à l'Autre. J'étais abasourdie de constater à quel point cette non-coercition semblait fonctionner. Les individualités semblaient cohabiter sans heurt avec les impératifs d'une vie communautaire.

Les conflits, lorsqu'ils avaient lieu, étaient réglés en conseil collectif. Les insulaires pratiquaient alors la tradition ancestrale hawaïenne de l'*ho'oponopono*. Plus qu'un outil de résolution de situations difficiles, cette tradition était chez eux un art de vivre dans la joie de l'amour et du pardon.

Les individus devaient alors reconnaître que chaque situation vécue était de leur responsabilité, car elles n'étaient que l'écho de leur propre conflit intérieur. Ainsi, pour parvenir à un état de paix et d'harmonie, intérieur et donc extérieur, il devenait inutile de chercher à changer l'autre et à se victimiser, mais plutôt d'être 100 % créateur et responsable de sa vie et de ses expériences.

Chaque partie concernée par le conflit reconnaissait sa part de responsabilité en prononçant un « désolé » sincère, suivi d'un « pardon » avec, si besoin, l'intervention des médiateurs de la communauté. Le préjudice était réparé dans la paix, et la situation conflictuelle remerciée pour l'apprentissage apporté à chacun dans son chemin de vie. Puis, chacun se gratifiait d'un « je t'aime ». L'autre étant un autre soi.

J'étais tout de même sceptique !

– Mais n'est-ce pas utopique, mon amour ? Croire que l'homme peut vivre avec son semblable, sans loi ?

– Tu te trompes, Carla ! On ne qualifie pas notre société d'utopie, elle est réaliste. Une seule loi prévaut et c'est celle du plus fort ensemble.

J'objectai.

– Tu ne peux pas garantir les libertés de tous si elles sont sujettes à la bonne volonté de chacun. Et les êtres les plus faibles, tels que les enfants, tu en fais quoi ? D'ailleurs, où sont-ils ?

Chapitre 51

Cela faisait deux jours que Mano me faisait visiter les installations de l'île, à la pointe de la modernité. J'avais été éblouie par les bâtiments qui s'intégraient en symbiose avec l'environnement naturel avec un impact minime. L'énergie était entièrement renouvelable grâce à l'ensoleillement dont bénéficiait l'île, les vents, mais également la chaleur produite par le volcan. Pour faire face à ses éruptions soudaines, les bâtiments vitaux à ce microcosme étaient en partie immergés dans l'océan, de forme cylindrique, reliés les uns aux autres par de longs couloirs entièrement vitrés. En les parcourant, nous avions l'impression de pénétrer les secrets de la vie sous-marine. Les parties émergées s'élançaient hors des flots maintenues en équilibre par des colonnes colossales.

Depuis l'île, ces sphères géantes ressemblaient à un petit système solaire. Impressionnée par tant d'innovations, tant de beaux principes mis en œuvre, j'avais presque oublié les enfants. Je n'en avais aperçu aucun durant ces deux jours.

Les habitants de l'île n'en avaient-ils donc pas ?

Et ceux enlevés ? Où étaient-ils à présent ? Où était Ewan ?

Et qu'était devenu mon ami Alex ?

Mano surenchérit.

– Tu ne comprends pas Carla, la loi du plus fort, ici, est celle du nombre et de l'idéal porté. Rien n'est entrepris pour le bien-être des vivants, mais pour ceux en devenir. S'il faut éradiquer la moitié des habitants de l'île pour permettre la vie aux enfants à naître, aucun de nous n'hésitera un seul instant. Tu n'es pas encore initiée au grand Idéal mais lorsque tu le seras, lorsque tu t'en montreras digne, tu comprendras et tu l'accepteras.

Une secte, j'étais tombée aux mains d'une secte ! Et mon amant était l'un de ses gourous. Mano capta mes craintes. Il poursuivit.

– Nous avons bien des enfants sur l'île Carla. Mais leur éducation n'est pas laissée au hasard. Chaque enfant reçoit la même part d'amour, mais par toute la communauté, car on est tous responsables des adultes de demain. Aucune femme sur l'île ne peut dire lequel de ces enfants et celui qu'elle a mis au monde.

J'étais horrifiée.

– Mais vous êtes horribles ! Vous arrachez les bébés des bras de celle qui les a portés !

Mano s'empourpra.

– Tu n'aurais pas préféré être arraché des mains de cette putain qui t'a abandonnée à ce monde et aux vices de ton paternel ?

Le coup bas. Utiliser contre moi mes tourments. Je devais m'éloigner de tout cela. Ça devenait presque malsain. J'avais l'impression que tout cela était de l'esbroufe pour détourner mon attention, m'impressionner et me manipuler. À quel jeu jouait-il ?

Mano perçut mon dégoût.

– Viens, je vais te montrer !

Nous quittâmes l'agitation de l'île pour gagner les sphères équilibristes. Il fallait pour cela grimper dans une sorte de téléphérique qui desservait toute l'île et fonctionnait grâce à l'énergie tellurique.

J'avais déjà visité la partie immergée des constructions. J'avais alors découvert un hôpital à la pointe de la modernité où la recherche était innovante. J'avais questionné sur leur teneur et les causes d'un résultat aussi fulgurant dans le domaine de la génétique notamment, mais je n'avais obtenu aucune réponse. Je n'étais qu'une invitée et mon statut de non-initiée ne me permettait pas d'en savoir plus.

———

Ils semblaient produire des produits pharmaceutiques en grande quantité que j'avais vu être embarqués dans des cargos au départ de l'Île pour de nombreuses destinations dans le monde entier. Sur certains cartons, on pouvait lire l'inscription SD-version2. J'appris plus tard que les scientifiques avaient développé des pilules pour une Stérilité Définitive que de nombreux médecins à travers le globe préconisaient à leurs patients estimés indignes d'être parents, et cela à leur insu.

Les chercheurs de l'Île tentaient également de mettre au point une solution plus radicale pour stériliser la population mondiale à plus grande échelle. Certains essayaient de mettre au point un virus de type grippal qui entraînerait une destruction des capacités reproductrices des gamètes mâles et femelles chez les enfants, d'autres essayaient plutôt de cibler les populations adultes à l'ADN coupable. Pour eux, les comportements destructeurs avaient des racines génétiques. Par exemple, les gènes Mao-A (monamine oxydase A, un gène qui, lorsqu'il est désactivé, rend les individus très agressifs), DAT1 ou encore CDH13, responsable d'une importante impulsivité chez les sujets observés. Ceux dits des tueurs en série ou personnes violentes dépourvues de sens moral, et donc inéducables.

Comment leur confier l'éducation d'un enfant ? Pourquoi leur donner ce droit ? Naissons-nous criminels, de par nos gènes, ou le devenons-nous de par notre éducation ?

De plus, d'après leurs recherches sur de multiples IRM si ces individus étaient dès l'état fœtal exposés à un taux de sérotonine très important, leur destin de prédateur semblait assuré.

On en revenait encore à la mère, si cette dernière était soumise à un stress permanent réel ou imaginaire, le cerveau ne faisant pas la différence dans sa production de sérotonine, elle mettrait au monde un tueur en série en puissance !

Mano garda le mystère sur beaucoup de choses qui me

questionnaient et me semblaient troubles et se justifia par le principe même constitutif de cette société « réaliste ». L'homme était au centre de tout. Capable du bien, mais également du pire qu'il nous fallait assumer. Mais toutes ces facettes ne devaient pas être contenues et exploitées par les mains d'un seul et même individu. Personne ne savait totalement comment toute cette société fonctionnait.

La direction de ce microcosme était partagée en neuf parties bien distinctes. Mano se figea devant une grande fresque, dans le hall de la grande sphère principale. Elle représentait l'homme de Vitruve de Léonard de Vinci. Sur chacun de ses membres étaient inscrits une maxime et un symbole.
Sur les deux jambes principales était écrit : *« Naître et grandir ensemble »*, *« Travailler et vivre ensemble »*.

Il m'expliqua que les enfants, leur pureté, leur éducation et leur bien-être étaient à la base de tout. Sur les deux autres jambes, était gravé à gauche *« Partager et respecter notre habitat »* puis à droite *« Partager des croyances et des valeurs et les garantir ensemble envers et contre nous, envers et contre tout »*.
Sur les quatre bras étaient inscrits *« Pérenniser et étendre »* ; *« Contraindre et juger »* ; *« Transmettre et éduquer »* ; *« Penser et raisonner »*. La tête était le centre névralgique de tout ce système. Le simple mot *« Diriger »* y était gravé.
Je lançai un regard inquisiteur à mon compagnon.

– Mais encore, on dirait une secte ton truc. Où sont les gosses ?

– Lesquels ? rétorqua-t-il, amusé.

Mais je ne partageai pas sa désinvolture. Tout ceci m'inquiétait fortement et rien ne me semblait idéal dans ce lieu bien sur tout rapport.
Mon compagnon était déçu par mon attitude négative.

– Tu ne vois pas, Carla, nous avons ici le moyen d'agir et de transformer toute la société corrompue. Celle qui a laissé des monstres engendrés à leur tour des monstruosités marquées de leurs stigmates. Nous.

Ses propos n'avaient pour moi aucun sens.

– Alors, qu'est-ce qu'on fait là ? On fait tache, non ?

Nos pas nous amenèrent jusqu'à une grande pièce où régnait un brouhaha infernal. Le couloir que nous empruntions la longeait et nous en barrait l'accès par de grandes baies vitrées. Le plafond de la pièce était également en verre, ce qui conférait à la lumière du lieu un aspect profondément chaleureux. Des dizaines d'enfants, peut-être même une centaine, je ne pouvais pas les dénombrer, jouaient et riaient, accompagnés par une multitude d'adultes, hommes et femmes.

– Ce sont les nourrices, Carla.

Mano m'expliqua qu'il s'agissait là encore d'un métier roulant de l'île. Tout le monde devait être concerné par l'éducation et le bien-être des enfants, mais il ne fallait pas s'attacher uniquement à un seul d'entre eux.
J'objectai.

– Mais un enfant a besoin d'un référent éducatif pour avoir un épanouissement serein !

– Comment peux-tu en être aussi sûre ? Comment peux-tu dire que seul ce modèle prévaut ? Il existe des espèces animales sur terre qui élèvent leurs enfants en communauté. Lorsqu'un des deux parents faillit, le clan reprend le flambeau. Il n'existe alors pas un code individuel, celui du parent, assujetti à une seule interprétation, déformée ou viciée, pour élever l'enfant, mais bien le code social unique qui prévaut pour tous.

– Là, tu évoques plutôt les insectes, et je te signale à ce propos que les espèces les plus anciennes, c'est-à-dire celles qui ont su évoluer et s'adapter, telles les abeilles ou encore les fourmis, sont essentiellement féminines…

Mano était amusé. Je surenchéris sur un ton provocateur.

– Vous n'avez rien inventé, Bourdieu parlait déjà du reproductivisme et les communistes de justice sociale en prônant l'égalité de tous par le travail, ce qui n'a pas empêché l'élévation d'une caste dirigeante. Il y aura toujours des premiers et des derniers Mano ! L'espère humaine est ainsi. Il y a aura toujours des différences de vécus, de droits et de traitements. Il y aura toujours des stigmates. Rien n'est lisse ; c'est le libre arbitre, notre condition même…

Mano fut pris d'un fou rire sarcastique presque narquois qui me glaça le sang.

– Tu n'as rien compris ma chérie. La jalousie de Bourdieu a rendu sa pensée étriquée. Nous partons ici du principe que ce ne sont pas les riches, les puissants qui reproduisent les inégalités à leur profit en contrôlant l'éducation et le langage même. Quelle pensée manichéenne et simpliste ! Non. Les puissants ne sont pas les riches, ce sont les mécréants par leur nombre proliférant. Ce sont eux qu'il faut contrôler, eux qui épuisent nos réserves, eux dont la vie est futile. Ce sont les ignorants qui produisent des stigmates. Ce sont eux qui gangrènent ce monde et notre espèce.

Il fit une courte pause avant de reprendre son exposé.

– Il ne peut y avoir d'éducation. Il faut couper les membres pourris. Il faut amputer l'espèce humaine de ce qui l'affaiblit et la pourrit de l'intérieur. Car Vinci était visionnaire. L'homme est au centre de tout, mais pas n'importe lequel, non, nous parlons de celui qui est homme et non ces animaux qui s'entretuent et ne sont qu'égoïsme de survie. Le libre arbitre ne peut exister que lorsqu'il y a maîtrise totale de ces codes. Ces hommes-là, dehors qui forment la masse, la puissance, ne sont pas libres de penser. Ils ne sont guidés que par leurs stigmates. Ils sont des morts-vivants qui contaminent tout. L'homme, le vrai, celui qui est conscient et responsable. Tu comprends, Carla ? Nous devons purger notre espèce pour la rendre meilleure. Pour enlever toute cette laideur. Notre laideur…

Je n'en croyais pas mes oreilles !

– Mais vous êtes fatalistes ! Pour vous tout est déterminé ? On ne peut pas combattre ce qu'on reçoit en héritage ? On ne peut pas vivre et grandir de nos stigmates ? Que fais-tu de la résilience ? Celle qui a fait de nous ce que nous sommes aujourd'hui ? Deux êtres conscients de ce qui nous a brisés, mais qui sont parvenus à survivre et même à vivre, depuis que je t'ai rencontré ! Penses-tu réellement que cela n'est pas possible ? Que nous sommes marqués ? Condamnés à n'être que ce que nos parents ont été pour nous ? Penses-tu que rien ne peut être sauvé ?

J'étais désespérée. Mano était fermé. Je ne voyais pas où nous menaient nos pas. Il stoppa brusquement sa course pour me faire face.

– Nous non, mais eux oui, me dit-il en ouvrant une porte.

Chapitre 52

Je n'en revenais pas. Ils étaient là. Tous. À jouer, heureux, insouciants. Dans une pièce immense entourée de baies vitrées par lesquelles ils pouvaient, à souhait, se rendre dans un espace de jeux extérieur.

J'aperçus ceux pour lesquels je m'étais tant inquiétée, ces laissés-pour-compte, mes disparus.

Fanny me reconnut et courut dans ma direction. Je la serrai fort contre moi en pleurant de joie. Un peu plus loin, les petits Johnny et Dylan se disputaient une petite voiture rouge. S'ils savaient à quel point leur grande sœur se faisait du souci pour eux.

Fanny me bombarda de questions auxquelles je ne pouvais pas répondre, alors que Mano me laissait seule parmi eux. Elle voulait savoir si j'étais venue les chercher pour les ramener auprès de leur mère qui leur manquait. Je ne pus me résoudre à lui dire que nous étions des prisonniers sur cette île.

Comment lui expliquer que, quelque part, elle serait préservée de cette vie qui l'attendait dehors, cette réalité ? Une mère qui ne s'était jamais battue pour eux ? Une éducatrice, moi, qui avait tué leur père d'une balle à bout portant, et que cela m'avait fait un bien fou ?

La voir s'éloigner de moi, insouciante, rejoindre les autres enfants pour jouer à *un-deux-trois soleil* sous les yeux bienveillants des adultes qui s'amusaient avec eux, autant qu'eux, me réchauffa le cœur.

J'entrepris alors de trouver Ewan. Le lieu était immense. Des petites pièces entouraient le grand hall dans lequel jouaient tous les enfants. La configuration ressemblait trait pour trait à l'immense salle dans laquelle j'avais vu quelques minutes auparavant les enfants des habitants de l'île évoluer.

Toutes les pièces communiquaient entre elles, rien n'était fermé.

Tout était clair et visible. Les enfants allaient d'une à l'autre pour jouer seuls ou avec les adultes présents.

Une femme m'expliqua alors que l'éducation était naturelle sur l'île. Le but était de mettre à la disposition des enfants tous les savoirs et savoir-faire et de leur permettre de les découvrir par eux-mêmes afin de ne pas influencer leurs apprentissages et les laisser innover et se créer. Les adultes pouvaient proposer, jouer, réguler, mais ils n'étaient qu'une médiation parmi d'autres. Un outil à leur service. Selon elle, certains enfants de la section d'à côté avaient même inventé un nouveau système politique pour garantir les libertés de chacun, ce qui l'émerveillait. Je la questionnai sur cette différence de section, entre les enfants de l'Île et ceux du continent.
Elle se referma. Je ne voulus pas la braquer et ne plus rien en tirer.

– Vous ne leur enseignez jamais ce qui a pu se passer à l'extérieur auparavant, ce qui se passe aujourd'hui ? Afin qu'ils ne reproduisent pas les mêmes erreurs ?

– Bien sûr que non ! me répondit-elle, choquée. Nous ne voulons pas corrompre leurs jeunes esprits. Nous les laissons expérimenter et se forger une opinion auparavant. Lorsqu'ils sont jugés matures, nous leur révélons les connaissances du monde extérieur et nous les laissons choisir leurs missions…

– Quelles sont ces missions ? J'étais avide de réponses.

Mon interlocutrice bafouilla. Je n'étais pas habilitée à le savoir une fois de plus. Mais l'Homme de Vitruve, parsemé d'écritures, parlait pour elle.

– Mais que faites-vous des enfants qui viennent de l'extérieur et qui ont déjà une connaissance de ce qui se passe dans nos sociétés ? D'autant plus qu'ils ont tous vécu des expériences traumatisantes ?

La jeune femme hésita, puis elle chuchota avant de s'éloigner en ricanant.

– Ils sont nos garde-fous.

Cette femme était folle. Ce monde était insensé ! Je devais chercher Ewan, puis Mano allait devoir éclaircir quelques points. Je ne mis pas longtemps à retrouver le nourrisson. Je n'osai m'approcher lorsque je découvris la pouponnière où de nombreuses personnes prenaient soin de jeunes bébés, en les berçant et leur chuchotant des mots d'amour. Ceux qui leur avaient tant fait défaut. Comment ne pas être ébloui par cela ? Une femme s'approcha de moi. Le visage serein et les yeux emplis d'amour en tenant un bambin joufflu au creux de ses bras.

– Vous voulez le prendre ?

Saisie par une peur soudaine et lointaine, je m'enfuis en courant.

Chapitre 53

J'étais bouleversée. Et si Mano avait raison ? Si nous devions tout repenser ? Tout réinventer pour eux, ces êtres d'innocence ? Si nous devions tout oser pour les préserver et garantir leur bonheur, leur offrir cette chance que nous n'avions jamais eue ? Être sain, être pur, être pensant et libre. Ne pas être des victimes empreintes de stigmates, d'un handicap à l'amour et au bonheur. Moi qui ne me sentais même pas digne de prendre un bébé dans mes bras. Moi qui n'étais que peur.

Je m'engageai sur une terrasse extérieure qui dominait la grande étendue bleue. Les embruns m'apaiseraient.

Combien d'heures étais-je restée contemplative ? Mano m'avait cherchée toute la fin d'après-midi. Il me trouva apaisée et fatiguée. Nous rentrâmes en silence dans ce qui nous servait d'habitat où nous fîmes l'amour plus passionnément que jamais.
Je rompis le silence en le questionnant sur son tatouage.

– Pourquoi un bras armé ?

Mano sourit.

– Tu n'auras de cesse de me harceler jusqu'à ce que tu trouves toutes les réponses à tes questions, n'est-ce pas ?

Je posai un doux baiser sur ses lèvres et plantai mes yeux assoiffés dans les siens. Je restai silencieuse pendant son récit.
Pensive et rassasiée, je finis par trouver le sommeil. Un repos qui allait favoriser la digestion…

U2 était le nom de cette Unique Utopie, leur projet. Mano était mon U2 et j'étais la sienne, devenue femme.

L'Île avait pour double mission de préserver son indépendance

et son idéal de vie, mais également de l'étendre par la contrainte au reste du monde. Et pour cela, tous les moyens étaient employés, la violence, l'auto-justice, la corruption, le chantage, les pots-de-vin, les enlèvements…
Pour cela, les premiers idéalistes, dont le trio Mano-Vicky-James, s'étaient chargés au fur et à mesure des années de construire un réseau colossal de personnes initiées à leurs concepts, et cela dans tous les domaines.

Ainsi, dans l'environnement, des « écologistes » radicaux se chargeaient de faire pression sur les lobbies de toutes les manières possibles et concevables, légales et illégales, mais également des politiciens de renom et des scientifiques. Dans le domaine de l'enfance, des gynécologues se chargeaient, par exemple, de « stériliser » les mères indignes alors que des commandos avaient la mission de « prévenir-punir-sévir-condamner et exécuter ». Ils étaient force et conviction. Mano en faisait partie.

Les enfants enlevés étaient les garde-fous de cette société. Ils étaient les héritiers des membres de l'homme de Vitruve. Il fallait que les dirigeants de chaque membre gardent à l'esprit l'importance de l'équilibre établi et de l'objectif visé. La liberté pour chacun, d'être, de vivre et non de survivre en harmonie dans l'amour des autres et de tout être-vivant, dont la planète.
Pour apaiser leurs stigmates et favoriser leur acclimatation à la vie sur l'Île U2, un soutien particulier était mis en place. Des séances d'EMDR (Eye-Movement Desensitization and Reprocessing, ou Désensibilisation et Retraitement des traumatismes par les Mouvements Oculaires) leur étaient notamment proposées.

Comme tous les autres enfants de l'île, ils bénéficiaient également d'une éducation naturelle, respectueuse de leur économie singulière et de leur « carte du monde ».
Chaque enfant était amené à découvrir ses voies d'apprentissages particulières au niveau sensoriel et son intelligence dominante parmi les sept référencées pour optimiser ses apprentissages : les

intelligences linguistique, logico-mathématique, spatiale, musicale, kinesthésique, inter et intra-personnelle. Leur étaient également enseignés l'autohypnose, la PNL (programmation neuro-linguistique) et l'EFT, une technique de libération émotionnelle par la conscientisation verbale de leurs difficultés et le rééquilibrage des énergies par acupression.

L'objectif était alors de les rendre totalement autonomes et responsables de leur bien-être ou mal-être.

Chapitre 54

Le lendemain matin, Mano m'exposa le programme. Je devais suivre un parcours initiatique avant de passer une épreuve devant un jury constitué des membres fondateurs de l'Île pour pouvoir être acceptée et affectée selon mes compétences à une mission particulière.

Face à ma situation exceptionnelle, Mano était quasiment certain que j'allais être placée sous sa propre responsabilité et que le conseil allait sans doute m'utiliser à l'extérieur comme membre du réseau. Si je voulais vivre un jour sur l'Île, j'allais devoir prouver ma loyauté et mon dévouement à la cause, au grand Idéal, et faire preuve d'une grande ténacité. Je l'écoutai sans mot dire. Mano prit un air grave.

– Carla, c'est important, tu n'as pas le choix, tu ne l'as plus. C'est une question de survie. Mais cela en vaut largement la peine. Tu feras partie de quelque chose de bien plus grand que toi. Tu pourras enfin agir et être toi.

Je souris.

– Mon amour, ma seule utopie, c'est toi. Être un « nous », avec toi, c'est déjà faire partie de quelque chose de bien plus grand que moi.

Nous nous habillâmes à la hâte pour rejoindre les bâtiments principaux lorsque Mano reçut un appel de son « bureau ». Il semblait embêté, mais j'insistai pour l'accompagner afin de découvrir son espace de travail, vu que j'allai devoir me faire à tout cela.

C'est alors que j'aperçus Carlos dans le bâtiment. J'échappai brutalement à la vigilance de Mano et courus comme une furie pour me jeter sur l'hispanique. Il s'était servi de Laurie pour m'atteindre et j'étais persuadée que c'était lui qui avait assassiné Gilles dans mon appartement. Je le rouais vainement de coups lorsqu'une main forte me saisit. Carlos était en rage :

– Tiens ta tarée, mec ! Déjà qu'elle n'a rien à foutre là !

Mano lui décrocha un uppercut violent qui le cloua au sol.

– Parle autrement de ma femme !

Puis il me secoua violemment pour que je retrouve mon calme avant de me prendre contre lui.

– Il aurait pu te blesser. Carlos n'est pas un tendre, tu sais ? Pourquoi l'avoir attaqué de la sorte ? C'est un mufle, mais…

Je hurlai.

– Il a tué Gilles !

Mano resta silencieux quelques secondes.

– Non, c'était Gina. Et elle s'est brisée la nuque en chutant dans les escaliers. Ta colère doit être une force, pas une faiblesse !

Je me sentais profondément idiote et coupable.

– Alors, je vais appliquer vos principes hawaïens, je reviens ! dis-je en m'élançant dans les bâtiments à la poursuite de Carlos.

Mano n'eut pas le temps de me retenir. Et je l'entendis crier pour que je reste auprès de lui. J'étais amusée. Le pauvre Carlos œuvrait pour une cause juste, même s'il n'était vraiment qu'un sale con ! Par ma faute, il s'était pris un sacré coup !
Je courus dans les locaux où un grand couloir desservait plusieurs petits bureaux et des salles de réunions. J'aperçus Carlos entrer dans l'un d'eux. J'arrivai comme une folle derrière lui et me trouvai confuse lorsqu'il me fit violemment face.
L'hispanique me lança un regard plein de mépris qui me décontenança.

Je bafouillai alors que Mano venait de me rejoindre à la hâte. Je ne me débinai point.

– Je suis désolée pour…

Mais mon regard fut attiré par un drôle d'objet, familier, sur le bureau de l'homme de main. Un stylet… Customisé avec un smiley… Alex…

Les deux hommes perçurent ce qui avait attiré mon attention dans la petite pièce et lurent l'étonnement sur mon visage. Ils échangèrent un regard évocateur. Le sourire sur mes lèvres s'effaça. L'insouciance brusquement envolée. Mes yeux s'assombrirent lorsqu'ils se posèrent sur l'homme que j'aimais. Il bafouilla en tentant de me saisir par le bras.

– Carla… Je…

Mais j'étais déjà loin.

Chapitre 55

J'étais aux arrêts dans une cellule du bloc « Contrôles ». Je ne comprenais pas trop pourquoi. Je me doutais bien que la colère dont j'avais fait preuve lorsque j'avais appris la mise à mort d'une personne aussi douce et innocente qu'Alex n'avait pas joué en ma faveur. J'étais encore en transit, ici. Seule ma relation avec Mano m'avait jusqu'à présent maintenue en vie. Je m'en doutais. Mais pourquoi ?

J'entendis le verrou de la serrure s'ouvrir. Je levai le visage plein d'espoir vers la personne qui entrait dans la cellule, en pensant voir mon amant.

Mais ce fut Vicky qui s'avança. À son approche, je me levai, prête à me défendre. Elle me sourit.

– Viens ! Il est temps qu'on ait une petite discussion toi et moi. Enfin je veux dire, vous, puisque tu es enceinte…

Elle se délecta presque de ma surprise. Comment pouvait-elle le savoir, alors que moi-même, je n'en étais pas certaine ?

Il m'était souvent arrivé d'avoir des règles quelque peu « dérangées » par quelques soucis psychosomatiques d'origines lointaines et pourtant si présentes.

Je souffrais d'une neuropathie périphérique du nerf pudendal, ce nerf dit « honteux » qui, moteur et sensitif, parcourait le plancher pelvien de l'anus au clitoris. J'avais subi des opérations et beaucoup souffert à cet endroit même que je refoulais. Celui-là même qui faisait de moi cette femme vulnérable que je haïssais ! La colère que mon père avait déversée en moi en même temps que sa semence continuait à me ronger de l'intérieur vingt-cinq ans après. Ou peut-être que mon inconscient me jugeait coupable et honteuse, méritant la souffrance que mon propre corps m'infligeait ?

Jusqu'à ce que je parvienne à accepter cette douleur comme garde-fou. Jusqu'à ce que je comprenne son origine et que j'accepte mon incarnation. J'étais humaine. J'étais une femme. J'avais le droit d'exister, de sentir et d'agir.

Cette maladie me rappelait d'où je venais et ce que j'avais vécu. Mon enfant intérieur s'exprimait par le corps, par des maux, parce que je refusais de lui donner des mots. Sa souffrance ignorée grandissait dans mon corps qui pourrissait doucement. Alors, lorsque j'avais très mal, je parlais à cette petite fille en souffrance en moi. Je l'imaginais au côté de ma sœur jumelle à l'âge de cinq ans.

En fermant les yeux, je rejoignais les deux fillettes à l'intérieur de moi. Je leur avais bâti un havre de paix, dans une nature luxuriante irriguée de cascades et entourée d'arbres centenaires envahis par des lianes immenses. Des fleurs multicolores aussi grandes que leurs petites têtes parsemaient le sol mousseux et leur faisaient un lit accueillant. En ces lieux, elles étaient enfin réunies et en sécurité. Enterrées toutes les deux. *Geygey* était morte en même temps que ma sœur jumelle.

Je les rassurais. Les berçais. Je leur disais que j'étais désolée pour toute cette souffrance et je leur mentais comme je mentais à Carla, l'adulte, en nous disant que tout irait bien. Que tout était fini. Que nous étions sauves.

Mais nos stigmates étaient là ! Comme une gangrène vicieuse, ils continuaient de nous hanter dans un intérieur de chaos et de misère humaine.

Je lus alors dans les yeux de Vicky que nous étions les mêmes. Mais elle avait en elle une clarté et une paix que je n'avais pas.

Je savais que j'avais cet enfant en moi. Celui de l'amour et pourtant. J'étais gagnée par la peur.

Le faire grandir en mon sein pour le mettre au monde, n'était-ce pas tourner le dos à ces deux enfants que j'avais emmurées dans une prison dorée pour leur imposer le silence ? Quelle mère serais-je alors que j'étais mon propre bourreau, envahie par mes démons ?

Vicky semblait lire en moi comme dans un livre ouvert.

– Tu as le choix de ne plus être une victime, tu sais ?

Je lui jetai un regard terrorisé. Je n'étais rien de plus depuis toujours. J'avais essayé d'agir, mais j'avais échoué.
Elle surenchérit.

– Nous sommes 100 % créateurs de nos vies. Ton extérieur est ton intérieur. Laisse-toi être toi. Viens ! Nous avons un cadeau pour toi.

Je la suivis sans dire un mot jusqu'au sous-sol humide de la bâtisse. On aurait dit les douves d'un château médiéval. Moi qui avais trouvé les cellules de l'étage supérieur peu accueillantes… Ces dernières étaient terrifiantes. Elles s'apparentaient à des tombes, pour des vivants laissés pour morts. Encore d'autres morts-vivants ? Je me demandais pour qui elles avaient été conçues alors qu'au fond de moi, je craignais la réponse. Celle que j'osai à peine deviner.

Vicky stoppa sa marche rapide devant deux cellules. Et resta silencieuse. Je la regardai circonspecte. Qu'attendait-elle de moi ? Je pris quelques minutes avant de comprendre qu'elle voulait que je regarde à l'intérieur d'elles.
Je m'approchai. Mes jambes tremblaient et ma bouche devint subitement sèche. J'avais reconnu la forme qui se tapissait dans la noirceur de la première cellule.
C'était lui, mon père !

J'étais horrifiée ! Je reculai à la hâte. Mon dos percuta avec violence le mur du couloir. Un mur glacial. Mes mains s'y agrippèrent. Je me retournai contre lui comme pour y entrer et me cacher. Mon souffle était court. J'avais des sueurs froides. Des larmes s'écoulaient de mes yeux presque malgré moi. J'appuyai mon front contre les pierres envahies par l'humidité.

Vicky me tira de ma torpeur.

– Tu ne veux pas regarder dans la seconde cellule ?

Je restai prostrée. Je ne voulais pas bouger. Elle poursuivit.

– C'est un cadeau de naissance, en avance. Mano s'est un peu fait plaisir, tu ne lui en voudras pas trop ? Il est comme ça, ton homme. Depuis cette première fois au pensionnat où il a laissé échapper toute la colère contenue en lui, il est une vraie machine à tuer ! Quant à moi, je me suis constitué une magnifique collection de pénis conservés dans des bocaux de formols. Les plus anciens sont ceux de mon père qui me souillait et du prêtre qui violait James au pensionnat. Mano leur a fracassé le crâne et moi, je leur ai pris ce qui les définissait : un bout de chair infâme et répugnant.

Et elle partit en ricanant après avoir déposé les clefs de la cellule au sol.
En s'éloignant dans les couloirs froids, elle me jeta :

– C'est toi qui te définis, ma belle !

Chapitre 56

Combien de temps restai-je là, dans le silence, immobile, indécise ?

J'entendais des râles plaintifs qui s'échappaient de la cellule. Puis sa voix s'éleva. Elle résonna sur les pierres froides recouvertes de mousses derrière moi. Un irrépressible frisson parcourut mon dos et remonta jusqu'au creux de mon oreille droite. J'avais appris récemment que le côté droit était le siège de notre inconscient. La petite fille en moi était là, elle lui répondait. Il poursuivit son appel d'une voix profondément rauque. Une voix d'outre-tombe.

– Carla… Carla, je sais que tu es là… Viens… Viens, s'il te plaît… S'il te plaît, ouvre-moi la porte…

Combien de fois nous avait-il demandé cela ? Lorsque ma mère prenait son courage à deux mains, plutôt à six avec les deux nôtres, pour entasser toutes ses affaires dans des sacs poubelles qu'on déposait devant la maison avant de s'enfermer à double tour. On restait alors des heures durant recroquevillées derrière la porte, un couteau dans les mains en attendant qu'il rentre et trouve les sacs sur le sol.

On l'écoutait hurler, vociférer des insanités. On l'écoutait nous haïr, nous maudire. On accueillait ses mots en maux inconscients gravés en nous comme des bombes à retardement. Et on priait pour que les gonds de la porte ne cèdent pas.
Parfois, le sommeil me gagnait et j'étais réveillée par ses supplices lancés pour elle. Ma sœur jumelle. La douce et tendre. Sa poupée en carton.

– S'il te plaît, c'est papa, je t'aime, ouvre-moi la porte… J'ai si froid dehors et je suis si seul…

Parfois, il gagnait. Ma sœur lâchait le monstre. Il fallait qu'il ait le dernier mot. Qu'il soit le seul à causer des maux. Alors je restai figée dans le couloir de l'entrée et je recevais les coups en feignant me défendre pour ne pas perdre la face. J'étais sa poupée de marbre.

À cet instant-là, je saisis les clefs au sol. J'étais maître de mes choix. Cette fois seulement, c'était moi qui déciderais d'ouvrir la porte restée si longtemps fermée, que je l'avais presque oubliée.
Il était ligoté sur une chaise au milieu de la cellule humide. Il faisait pitié. Il était plus mort que vivant. Il éprouvait des difficultés à respirer et à s'exprimer. Il empestait l'odeur du sang séché et des excréments. Il baignait dans ses urines. Il peinait à lever la tête pourtant, il le fit pour croiser mon regard. Il sourit.

– Tu es toujours si belle, ma Carla, ma toute douce… Tu as tout fait pour ne pas être comme moi, malgré tout, c'est toi qui me ressembles le plus…

L'homme échappa un râle. Il souffrait visiblement le martyre. Mano avait déployé toute sa rage.
Je restai silencieuse quelques minutes.

– Je vois que tu es toujours aussi mégalo. Il y a bien longtemps qu'on ne s'est vu. Tu ne sais rien de moi.

Un sourire machiavélique se dessina sur ses lèvres gercées, assoiffées. Il tourna son regard vers une petite boîte métallique. Sa collection de diapositives. S'y trouvaient, de mémoire, des milliers de clichés de ma sœur et moi jusqu'à l'adolescence.

– Toujours aussi fétichiste à ce que je vois, même jusque dans la tombe ! lançai-je en m'approchant pour saisir la boîte et l'ouvrir.

Je saisis une diapositive au hasard. Elles avaient l'air bien moins âgées que dans mon souvenir. Je m'approchai de la faible lumière produite par une ampoule crasseuse qui pendait au milieu de la pièce à quelques mètres de l'homme enchaîné.

Il se délecta en voyant la surprise se dessiner sur mon visage. J'avais entre les mains des centaines de photographies de moi…

Carla qui court avec Léo. Carla dans le bar de Gilles, mélancolique, une tasse de cacao à la main.
Moi, éconduisant des dizaines de prétendants avec froideur. Moi devant le palais de justice, les yeux désespérés, laissant échapper furtivement une larme, enlevée d'un revers de main. Il y avait même une photographie de Fanny le visage tourné vers moi avec désolation alors que son salaud de père la ramenait chez elle. Moi, sur la moto de Mano…

– Pourquoi ? Pourquoi toutes ces photographies ? Pourquoi ?

Je criai.

– Pourquoi ?

En jetant sur lui les diapositives que j'avais arrachées furieusement, frénétiquement de leur étui. Elles qui étaient soigneusement rangées, classées. Dans quel but ? Je me retournai vers lui et m'approchai pour planter mes yeux dans les siens si petits, si noirs.

– Pourquoi ? Papa ? Pourquoi ne pas me laisser partir ? Me laisser vivre ?

Il avait l'air si abattu, si vieux. Tellement las. Il était pitoyable. Il parvint à me répondre difficilement. Il s'étranglait dans ces sanglots. Il était désespéré.

– Parce que je n'ai plus que ça… Parce que je t'aime plus que tout. Je t'aime comme je n'ai pas le droit de t'aimer. Comme j'ai aimé ta sœur ; nous, la trinité…

Je stoppai net ses mots en posant ma main droite sur sa bouche.

228

– Tais-toi ! Ferme-la ! C'est toi qui l'as tuée, poussée au suicide, et qui as fait de moi une morte vivante… Tu n'as aucun droit sur elle ni même sur moi. Ne prononce plus nos noms ! Jamais, tu entends ? Jamais.

Mais il refusait de s'arrêter. Il était plongé dans un terrible délire et ne cessait de prononcer nos petits surnoms d'enfant comme si nous étions encore là, vulnérables, à la portée de ses mains incestueuses. Ma tête allait exploser. Entendre ses plaintes me rendait folle. Mon regard cherchait dans chaque recoin de la pièce quelque chose pour stopper ce délire. Je tentais de le faire taire en vain. Poser mes mains sur sa bouche me donnait une sensation de juste retour des choses. À mon tour de le contraindre au silence, à souffrir sans mot dire. À étouffer ses pleurs…

À son tour !

Je le giflai pour le sommer au silence, mais le vieillard sénile qu'il était devenu par l'alcool, la drogue et les coups récemment reçus, l'avaient rendu encore plus fou qu'avant. Mon regard fut attiré par des outils au fond de la pièce.

Un couteau. Le couteau. Son Opinel ! Celui qu'il utilisait pour nous faire peur. Celui qu'il s'amusait à planter entre nos doigts d'enfants terrorisés, mais également celui avec lequel il nous avait appris à reconnaître et ramasser les champignons dans les bois. L'ombre et la lumière. Son ambivalence, à lui.

Il cessa brusquement son délire et ses écholalies infectes pour suivre mon regard figé sur cette lame. À côté de cette dernière se trouvait une seringue contenant une substance inconnue. Il riait à présent.

– Ha ! Ha ! Tu ne pourras jamais ! Tu n'es qu'une chienne privée de son maître !

Et il reprit son délire. Où était-il ? Qui était-il ? Il ne restait que le monstre. Mon père avait été gagné par les ténèbres. Lui qui se définissait comme le Dieu et le Diable.

Je saisis les diapositives pour les regarder et extraire mon conscient de sa présence infecte. Il n'y avait pas que moi. Je découvrais avec dégoût des dizaines de photographies de fillettes de dix, voire douze ans, avec de beaux cheveux châtains et d'adorables yeux bleus. Elles paraissaient si belles, tellement innocentes face à ce déchet qui agonisait devant moi. L'homme que j'avais vu en lui, cette chimère que je voulais sauver enfant, soutenir et aimer, celle qui faisait de lui un véritable père essayant de combattre ces démons était partie depuis longtemps. Trop longtemps. Le monstre avait gagné.

Je ramassai le couteau et m'approchai de lui. Je touchai ses poignets tuméfiés et les liens serrés. Il n'avait même pas essayé de s'échapper et pourtant, il me donnait l'ordre de les couper. Il voulait être libre ! Comme nous tous !

Je tournai autour de la chaise pour lui faire face. J'essuyai les larmes qui s'écoulaient sur ses joues. Il se tut. Je plongeai mes yeux dans les siens. Il semblait s'apaiser. Je souris. Il me rendit cette attention péniblement. Je sentais son rythme cardiaque irrégulier et ses poumons emplis d'eau. Il étouffait.

Je versai des larmes de désolation et poursuivis ma caresse avec tendresse entre ses cheveux devenus gris et sa barbe épaisse où résidaient encore quelques poils blonds vénitiens.
– Papa, ces larmes sont les dernières, j'ai bien assez pleuré pour et sur vous… Ce soir, c'est moi qui ouvre la porte, papa. C'est moi qui te libère du monstre.

Et j'enfonçai le poignard dans son torse de vieillard las et malade.

– Adieu, je t'aime comme je te hais. Je suis la colère que toi, Dieu le père tout puissant, as laissée en moi. Pars en paix.

Il laissa échapper un dernier râle et ferma ses yeux si petits et si noirs.

Puis, tout contrôle m'échappa.

J'étais elles, les deux fillettes, perdues en moi, qui plantaient le poignard dans la chair sans vie, encore, encore et encore.

Chapitre 57

Vicky pénétra dans la pièce comme une amazone victorieuse. Elle tira de sa ceinture un poignard tranchant. Il était usé. Il semblait ancien. Vicky perçut mon regard empli de larmes alors que je baignais, genoux à terre, dans le sang de mon père. Mon sang. Je posai mon attention sur son arme.

– C'est celui avec lequel j'avais prévu de mettre fin à mes jours, il y a vingt ans dans les chiottes minables du pensionnat dans lequel, ma mère, m'avait envoyée pour ne pas que je lui vole son mari toutes les nuits. Mais mes deux sauveurs sont arrivés, mon amour et le tien. Avec cette arme, j'ai retrouvé ma liberté. C'est à ton tour maintenant !

Elle s'agenouilla devant le corps sans vie de mon paternel. L'admira et me jeta un regard empli de fierté.

– Pas mal, tu l'as bien amoché. Tu dois être épuisée ?

Elle lui baissa le caleçon et saisit avec vigueur ma main dans la sienne. Je sentis ses doigts fermes et la rugosité de son poignard. Je sentis la peau du sexe froid de cet homme qui m'avait tellement fait mal. Je sentis une douleur vive au niveau de mon sexe. Mes stigmates se rappelaient à moi. M'emplissaient de force. L'arme trancha d'un coup sec le membre fautif de Dan.
Vicky le prit en main pour le lever avec fierté devant elle.

– J'aime les regarder. Ça me rappelle que nous sommes nous aussi des monstres. Tu comprends à présent pourquoi tu ne peux pas avoir cet enfant ?

J'avais été piégée. Je lui jetai un regard implorant. Mes mains sur le ventre. Il était là. Je pouvais le ressentir même s'il ne bougeait pas encore.
Sa voix s'adoucit. Elle s'agenouilla devant moi, maculée de sang,

aux pieds de mon paternel, livide. Mes larmes ne cessaient de couler.

– N'aie plus honte, tu as fait ton choix, tu t'es libérée de ton persécuteur ! Relève-toi, sois fière et affronte ta vie ! Les monstres font des monstres, c'est ainsi. Arrête de te cacher. Sois ce qu'il a fait de toi et rejoins-nous ! Deviens ma sœur.

Elle m'aida à me relever pour me serrer dans ses bras.

– Viens !

Je la suivis sans rien dire. J'étais sous le choc. C'était comme si j'avais vécu toute ma vie cachée derrière un voile opaque et qu'aujourd'hui la lumière du jour m'aveuglait. Avait-elle raison ? Je m'étais battue toutes ses années contre ma nature. Il m'avait transmis sa colère chaque nuit un peu plus. Elle était en moi. Et ce bébé aussi.

Allait-il s'en emplir ? S'en nourrir ? Était-ce une fatalité ?

Nos pas lents nous conduisirent à l'extérieur de la cellule miteuse où j'avais commis le pire. Vicky me poussa à l'extérieur. J'allai me retourner sur ce corps auquel j'avais arraché la vie de trente et un coups de couteau. Trente et une années de survie à errer, meurtrie. Profondément seule et honteuse, sans ma sœur jumelle morte dix ans plus tôt. Vicky fit un geste brusque pour m'en empêcher.

– Non, ne te retourne pas, ferme cette porte derrière ton passé. Regarde devant toi, là où tu poses tes pas sans jamais penser à la destination. Mais ne ferme jamais cette porte à clef, il faut que tu puisses y revenir de temps en temps pour te rappeler qui tu es et quels sont tes démons.

Je n'avais pas l'énergie pour résister. Ni l'envie. Elle me tira vers la cellule d'à côté. Je m'effondrai au sol pour la supplier.

– Non, s'il te plaît, je n'en peux plus, pas elle, pas ma mère ! Je ne le ferai pas. Je ne veux pas le faire ! Elle est autant victime que bourreau. Elle l'aimait et était sous son emprise. Elle était sous sa domination ! Laissez-la !

Je ne l'avais plus vue depuis des années. J'avais tout laissé derrière moi le jour de l'enterrement de ma sœur. Le jour où j'avais dû partager mes larmes avec celles de nos parents. Les responsables ! Les coupables ! Et j'avais porté toutes ces années ma sœur sur le dos. Pas un jour n'était passé sans que je ne pense à elle. Sans que je la cherche sur les visages d'enfants que j'essayais de sauver. Sans que je crie son nom lorsque la course me procurait l'adrénaline amie. Je n'osais même plus me regarder dans la glace tant mon visage me rappelait le sien. Sa mort avait creusé un trou béant dans ma poitrine. Ce jour-là, j'avais perdu ma sœur, mon tout, et j'étais devenue orpheline. Seule.
J'étais seule.

Gilles, Alex, Léo étaient morts également. Même cette sotte de Gina. Puis, je pensai à Mano et à cet enfant. Ils pouvaient être un nouveau départ.

Ne pouvions-nous pas nous affranchir du passé et nous permettre de choisir une autre voie ? Celle de la lumière. Celle de l'écoute et l'acceptation de soi. Celle de la bienveillance. La voie de l'amour.

Pourquoi avais-je encore cet espoir fou ?

Parce que Mano m'avait arraché à la survie pour m'accrocher à la vie. Il m'avait fait vibrer. Il avait donné une réelle dimension à cette existence. Mes yeux voyaient à présent.
Je me levai et saisis les clefs de la cellule que tenait Vicky en silence.
Je me dirigeai vers la seconde petite pièce de torture. J'étais plus

apaisée. J'avais pardonné depuis longtemps cette mère dépassée, gouvernée par son mari. Et cela, même si elle n'avait jamais voulu reconnaître notre souffrance.

– Je ne lui ôterai pas la vie.
Je vais la libérer et la laisser s'en aller !

J'eus une étrange sensation lorsque je découvris la cellule vide, bien qu'elle fut verrouillée par deux serrures, contrairement à la première.
Je regardai partout. Vide. Aucune vie. Quelques jeux d'enfants qui me semblaient familiers. Je décidai d'entrer dans la geôle pour l'explorer. Puis je les reconnus. Nos poupons, nos poupées de chiffons… Je me saisis de l'un d'eux en sombrant en sanglots.

Mon petit lapin rose, et son ours marron. Celui de ma sœur.

La nuit, on les serrait contre nous en espérant qu'ils pourraient un jour s'élever contre son corps de mâle si lourd et nous protéger. Des espoirs d'enfants qui s'envolaient, chaque nuit un peu plus. Chaque dimanche matin, lorsque nous entendions sa voix nous appeler pour le rejoindre dans la chambre parentale. La chambre interdite. La chambre où il faisait de nous des femmes.

Mon regard fut attiré par une photographie posée là, juste à côté d'une vieille valise où quelqu'un avait frénétiquement entassé nos vieilles chemises de nuit. Je nous revoyais enfants, avec nos nattes soigneusement tressées par notre mère après le bain, danser, tournoyer dans la cuisine près du fourneau sur le rythme endiablé du jeu de guitare que mon père, dans ses bons jours, nous offrait. Il nous regardait virevolter et faire voler nos chemises de nuit. Nous avions l'impression d'exister. D'être aimé. Il y avait du bon en eux. Malgré tout, malgré eux et malgré nous.
Il ne nous avait pas transmis que sa haine, mais également sa sensibilité, sa mélancolie, son regard si particulier sur la vie. Avec ses propres blessures qui, parfois, le rendaient plus humain, plus

fragile. Son amour de la nature, de la musique, sa force animale et sa profondeur d'âme. Ils avaient essayé malgré eux, malgré leurs stigmates, d'être des parents.

Devais-je les condamner pour cela ? Pardonner et comprendre n'est pas oublier ni même accepter. J'avais depuis bien longtemps refusé leur héritage.

Je saisis la photographie vieillie par le temps. C'était mon père qui l'avait prise. Il adorait saisir les instants comme s'il pouvait les arrêter et les savourer par la suite. Mon père avait été un collectionneur mélancolique qui vivait hors du temps.
Je caressais avec nostalgie le papier jauni. On pouvait y voir deux fillettes identiques avec de longs cheveux châtains et de beaux yeux bleus, une autre plus grande et frêle et une toute petite qui ressemblait à un petit garçon avec sa salopette d'un autre âge. Derrière elles, une femme au regard perdu se tenait debout. Elle était habillée comme une gitane. Ses traits étaient tirés et fatigués, rongés par le cancer qui la tuait doucement. On pouvait voir une ombre immense derrière le mur, juste au-dessus d'elles, celle de mon père qui prenait la photographie. L'ombre qui dominait. L'ombre qui terrorisait et qui, paradoxalement, nous rassurait.

Je restai là, de longues minutes, à verser quelques larmes. Puis je décidai que le passé était passé et qu'il m'avait déjà fait perdre bien assez de temps.
Il n'avait pas le droit de décider du chemin que je devais emprunter aujourd'hui. Je n'étais pas mes stigmates, je devais juste apprendre à avancer avec. Sans les ignorer, en apprenant peut-être à les aimer comme une partie de moi-même.

Je voulais garder cet enfant. Il ne pouvait pas être condamné pour ce qu'il n'avait pas commis. Je ne laisserais pas les actes de mes parents m'empêcher d'être mère. Après tout, je n'avais peut-être pas eu de modèle parental, mais j'avais assez d'éducation pour construire, avec Mano, de solides fondations à cet enfant. Nous

serions alors l'un pour l'autre un garde-fou pour ne pas nous égarer. Pour le guider.
Je me levai pour sortir de la pièce.

Vicky m'attendait dehors. Elle me lança euphorique :

– Toi et ta sœur êtes désormais libres. Ta mère mérite de mourir à petit feu, rongée par la maladie. C'est sa lâcheté qui l'a condamnée.

Je ne répondis pas. Elle m'escorta hors de ces catacombes. Mon amant m'attendait au-dessus des escaliers sombres qui me conduisaient vers la lumière. Je sentis ses bras s'enrouler autour de moi. J'étais dans un état léthargique.

Je repris possession de mon être alors que je me trouvais prostrée dans la baignoire de notre case. Mano s'affairait à me laver. Il m'avait déshabillée. Je pouvais voir étalés, sur le sol, mes habits souillés du sang de mon père. L'eau qui s'écoulait jusqu'au trou béant d'évacuation de la baignoire de récupération, que la rouillure avait envahie sur les côtés, était désespérément pourpre.

Qu'avais-je fait ? Je me mis à sangloter. Mon compagnon continua de me savonner doucement, de prendre soin de moi comme une enfant, avec une grosse éponge naturelle qu'il avait sans doute ramassée au fond de l'océan. Je regardai ses mains abîmées, par les coups qu'il avait donnés, ceux-là mêmes qui avaient laissé des bleus béants sur la peau ridée de mon paternel. Papa. Malgré tout.

Je plongeai mes yeux dans les siens. Il stoppa ses gestes. Son regard était las et triste.
Je m'adressai à lui avec un étrange calme qui me surprit.

– Est-ce qu'on se sent mieux à présent ?

Ce dernier resta muet. Il était si beau. Son visage mêlait sensualité virile et innocence infantile. Son regard était si profond. J'aurais pu m'y plonger jusqu'à en perdre la raison.

– Ce n'est pas tuer mon père qui m'a libérée de mon armure et de la peur. C'est me laisser envahir par la puissance et la beauté de notre amour qui m'a rendue à la vie. Mano, tu es mon évidence, mon unique utopie.

Je pris ces mains dans les miennes pour les poser sur mon ventre.

– Cet enfant est notre U2. Nous seuls décidons de notre chemin mon amour, mon tout, mon aimant. Nous séparer de lui serait comme tuer notre amour, le priver de sa pureté. Ne l'entache pas par la mort, pas un peu plus…

Mano me fit taire par un baiser et me porta hors de la baignoire dans ses bras puissants. Il m'allongea sur le lit et m'enlaça tendrement. Il m'embrassa vigoureusement.

– Tu es tellement belle Carla. Malgré tout, à la différence de nous, tu as su trouver une voie de lumière dans toute cette obscurité. Et tu as osé t'y accrocher un peu. Tu l'as suivie sans jamais pouvoir l'emprunter alors que nous avons choisi la voie de la contrainte. Nous n'avons pas cherché à nous reconnecter à notre humanité et nous nous sommes condamnés. Je t'aime tellement, il n'y a pas assez de mots pour décrire ce que je ressens pour toi. J'ai frappé ton père tellement fort que j'ai senti ses os se briser sous mes coups. J'avais tellement de haine en moi.
Je l'imaginais te faire du mal, te dominer et ces seules pensées me donnaient envie de le tuer. Ce que j'ai fait. Il était à moitié mort quand nous l'avons transporté dans les cachots. Il n'a même pas résisté. C'est comme s'il avait attendu toute sa vie que quelqu'un vienne le punir et mettre fin à ses tourments. Ce ne sont que des personnes malades ! Je suis tellement désolé de t'avoir imposé cela ! Je t'aime et je nous protégerai, je te le promets. Toi, et notre enfant.

Il posa un langoureux baiser sur mes lèvres, et posa sa tête contre
mon ventre.

Chapitre 58

Nous fûmes réveillés par de violents coups portés sur la porte d'entrée. Mano se leva dans la hâte, enfila son caleçon et l'ouvrit de manière nonchalante.

– Il est l'heure, mon vieux frère.

Mac Dolen pénétra dans la pièce, accompagné de deux personnes en blouse blanche.
Je vis dans son regard la raison de sa venue, je pris peur et lançai un regard plein de haine à mon amant.
James le capta.

– Habillez-vous, Carla ! Le docteur Moulin a fait le déplacement spécialement pour vous !

Je souris en entendant son nom, évidemment ! Le scientifique poursuivit son réquisitoire.

– Soyez raisonnables tous les deux. Les règles que nous avons établies s'appliquent à tous ici. On ne prend pas de risque avec la vie future d'un enfant !

J'entendis Mano répliquer et tempêter alors que les deux personnes en blouse blanche m'accompagnaient jusqu'à la salle de bains. Je repoussai leur étreinte.

– Je peux m'habiller seule. Je connais les règles.

Et je fermai la porte de la petite pièce derrière moi en lançant un regard expressif à mon compagnon.

Quelques secondes plus tard, j'enjambais la petite lucarne de la salle de bains en remerciant les kilos perdus ces quelques dernières semaines. J'avais enfilé à la hâte un jeans et un tee-shirt bien trop grand pour moi. J'étais pieds nus, mais qu'importe ! J'avais l'habitude de me faufiler dans de toutes petites ouvertures pour fuir en courant le plus vite possible sans me retourner.

Pour une fois, mes peurs d'enfant me servaient à quelque chose ! Et je souris presque en me faufilant derrière les branchages comme une petite souris.

Chapitre 59

Prostrée derrière une vieille commode qui faisait bien l'affaire, je réfléchissais.

Il nous fallait fuir. Ils ne me laisseraient jamais garder notre enfant. Il était pourtant un espoir pour demain. Pourquoi nous condamner d'avance ? Pourquoi Mano ne m'avait-il pas parlé de ses souffrances à lui ? Il savait pourtant tout des miennes. De mes angoisses. De mon indicible. De ces nuits où je n'étais plus tout à fait à moi ! De ce calvaire enfantin. Des coups. Des trous noirs. De ce que je ne voulais plus savoir. De ce que je ne pouvais pas oublier. Ces yeux noirs posés sur moi.
Son « je t'aime » de père malsain, cette possession à la vie à la mort.

Et pourtant, aujourd'hui, j'étais aimée. J'aimais. J'étais entièrement possédée par cet amour sain qui, au lieu de me consumer, me grandissait et me rendait capable de tout. Capable d'être mère. Sauver notre enfant. Sauver mon droit d'un avenir meilleur, d'une famille, la nôtre.

L'éducation était la solution, pas la répression. Elle avait le pouvoir de nous sauver. Elle nous donnait l'opportunité de nous affranchir de notre passé, de son poids, et de faire nos propres choix. Ce n'était pas le cas de la répression et de l'endoctrinement. Car c'était bien ce qu'ils étaient en train de faire, ces soi-disant humanistes vitruviens qui se niaient. Croire en l'homme, c'était croire en sa capacité de jugement et d'affranchissement. C'était être convaincu qu'il était capable de penser par lui-même. Malgré tout, malgré lui.
J'étais déçue.

Mano avait fondé cette société idéale avec James et Vicky parce qu'ils étaient envahis par la colère et le désespoir.
Unis par et dans la souffrance. Frères et sœur de sang. Et pourtant,

242

aujourd'hui, ils le condamnaient et le jugeaient incapable d'être père. Pourquoi ?

Parce qu'il avait eu la force et le courage d'imposer leurs convictions ? Parce qu'il était devenu monstre pour combattre les monstres ? Parce qu'il avait condamné ? Parce qu'il avait infligé des maux à ceux qui avaient fait de même à leurs enfants ? Aux lâches qui ressemblaient à son propre père…

Celui qui lui lacérait le dos avec son ceinturon l'attachait dans son lit pendant des heures pendant qu'il déchainait la haine qu'il avait de lui-même en fumant clope sur clope, se servant de son nombril d'enfant comme cendrier. Parce qu'il avait condamné ces mères abandonniques, déviantes ou encore machiavéliques à l'instar de la sienne qui ne l'avait jamais aimé ?

C'était tellement injuste.

– Viens, Carla, dépêche-toi. C'est maintenant ou jamais. Fais-moi confiance.

Mano chuchotait en me tendant la main. Il avait su semer ses assaillants et me retrouver. Je ne pouvais pas m'empêcher de lui faire confiance. Il était la force. Nous étions ensemble et nous le serions toujours. Ensemble contre tous. Je saisis sa main pour me dégager de cette cachette de fortune. J'étais fatiguée. Mon amant le perçut et s'inquiéta.

– Ça va aller ? Il va falloir courir et être discrète.

Je souris et balançai sur un ton sarcastique.

– J'ai passé mon enfance à essayer de me faire discrète et toute ma vie d'adulte à courir le plus vite possible pour fuir vainement ce que j'avais vécu, en toute discrétion. Je suis un véritable félin.

Il m'enlaça.

– Tu es mon Unique Utopie ma Carla. Mes deux U. Mon U2. Mon

évidence.

Il m'embrassa avec tendresse.

– Tout pareil.

J'avais peur. Je ne voulais pas que le rêve se brise. J'avais rencontré mon âme sœur. Mon cœur battait à nouveau. Je pouvais enfin avoir confiance en quelqu'un et être telle que j'étais. Plus besoin de me cacher. Et bientôt, nous allions être trois.
Nous ne prîmes pas le risque d'aller récupérer quelques affaires dans nos appartements. Nous nous engageâmes dans l'obscurité pour nous éloigner, au plus vite, mais à pas feutrés des baraquements. Mano perçut mon hésitation lorsque nous arrivâmes à l'orée de la forêt.

– Ne t'inquiète pas pour les enfants. Ils ne leur feront pas de mal. Nous reviendrons pour eux. Le mieux que nous puissions faire, c'est sortir vivant de cette île. Ils te connaissent. Ils s'attendront à ce que tu cherches à fuir avec les petits. Nous les prendrons de court, aucun d'eux ne sait que j'ai prévu depuis longtemps une solution de repli, au cas où.

Il discerna mon étonnement.

– Je n'ai jamais eu confiance en qui ou en quoi que ce soit. Je suis, enfin, j'étais un solitaire. Toujours eu le besoin de savoir que je pouvais fuir ; battre en retraite.

– Tu sais qu'avec moi et le bébé, ça ne sera jamais possible ? Pas de repli, pas de moi je, pas de faux semblants…

– Naturellement, me coupa-t-il avec détermination en me tendant la main. Viens !

La nuit était épaisse. Combien de temps dura notre course ? Je perdis vite tout repère pour me concentrer sur notre fuite. Tous mes sens en alerte. Le terrain était escarpé. Puis j'aperçus une petite remise pourtant difficilement repérable de prime abord. Mano l'avait bien camouflée. Il s'approcha et ôta la bâche de camouflage dont il l'avait recouverte après l'avoir construite. Il s'affaira. Il avait entreposé tout le nécessaire d'une nouvelle vie dans cette petite cabane de fortune. De nouveaux papiers, des habits, une casquette, une perruque, déposés soigneusement dans une boîte hermétique, un pistolet, qu'il s'empressa d'accrocher à sa ceinture pour ne pas que puisse objecter. Mais je n'en avais pas la force. J'étais lasse et épuisée. Je m'effondrai sur le sol. Il se précipita pour s'assurer que j'allais bien.

– Repose-toi. Je prépare le bateau.

Je le regardai s'affairer. Le petit canot de fortune était équipé de rames et d'un moteur. Mano m'expliqua qu'il nous faudrait pagayer sur quelques kilomètres pour ne pas être repérés avant de mettre les moteurs en route.

– La terre la plus proche est l'île de Sainte-Hélène. Là-bas, j'ai disposé dans une planque de quoi fuir, me confia-t-il, concentré.

Il surprit mon enthousiasme.

– Ne te réjouis pas trop vite, ajouta-t-il. Il nous faudra pour cela parcourir 2438 km sur un petit canot initialement prévu pour une seule personne entraînée. Notre survie n'est pas garantie, même si la météo semble clémente. Il nous faudra plus de trois jours pour rejoindre les terres.

Un bruit capta son attention.

Ce côté de l'île était peu fréquenté et surveillé par le bras armé de l'organisation, qui se concentrait plutôt sur ses opérations sur le continent.

———

Ils étaient confiants. Trop peut-être. James Mac Dolen était un esprit intelligent, mais aussi très condescendant. Vicky était une extrémiste. Elle aimait exhorter la violence longtemps contenue en elle et la déverser sur le monde comme elle l'avait fait avec son sang lorsqu'elle était adolescente. Faire du mal au mal plutôt qu'à elle. C'était sa manière de combattre les maux qui la rongeaient. Comme je pouvais la comprendre ! Je repensais au plaisir que j'avais ressenti à coller une balle à ce père odieux qui me défiait du regard. À le faire taire. J'avais eu le sentiment d'avoir au moins une fois dans ma vie le pouvoir d'agir.

Je comprenais à présent que le véritable pouvoir était celui des mots.

Ceux de mon amant me réconfortèrent et eurent vite fait de me plonger dans un profond sommeil. J'en fus brusquement arrachée par un réflexe de survie. Un danger approchait. Je me levai dans un sursaut presque inhumain, prête à bondir. Mano m'attrapa et me plaqua contre son dos. Il était aux aguets ; je ne dis pas un mot. J'avais compris. J'entendais des bruits dans l'obscurité autour de la petite baraque en bois. Nous étions cernés. C'en était fini de nous. Je savais ce qui nous attendait. Pour moi, la mort assurée. Peut-être seraient-ils plus cléments pour un de leur fondateur ? Je fus prise d'un doute. Si je disais que j'avais forcé leur bras armé à s'enfuir avec moi, ou que j'étais partie seule et qu'il m'avait retrouvée pour me ramener à la raison ? Je tremblais.

Mano se retourna pour me faire face et me saisir la tête afin de me forcer à le regarder.

– Calme-toi ! Quoi qu'il arrive, n'oublie pas que tu es mon U2 et prends la fuite, sauve notre enfant.

Mon compagnon tut ma réponse par un profond baiser.

– Comme c'est touchant… Tu me déçois, mon cher, pesta Vicky.

Des hommes armés pénétrèrent à leur tour dans notre refuge de fortune et se déployèrent autour de leur reine noire, toute de cuir vêtue. Noire. Elle si blonde. D'une beauté si froide. Ses parents avaient fait d'elle un monstre de survie, un robot dépourvu d'émotions.

– Les règles sont les règles, tu les connais bien, nous les avons pensées, écrites, déployées ensemble. Elles ne s'appliquent pas qu'aux autres ! Il en va de notre survie, de leur survie, ton enfant ne peut pas naître. Votre amour n'en est pas un, il est illusoire. Tu n'es pas capable d'amour, toi non plus, Carla. Nous ne sommes que des fantômes. Nous n'avons pas grandi dans l'amour, il n'est pas en nous. Je suis désolée. C'est la vérité. Ce sont nos stigmates…

Mano se positionna devant moi. J'étais tétanisée.

– Pousse-toi, mon frère. C'est son destin.

Vicky nous mit en joue. Déterminée.

– Dégage, Mano !

Elle croisa mon regard. Je sus alors qu'il aurait la vie sauve contre la mienne. Il aurait au moins une chance de survivre. Sur l'île. Je criai en poussant mon amant à terre alors que j'entendis le bruit de la détonation.

– Sauve-le !

Le choc de la balle me projeta en arrière. Dans le mille. Mes mains se positionnèrent instinctivement sur ce bas ventre d'où mon sang s'écoulait. Ma vision se troubla. Mano se jeta sur moi comme une bête enragée en hurlant. Il saisit l'arme coincée dans la ceinture de son pantalon.

 J'étais déjà loin, je n'entendis pas les coups de feu se déployer autour de moi.

Trou noir.

Chapitre 60

Je refais surface. J'essaie de m'agripper à quelque chose de tangible. J'essaie d'ouvrir mes paupières. Une lumière blanche m'aveugle. J'aperçois une forme floue qui s'approche de moi. Je ne parviens pas à ajuster ma vision. Ma bouche est pâteuse.
Est-ce un après ? J'essaie de parler, je l'appelle, Mano, Mano. Mais je n'arrive qu'à produire un murmure. Je perds conscience.

– Carla ?

Mano, c'est toi ? J'ouvre les yeux à nouveau. J'ai perdu toute notion de temps et d'espace.

– Madame Mie ?

Mais qui est cette personne ? Ma vision devient plus nette. Une femme en blouse blanche s'éloigne. Une infirmière. Je suis dans un hôpital. Elle revient quelques minutes plus tard avec un homme pareillement vêtu.
Il s'approche de moi avec une petite lampe de poche. Il m'aveugle. Puis éteint son instrument pour me questionner.

– Madame Mie, je suis le docteur Dolen…

Je me redresse brutalement. Trop violemment. Ma tête est lourde, je suis étourdie. Je suis déboussolée. Je panique. Mano. Le bébé. J'essaie de poser mes mains sur mon bas ventre. Je sens les contours d'un bandage. Je regarde, perplexe, le docteur qui s'adresse de nouveau à moi.

– Restez calme, Madame Mie, vous allez faire sauter vos points de suture. Vous avez été poignardée et vous avez fait une hémorragie. Vous êtes restée inconsciente durant plusieurs jours…

Mais qu'est-ce qu'il raconte, rupture de la rate, complication durant le transport, gêne respiratoire, arrêt, état de choc, coma… Je ne comprends plus rien, et mon amour, dans tout cela ?

– Je ne comprends pas, Vicky avait une arme à feu, elle a tiré et Mano…

Mes propos semblent incohérents. Le docteur me regarde comme si j'étais devenue folle.

– Vous ne vous souvenez plus des circonstances de votre agression ? C'est normal, vous étiez en état de choc. Ce n'était par une perforation par balle, mais par arme blanche, il y a cinq jours, devant le tribunal, un père de famille mécontent…

Suis-je en train de devenir folle ? Est-ce un coup monté par James et Vicky pour que j'oublie leurs existences ?

– Mais et le bébé ? Je bredouille, blême.

– Quel bébé ? me questionne le docteur. Il n'y avait pas de fœtus…

Vertige. Je me laisse retomber mollement sur l'oreiller. Je suis épuisée. Un sommeil dépourvu de rêve s'empare de moi.

Je suis réveillée par l'étrange impression d'être observée. Une présence. Mano ? J'ouvre les yeux, impatiente de les plonger dans les siens si bleus, de l'entendre me dire que tout ceci n'est qu'un mauvais rêve et que nous avons quitté l'île sans aucun encombre ; qu'une vie meilleure s'offre à nous.

– Carla, c'est moi, c'est Laurie. Il paraît que tu es réveillée ? Ce n'est pas trop tôt, j'en avais assez de passer toutes mes journées à parler toute seule et à te faire la lecture. Tu n'as pas trop mal ?

Mais qu'est-ce qu'elle fait là ? J'éprouve des difficultés à parler. Je lui demande à boire. Elle m'aide à me redresser et me sert un verre d'eau. Sentir le liquide frais descendre dans ma gorge me fait un bien fou malgré la quinte de toux qu'il provoque m'arrachant une douleur atroce au niveau du bandage.

– Tu nous as fait peur, tu sais ! Carbu a été arrêté. Il n'a pas supporté que la petite Fanny parle à cause de toi, mais il va rester à l'ombre un bon paquet de temps avec ce qu'il t'a fait et ce qu'elle a raconté. Son frère a tout balancé aussi, ce mec est un grand malade ! Carlos me dit qu'il mériterait bien qu'un ou deux gros balaises lui tombent dessus en tôle ! Tu sais ? Il sait de quoi il parle, mon Carlos…

Laurie perçoit la violente douleur qui me tambourine le crâne. Je grimace. Elle parle trop vite et je ne comprends rien. De quoi parle-t-elle ? Je suis perdue.

– Désolée… Tu as mal, tu as besoin de quelque chose ? Je vais chercher quelqu'un ?

Ma collègue panique. Je prends sur moi et essaie de parler.

– Laurie, calme-toi, je ne comprends rien, qu'est ce qui m'est arrivé ? Je suis perdue…

Cette dernière se jette sur moi. Ma détresse la touche.

– J'ai passé les cinq pires jours de toute ma vie ! J'ai cru que tu n'allais jamais te réveiller ! Les docteurs étaient confiants. Mais, vu que tu es anémique et que tu as perdu beaucoup de sang, tu as fait un arrêt cardiaque, ce qui a entraîné une anoxie générale…
Heureusement, cela a duré moins de trois minutes, car un secouriste sur place t'a prodigué un massage cardiaque.
Tu n'as donc pas de lésions cérébrales, mais tu es restée trois jours, plongée dans un coma artificiel. Tu aurais dû te réveiller plus tôt, mais, d'après le docteur, tu semblais ne pas être encore prête à revenir… Sans doute dû à l'état de choc ou une sorte de phase post-traumatique. Ton système psychologique qui tentait de réagir

et digérer ce qui t'était arrivé…
Tu semblais rêver. Tu m'as entendue te faire la lecture ? On a passé tout ce temps à se relayer avec ta sœur… La pauvre, elle m'a fait peine tant elle était désemparée. J'ai hâte de lui annoncer la nouvelle de ton réveil.

Ma sœur… un étrange souvenir… un méandre…

Je la coupe.

– Mais pourquoi Carbu m'aurait poignardée ?

Laurie s'empresse alors de me narrer comment j'ai convaincu la petite Fanny de raconter son calvaire à la juge alors que nous étions toutes les deux assises sur les bancs froids du tribunal. Presque sans le savoir, j'avais trouvé la clef. Je ne savais pas trop pourquoi, mais je m'étais arrêtée à un magasin de jouets, le long du chemin, avant de me rendre à l'audience pour acquérir une poupée repérée dans une vitrine. Elle m'avait fait penser à la fillette. Je me rappelai alors que Fanny avait toujours sa petite figurine Barbie avec elle lors de nos entretiens et que, depuis quelque temps, elle s'était éteinte, s'était renfermée et n'avait plus ce poupon avec elle. Son personnage médiateur. Sa clef.

Son visage s'était illuminé lorsque je lui avais tendu le petit paquet du magasin de jouets et qu'elle y avait trouvé le personnage blond. Elle avait crié.

– Vicky… Tu as retrouvé Vicky, papa me l'avait prise comme tout le reste… Le soir dans le lit…

Je me souviens alors de la brutalité de ses paroles lorsqu'elle a déversé son calvaire. Celui que la poupée voyait. C'était elle, Vicky, qui témoignait. Elle, qui dénonçait le père non la fille. Elle, qui serait coupable alors que Fanny restait loyale, discrète, secrète.

La fillette faisait parler la poupée. La petite Barbie blonde, Vicky, le robot. Le témoin. La délatrice. Le jugement. Celui rendu par la nudité d'une parole libérée.

Je me souviens de la cohue qui suivit, l'intervention de la police, la colère du père. Je le revois se jeter sur la fillette pour lui arracher sa poupée. Je ressens la colère qui m'avait envahie à cet instant et ma fougue lorsque je me suis jetée sur lui pour l'éloigner de la pauvre enfant. Je me souviens du métal glacial en moi. Mon souffle qui devient difficile, du froid ressenti. De la peur. De la haine dans son regard alors qu'il enfonce la lame plus profondément encore dans mon être.
Un ultime viol. Un regard noir sur moi. Le même que lorsque j'étais enfant. Je me souviens du trou noir. Du monde autour de moi. Des cris de Fanny. De la poupée Vicky allongée sur le sol…

J'avais la tête qui tourne et la bouche subitement sèche.
Laurie s'interrompt. Tout était revenu en bloc. Tout semble se mélanger en moi, la tête qui tourne.

– Tu es blanche, allonge-toi, repose-toi, on en reparlera plus tard. Il fait nuit. Je repasserai demain matin, si tu veux bien ?

Puis elle part en déposant son livre sur ma table de chevet.

– Tiens, tu le finiras. L'intrigue n'est pas mal ! Nous en sommes à la page 212. Bisous ma belle. Je suis contente que tu te sois réveillée. Je vais pouvoir dormir un peu.

Je la remercie. Et fais mine de m'endormir à nouveau. Je suis circonspecte.
J'avais donc rêvé ? Pourtant, cela avait l'air si réel. Je sanglote. Toutes les larmes de mon corps. Je pleure Mano. Et finis par être gagnée par un sommeil sans rêves.

Le lendemain, je suis réveillée par les informations que me voisine de chambre, une certaine Melle Autrey, suit avec intérêt en vociférant.

– Tous des vendus, devraient tous crevés, ces cas soc' et ces politiciens véreux, et ces terroristes…

Une infirmière se précipite pour l'allonger et lui demande de se calmer. Elle tire alors sur le rideau qui sépare nos espaces et est censé garantir une certaine intimité aux patients.

– Ne fais pas attention à elle, ma belle, elle est schizophrène. Elle est arrivée en même temps que toi. Tu as une mine affreuse. Tiens, me dit Sylvain, qui venait de pénétrer dans la pièce, en me tendant un ours en peluche.

Je souris. Quel homme adorable ! Il est un peu mal à l'aise et évite de parler de mon agression.

– Que fais-tu là ? Je sais que tu n'aimes pas les hôpitaux.

– À cause de toi… me répond-il spontanément. Non, je veux vraiment dire à cause de toi, j'ai récolté un de tes dossiers urgents laissés sur ton bureau. Un pauvre bébé abandonné, hospitalisé en pédiatrie depuis sa naissance. Je suis venu le voir. Mais ne parlons pas du boulot. Je voulais juste te faire un petit coucou et te déposer un ourson.

– Merci, mais tu aurais dû le donner à ce pauvre bambin ! lui dis-je.

– Ça ne m'étonne pas de toi, même mal au point tu ne penses qu'aux enfants. Toi aussi, t'es une pauvre gosse… Allez, je file.

Puis il me dépose un chaste baiser sur le front avant de disparaître. Maladroit en faisant tomber le roman que Laurie avait déposé sur la table de chevet. Je me lève péniblement en m'appuyant sur le déambulateur laissé par les infirmières pour que je fasse un peu d'exercice. Je me baisse difficilement pour ramasser le livre. Mais mon regard est happé par une photographie qui s'en est échappée pendant la chute pour se déposer délicatement sur le sol blanc. Je m'en saisis et reste comme figée dans le temps.

Ma sœur et moi, adultes, heureuses dans la montagne en tenue de grimpeuses. Je souris. Comment avais-je pu oublier ? J'avais eu si peur de la perdre par le passé alors que nous nous débattions contre les stigmates de l'inceste et qu'elle choisissait la mort. L'anorexie, les centres psychiatriques, les tentatives de suicide. Puis elle avait regagné la lumière et m'en avait transmis de son périple. Dans ses tentatives désespérées d'auto-destruction, elle était née une nouvelle fois et avait regagné sa vie. Elle ne la devait plus à ce monstre de père, mais à elle seule.
Et nous avons grandi de nos stigmates, nous les avons sublimés et résiliés. Elle, partie sauvée la planète en qualité de chercheuse dans l'environnement et moi, partie récolté quelques âmes d'enfants échoués quelque part entre la normalité et l'indicible. Je souris et dépose délicatement ce trésor sur la table de chevet, puis je ramasse le livre.

Je découvre alors la couverture de l'ouvrage en riant de moi. Le Da Vinci Code de Dan Brown…

Mais bien sûr tout s'explique, société secrète, Léonard de Vinci… Mano ne pouvait être qu'un rêve.

Quelle idiote ! Comment avais-je pu croire une seule seconde que cette unique utopie était réelle ? Mes stigmates, eux, le sont.
Je saisis cette douce peluche qui ne m'est finalement pas destinée. Une envie soudaine de donner. Je me dirige difficilement en pédiatrie. Je connais ce service. Je me surprends à jeter un rapide coup d'œil sur la personne postée à l'accueil. Il s'agit d'une jeune femme que je ne connais pas. Je m'engage avec le déambulateur dans les couloirs décorés par des dessins d'enfants. Les

puéricultrices ont pris soin de faire de cet hôpital un endroit chaleureux. Des guirlandes pendent un peu partout. J'entends même de la musique. Une guitare et une voix masculine rauque et chaleureuse.

– Pardon, je cherche la chambre d'un petit bébé hospitalisé depuis sa naissance, mon collègue Sylvain Pasari vient de passer et il a oublié de lui laisser cela, dis-je à l'infirmière en chef en lui montrant l'ours en peluche, tenu difficilement en même temps que je prends appui sur le déambulateur.

– Oui, il m'a prévenu que vous risquiez de venir, Madame Mie ?

J'acquiesce, amusée, Sylvain me connaît bien.

– Chambre 8.

Je la remercie et m'engage dans le couloir à la recherche de ladite chambre. Huit. Comme les membres de l'homme de Vitruve. Je souris. Et cette chanson qui devient de plus en plus perceptible alors que j'approche de mon but. J'ai pourtant du mal à reconnaître la mélodie.

Je me retrouve devant la chambre d'hôpital de l'enfant. Je serre l'ourson dans mes mains. Je tourne la poignée et pousse doucement la porte. Je reconnais la chanson, celle d'un amour impossible du groupe U2, *With or without you*.

Un homme est en train de l'interpréter, presque en murmurant, accompagné par une guitare qu'il tient de manière nonchalante, debout face au berceau, dos à la porte. J'aperçois le petit qui regarde le musicien complément absorbé. Il sent ma présence et détourne ses petits yeux pour les poser sur moi et sur mon ourson en peluche. Son visage s'illumine.

Le chanteur stoppe sa représentation.

– Qu'as-tu vu, Ewan ? demande-t-il à l'enfant en se tournant vers moi.

Il plonge alors son regard d'un bleu vert si familier dans le mien.

L'ours en peluche tombe sur le sol.

Je sens comme une étincelle qui s'éveille en moi…

– Mano…

Note de l'auteure aux lecteurs

Je remercie le lecteur qui est arrivé au bout de cette histoire !
J'espère que vous avez pris autant de plaisir à le parcourir que moi à l'écrire.

Malgré toute la noirceur qu'il peut contenir, il était important pour moi de finir sur une note plus légère et positive, **un espoir de résilience**.

Les traumatismes et leurs stigmates sont bien là, vivaces, condamnables.

Mais pardonner n'est pas oublier.
Pardonner, c'est redonner de l'amour et de la bienveillance à l'intérieur de notre être blessé, là où quelqu'un a déposé sa noirceur.
Pardonner, c'est fermer la porte à cette emprise, celle du vice.

On le fait pour soi. Pour continuer à grandir, dans la résilience, à **vivre plutôt que survivre**.

Et vous, qu'en pensez-vous ?

Laissez votre commentaire, exprimez-vous avec vos mots. Ils font le poids. Ils sont importants pour l'auteur.

Rejoignez-moi sur les réseaux et partagez vos ressentis et expériences.

Pour que les maux dits, cessent d'être maudits !

Bien à vous,

Marie (COLAS) CART-LAMY

« Remercie l'ombre dans ta vie, car elle t'a appris à retrouver ta lumière. »

Rachel L'Abbé

Vous voulez découvrir les origines du vice ?
Lisez, ***Juste quelques maux de toi*** de Marie CART-LAMY !

 Site de l'auteure